庫JA

天獄と地国

小林泰三

早川書房

6851

目次

天獄と地国

I

巨神覚醒

カムロギたちが到着した頃には、血腥《ちなまぐさ》い戦闘の気配はほとんど消えかかっていた。ただ、頭上に広がる岩盤に張り付くように設けられた建築物群は醜く崩壊し、その中身を遥か下方に広がる天空にぶちまけた後の空虚の中に冷めきらぬ熱源の赤い光だけが輝いていた。

カムロギたちの船団——とは言っても、たったの四隻だったが——は慎重に崩壊した村に接近しつつあった。

岩盤と人工の建物は巧妙な手法で滑らかに接合されていた。それは洗練された技術力の賜《たま》物《もの》ではなく、あくまで膨大な時間と忍耐力を背景としたものだった。気の遠くなるような歳月をかけて岩盤の隙間を丁寧に測定し、あたかもその中を液体で満たすように少しずつ構造物を滑り込ませていく。建築物はしっかりと岩盤の中に根付き、僅《わず》かな熱と稀少な元素をじっくりと吸い上げていく。

この村の住民たちはそうやって細々と生き永らえてきたのだろう。そして、彼らの途方もない努力と微《かす》かな希望はほんの数時間前に空賊《パイレーツ》により無残に打ち砕かれたのだ。

たいていの村では住民の全精力は大地からの熱と元素という希薄な恵みを取り出すことに費やされている。もちろんある程度の防衛力は持っているが、生き延びることを最優先しているため、それがおざなりになってしまっているのは仕方がないことだった。

それに引き換え、空賊たちは全精力を戦闘力の強化に振り分けている。決して余裕がある訳《わけ》ではない。彼らは大地を持たない存在なのだ。彼らは大地の遥か下を飛行する「飛び地」にしがみ付いて生活しているのだ。生き延びるためには決して豊かとはいえない他者から簒《さん》奪《だつ》するしか道はないのだ。

この世界は単純だった。

カムロギが認識している世界の人的構成要素は三種類しかなかった。大地から資源をなんとか搾り取ろうとする村人、彼らを食い物にしようという空賊、そしてその食べ零《こぼ》しをなんとか拾い集めて食いつないでいるカムロギたちのような落穂拾いだ。

「空賊のやつら、ずいぶん念入りにやってくれたようだね」カリティは舌打ちをした。「なにも、ここまでやらなくってもいいのに。わたしら『落穂拾い』に恨みでもあるのかね」

「どこの空賊かな?」ヨシュアは首を捻《ひね》った。「アフロディテのやつらはこんなやり口じゃないし、ゼウスは位置的に無理だ。だとすると、ハデスかヘファイトス、それともガイアのやつらかな?」

「そんなことを気にかけても仕方がないだろう」カムロギは呆《あき》れたように言った。「ここが二〇個の『飛び地』のうち、どこのやつらに略奪されようが、俺たちの仕事には変わりはない。俺たちは空賊が取りこぼした獲物を頂戴《ちょうだい》するだけだ。たとえ、何かめぼしいものがあった形跡が見つかったって、俺たちにはどうしようもない。手持ちの船では『飛び地』までおっかけていくのにはパワーが足りない」カムロギはふて腐れたように言った。「なにしろ、やつら空の下にいるんだから永久に安泰さ」

「そうとは限らないさ」カリティが異を唱える。「軌道上の『飛び地』の間隔から考えて、もとは順行『飛び地』と逆行『飛び地』合わせて、二四個あったはずなんだ。それぞれ、一二個ずつでね。今、順行が一一個、逆行が九個しか残ってないってことは何かの理由で『飛び地』が四個消えちまったってことになる」

「また、カリティ姐《ねえ》さんの古代史御託《ごたく》が始まった」隣の船からナタがからかう。「次は地面の上に地国《じごく》があるって、言いだすぜ」

「みんな、無駄口はそこまでだ」カムロギが止めに入った。「燃料はあと二、三週間しかもたない。ここで燃料が見つからなかったら、すぐ他の廃墟を探さなきゃならない。さもなければ、船を一隻諦めるかだ。そうなりゃ、一隻に二人乗りだ。操縦席でおしあいへしあいだぞ。飯を食う時も、寝る時も、糞をたれる時もだ」

「カムロギ、俺が二人乗りする相手のことだが、カリティ姐さんだけはごめんだぜ。確かに、最近女には不自由してるが、引き換えに訳のわからん話を延々聞かされるのは堪《たま》らん」結局、ナタは憎まれ口を中断する気はないらしい。

カリティは何か言い返し始めたが、カムロギはうんざりして、コミュニケータをオフにした。

船一隻ごとに三つずつの錨《いかり》を地面に打ち込んだ後、全員宇宙服を着け、自分の船からごそごそと這い出して、船の背に立ち上がった。錨と船を結ぶチタニウム合金の鎖はぴんと張り詰めている。みんな念入りに鎖の状態と、錨の固定具合を確認し始める。錨が地面から抜けたり、鎖が切れたりしたら、船はバランスをくずしてしまい、振り子のように揺れ動くことになる。運が悪ければ放り出されて、そのまま星空へ真っ逆様《さかさま》に落ちていく。落ちた者を待ちうけるのは緩慢な死だ。

可視光で見ると、戦場の跡に散らばる「残り熱源」がまるで赤い星のように見え、天地が一続きになったかのような錯覚を覚える。

カムロギはヴァイザを調節し、赤外光に切り替えた。一瞬、視野がホワイトアウトしたが、すぐ自動的に最適感度になる。頭上に荒涼とした大地が広がる。

「この村の中心はもう少し、北寄りだな」ヨシュアの声がコミュニケータから聞こえる。「二、三〇〇メートルってとこかな。どうする？　いったん錨を下げて、場所を移すか？」

「それはやめておこう」少し考えて、カムロギは答えた。「激しい戦闘があった後の岩は緩んでいることが多い。やたらと錨を打ち込むのは考えものだ。ここから、ぶらっていこう」

「二〇〇メートル以上もぶらるのか？」ナタは声をあげた。

「なんだ。若いのに音《ね》をあげるのか？　なんなら、ここで留守番してたっていいんだぜ」

「けっ。まさか、俺は平気だよ。目をつぶってたって、大丈夫なぐらいだ。ただ、女の腕には無理じゃないかってことだ」

「わたしなら、心配無用だね」カリティの宇宙服の指先から、長さ数十センチの金属の爪が飛び出した。真上に突き上げると、先端のセンサが自動的に岩の隙間を見つけ出し、変形しながら食い込んでいく。

「というわけだ。ぐずぐず言っている時間が惜しい。早くしろ」カムロギもぶらり始めた。

宇宙服は軽量素材で作られてはいたが、それでも四〇キロ程度の重量があった。爪が岩に食い込んでいる間はいいが、前進するたびに片手で全身を支えなければならない。休憩する時ですら、両手で大地を摑んでぶら下がる格好だ。一〇メートル進むだけで、全身汗びっしょりになる。もともと、宇宙服の関節にはサーボ機構が埋め込まれていたのだが、彼らが手に入れた時にはすでに動かなくなっていた。故障なのか、整備不良なのかの判断もつかなかったし、修理の方法もわからない。サーボ機構のせいで宇宙服はますます重くなっていたが、宇宙服の機能に影響を与えずに取り外す方法も当然ながらわからなかった。

「もう……半分……ぐらいは……来たかな？」五分ほどして、ナタが息も絶え絶えに言った。

「いいや」カリティは嬉しそうに答える。「まだ三〇メートルも進んでないね。まあ、わたしは本当ならもっと速くぶられるんだけどね。あんたに合わせてるせいで、かえって疲れちまうよ」

そう言うカリティも息があがっているのがコミュニケータを通じてわかった。ひょっとして拙《まず》い選択をしてしまったのかと、カムロギは後悔し始めた。

　ふと真下を見ると、ちょうど「飛び地」が東から西へとゆっくり通過していくところだった。

「あの『飛び地』は？」カムロギが尋ねた。

「ちょっと待って。船のデータベースにアクセスしてみる。……わかった。あれはポセイドンだよ」

「ヴァイザを望遠モードにしてみろ。ちょうど、やつらの帰還が見られるぞ」

　五個の小さな光点が「飛び地」にゆっくりと近付いていくのがわかった。地面に向けて単に上昇すればいい出撃に較べて、「飛び地」という小さな目標を目指す帰還はかなり慎重に行われるらしく、光点は一つずつ間をおいて、「飛び地」に吸い込まれていった。

「ここを襲ったやつらか？」ヨシュアが不快感の籠《こも》った声で言った。

「わからんなあ」カムロギは宇宙服の中で首を振った。「空賊の出撃から目標への攻撃開始まで二日程度だってのは聞いたことはあるが、帰還にどのくらい時間をかけるのかは知らないんだ。タイミングが合うまで、ぐるぐると何周も世界を回るともいうが……」

　空賊の出撃には二つの段階がある。彼らの本拠地である直径一〇キロほどの「飛び地」は地表から順行なら五万キロ、逆行なら七万キロの深度の軌道をそれぞれ時速六三一万キロ、時速六一六万キロの速度で移動しており、まずそこから地面の近くまで上昇する必要がある。

同時に南北方向の位置合わせも行う。この段階は一時間半から二時間で終了する。上昇が終わると同時にこんどは減速を開始する。この段階はほぼ二日。そして、減速が終了するとともに戦闘と略奪を開始する。もちろん、最初から減速の終了地点が略奪場所になるようにタイミングを計って出発しているのだ。

ところが、帰りはそう簡単にいかない。同じように加速が終了した時にもとの「飛び地」の真上に来るようにすればいいはずだが、略奪が終われば空賊は村の残存兵力からの反撃や近隣の村からの援軍を避けるため、一刻も早く出発しなければならない。そのため、「飛び地」の速度付近まで加速した後、時間をかけて速度を微調整して「飛び地」の真上あたりに来てから、下降することになる。いずれにしても帰還途中なら危険は全くない。

カムロギは空賊のことを頭から追い出し、ただ黙々と前進を再開した。

こうして、前進と休憩を繰り返しながら、一行が廃墟の中心部付近に辿り着くのに一時間半もかかってしまった。全員疲労で無口になっていた。特にナタは辛いらしく、時々掠《かす》れるような声で悪態らしきものをついている。

「到着したのはいいが」ヨシュアが言った。「これから落穂拾いをやって荷物を抱えてまた来た道を戻るのか？」

「そいつは無理だな。ここに簡易テントを張ってベースにしよう。そこに荷物を集める。一人が船に帰って、積み込みに戻るってのはどうだ？　短時間なら錨を打ち込む必要もないし……」カムロギの声が途切れる。「なんだ、今の音は？」

「音？」ヨシュアが答える。「音なんか、聞こえたか？」

「わたしは聞こえたよ」カリティが言った。「コミュニケータから何か弾けるような小さな音がしたけど、ノイズだろ」

「いや。かなり大きな音だった」カムロギが反論する。「コミュニケータからじゃなかった」

「コミュニケータからじゃないとすると」ヨシュアが深刻そうに言う。「地面からの振動か、もしくはあんたの宇宙服内部の音ってことになる。何か変わった兆候はあるかい？」

カムロギは背筋がどんどん冷たくなっていくのを実感した。自分だけにしか聞こえなかったとすると、地面から伝わった可能性は低い。音はカムロギの宇宙服から出ていることになる。カリティが聞いた音というのはたまたまコミュニケータが拾った音かもしれない。

「みんな、忙しいことはわかってるんだが、頼みを聞いて欲しい」カムロギは精一杯冷静さを保とうとした。「俺の宇宙服を外から見て、変わったところがないかを調べて欲しいんだ」

「調べるまでもないよ」ナタは言いにくそうだった。

「はっきり言ってくれないか」

「その前に俺からも頼みがあるんだけどな」ヨシュアが明るい調子で言った。「その質問に答える前に三〇秒間深呼吸をしてくれないか」

それはよいニュースにも悪いニュースにもとれた。三〇秒も余裕があるということは差し迫った危険がないということを意味するのかもしれない。さもなければ、すでに急いでも無駄であるかただ。カムロギはそれ以上、深く考えるのはやめ、言われるがままに深呼吸をした。

「さあ。準備は万端だ。死亡宣告をしてくれ」

「ヴァイザにひびが入っている」ヨシュアがいっそう明るい調子で答えた。

カムロギはたっぷり一分半の間絶叫した。

「で、どうする？」カリテイが、叫び終わったカムロギに尋ねた。「充分叫んで満足したのなら、次の指示をしておくれよ。もし息が続かなくなっただけで、まだ叫び足りないってのなら、誰か他の者がリーダーを務めようか？」

「すまん。……少し……動転してしまったが、まだリーダーをやれると思う」

「どっちにしても引き返すしかないんじゃないか？」ナタが意見を述べた。「真空中でヴァイザが割れたら、何分も持ちこたえられないだろ」

何分じゃなく、何十秒かだ。カムロギがそう答えようとした時、再び嫌な音がした。視界を横断するひび割れがカムロギにもはっきりわかった。

「どうやら、その時間はなさそうだ」カムロギは答えた。「この近くに地中部分への入り口はないか？」

「磁気レーダによると、三メートルほど北にある穴はかなり深い」カリテイは淡々と報告する。「入り口だという可能性は高いよ」

「これほどの規模の村なら、宇宙服の一つや二つはあるだろう。なんとしても探すんだ」

「もし、見つかったとして」ヨシュアの声は少し深刻な色を帯び始める。「どうするつもりだ？　使用方法はわかるのか？　どうやって着替える？」

「一か八かだ。たいていの宇宙服はかなりの部分、自動化されているはずだ。着替えは真空中で行う。短時間なら、なんとか生きていられるはずだ」

「それは無茶だ。一気圧下でも宇宙服を脱ぐのには一分以上かかる。まして、真空中では……」

「議論している時間が惜しい」カムロギは話を打ち切り、北へ向かってぶらり始めた。

他の三人も移動を始める。

穴の縁に到着すると、カムロギは片手で体を支え、もう一方の手の甲に取り付けられたライトで内部を照らした。直径一メートルの入り口から三〇センチほどの高さまでは天然の岩だったが、それより上の壁は滑らかな材質に変わっていた。穴の最高部は地表から約五メートル。小さな突起が無数にあるので、よじ登れないことはなさそうだった。

「この穴はなんだと思う？」カムロギが誰とはなしに尋ねる。

「底の高さからいって、排気口ではありえないと思う」ヨシュアが答える。「おそらく、村人の出入り口だ。本来は岩でカムフラージュしていたのが空賊の攻撃で剝き出しになってしまったんだろう」

「どうすれば、地中の施設の内部に入れる？」

「それはなんとも言えない。穴の中に入って、もっと詳しく調査しないと」

カムロギはすでに穴の中に上半身を突っ込み始めている。続いて、カリティとヨシュアが入り、最後にナタも登りだした。

「見ろよ」ヨシュアが壁の中ほどを指差す。「エアロックの入り口だ」

「開けられるか？」

「ちょっと待ってくれ」ヨシュアは付近の画像をコンピュータに送り、データベースとの照合を行った。「ぴったり一致する形式はない。だが、カリストP三〇一型のエアロックに比較的似ている。一致指数は七一だ」

「だとしたら、キーカードがないと開けられないはずだよ」カリティが言った。

「何か手はないのか⁉」カムロギは声を荒らげた。

「俺は昔やったことがあるぜ」ナタはやっとみんなに追いついてきた。「ドアの側の壁に基板が埋め込んであるんだ。そのうち、四つをはずして短絡させれば、誤動作を起こして開くはずだ」

ナタは片手で体を支持したまま、もう一方の手でドアの周囲を探った。そして、腰の工具箱からレーザトーチを取り出すと、しばらく躊躇《ちゅうちょ》した後、壁を切り裂いた。切り口が三〇センチ四方の正方形になった瞬間、ぽろりとはずれて落下していく。下を見ると、穴から落ちた壁のかけらはどんどん速度を上げ、すぐに見えなくなる。

一〇個ほどの基板が剝き出しになっていた。ナタの手はそれらの上を数秒間さまよったが、やがてやけくそのように四つを選ぶと、毟《むし》り取った。基板はそのまま、落下していく。

カムロギは慌てて摑もうとしたが、失敗した。

「なんてことをしたんだ。万が一間違った基板をはずしていたら、取り返しがつかない」

「どっちにしろ、やり直している時間はない」ナタはにやりと笑って、導線を短絡させた。

何も起こらなかった。

カムロギの怒声が響き渡る。

と、同時にヴァイザが砕け散った。カムロギは、肺の内圧を下げるため、慌てて口を開いた。しゅるしゅるという音とともに、カムロギの頰をかすめて、空気が拡散していく。一瞬、何も起こらないのではないかと、錯覚しそうになったが、即座に残酷な兆候が現れた。目が乾燥し、開けていられなくなった。口の中が腫れ上がり、真っ赤な霧が噴き出す。全身の皮膚に激痛が走る。

カムロギはパニックを起こし、真空を呼吸しようとした。肺の中身が外に飛び出そうとする。心臓が口に向かって動きだす。真空中では音はしないと思っていたが、耳の中では爆発音が絶え間なく、鳴り続けている。自分の血液が沸騰する音だ。

エアロックが開いた。

カムロギは転がり込もうとするが、手足が突っ張って言うことをきかない。涙が沸騰する。うろうろしているナタを突き飛ばしながら、エアロックの中に飛び込む。落ちていくナタをヨシュアが捕まえる。カリティが中に飛び込んでくる。きょろきょろと周りを見回す。カムロギは立っていられなくなり、膝を床につく。全身の九つの穴から汚物と体液が噴き出し、宇宙服の中を満たし、ヘルメットから床に溢れ出す。ぐつぐつ沸騰し、蒸発していく。ヨシュアとナタが転がり込んでくる。二人とも肩で息をしている。ヨシュアはナタの肩を掴み揺すりながら何かを訴えた。ナタは首を振った。視界がぱりぱりと歪《ゆが》み、欠けていく。カムロギは内壁にボタンやスイッチが並んでいるのを見つけた。全身の関節が火のように熱い。スイッチ群を滅茶苦茶に操作する。ヨシュアが止めようと羽交《はが》い締《じ》めにする。それでも、カムロギはスイッチの操作をやめない。

入り口が閉まった。

ヨシュアはカムロギを解放した。勢い余って、カムロギは頭を壁に強打して、ひっくりかえる。起き上がろうとするが、沸騰し続ける自分の体液で滑って無理だ。エアロック内に空気の気配はない。カムロギは仰向けになった。やるだけのことはやった。仕方がない。全身に起こりつつある変化を受け入れる決心がついた。全身の皮膚が突っ張り、裂けていく激痛に包まれる。

ところが最後の時はなかなか訪れなかった。カムロギは何分も恐怖と戦い続けたが、どうも妙だと気がついた。落ちついて、周りを見ると、三人の仲間が心配そうに覗き込んでいる。カムロギは身振りで早く空気を供給してくれと合図しようとしたが、関節が言うことを聞いてくれない。三人は互いに顔を見合わせて、何かを話し合っているようだ。

やがて、ヨシュアは思いついたように自分のヘルメットを取り外し、頭部を晒《さら》した。続いて、カリテイとナタも。

ヨシュアは何かをカムロギに語りかけた。何も聞こえないが、カムロギは返事をしようとした。

カムロギの声は出ず、咳とともに血の泡が噴き出した。

カリテイはカムロギの首の後ろに手を回し、何かを操作した。後頭部に硬い感触があった。

「今、コミュニケータを骨伝導モードに切り替えたよ。もし、聞こえたら、右手を上げな」

カリテイの唇が動くのと同時に頭蓋骨に声が響く。

カムロギは右手を一センチだけ持ち上げた。

そんなことより空気をなんとかしてくれ。

「もう大丈夫だ。かなり酷《ひど》い状況だったけど、とにかく生きて空気の中に戻ってこられたんだ」

どういうことだ？　空気の中だって？

カムロギは痛む首と眼球を動かし、床を見た。いまだに流れ続けている汚物や血液はもはや沸騰していない。全身に苦痛を感じているうえに、鼓膜がどうにかなって耳が聞こえなくなっていたため、まだ真空中にいると勘違いしていたのだ。

意識が薄らいでいく。

気がつくと、素っ裸にされていた。酷い悪臭が周囲に立ちこめている。

「みんなで俺に悪戯《いたずら》しようってのかい？」驚いたことに声を出すことができた。

「俺たち三人の名医が手をつくして、おまえを生き返らせてやったんだ」逞《たくま》しい筋肉と黒い肌と白い歯を持つ巨漢が笑いかける。ヨシュアだ。「まったく悪運の強いやつだぜ」

「なに、タフなだけさ」カムロギは笑いながら起き上がろうとして、苦痛に顔を歪めた。

「まだ、無理はよせ。全身の皮膚には見事なぐらい隙間なく内出血が起きている。それから、たぶん内臓も酷いことになっているとは思うが、どうしようもない。とにかく、一〇日ほどは安静にして、あとは運を地に任せるほかねえな」

最悪の場合、内臓の機能不全で天獄《てんごく》行きってことか。まあ、それも仕方あるまい。

それにしても酷い臭いだ。耳はいかれてしまっているというのに、嗅覚はかえって鋭敏になったとでもいうのだろうか？

「臭いな」カムロギはヨシュアに言った。「ここは排泄物処理場か何かか？」

「いや。おそらく、ここはシェルターだったんだろう。逃げ込みやすいように村の中央に作られていたんだ。最低限の生命維持システムと当座の食料と水が用意されている。ただ、この村の人間たちは、不幸なことに結局ここを利用することはできなかったようだ。あまりにも空賊の攻撃が素早く効果的だったため、ここに逃げ込む余裕すらなかったんだ。それから、臭いのことだが」ヨシュアは自分の脇に手を突っ込むと拭《ぬぐ》って、カムロギの鼻先に近付けた。焦げ茶色の油のようなものがついている。「俺たちの体臭だ。何年も他人の体臭をかいでなかったうえに、みんな風呂にも入ってない」

「おい。やめろよ」カムロギはやっとの思いで、ヨシュアの手を振り払った。垢《あか》と油の塊が飛沫《しぶき》になって飛び散った。

自分の体を見ると、やはり全身に垢がこびりついているうえに、血液と汚物で酷い有様になっていた。これでは人のことは言えまい。

「ところで、『風呂』ってなんだ?」

「風呂ってのは、入って体を洗ったり、温まったりする湯のことだ」

「なんだか知らんが、豪勢な風習だな」カムロギは呆れ果てた。子供の頃から、割り当ての水は一〇リットルと決まっていた。それを何度も再処理して飲んでいたのだ。チューブに尿を入れるのに失敗した時、母親に酷く怒られたことを思い出した。罰として、二日間水抜きにされたっけ。

「ああ。村の上にたまたま含水珪酸塩《がんすいけいさんえん》の鉱脈があってな。水にだけは不自由しなかった。そのかわり、環境維持用のエネルギーが不足していて、三メートル四方の部屋に八人も詰め込まれてた。月に一度の風呂が唯一の楽しみだったよ」ヨシュアは遠い目をして言った。

「冗談じゃねえぜ!」汚れた白い肌を持つ、少年といってもいいような痩せた若者が、豊かな肉体を持つ金色の肌の壮年女性に怒鳴っている。「あいつは俺を殺しかけたんだ。命の恩人のこの俺をだぜ」

どうやら、ナタとカリテイらしい。直接顔を見るのは何年ぶりだろう? ずっと一緒に旅をしてきたが、ふだんは船や宇宙服に阻《はば》まれて顔を見る機会はほとんどない。

その時になって、カムロギは自分以外のメンバーも全裸だということに気がついた。もっとも、宇宙服を脱いだら全裸になるのはあたりまえだが。

カリティはナタを諭《さと》している。「あの場合は仕方がないよ。じっとしていれば、確実に死んじまってたんだから」

「何を怒ってるんだ？」カムロギは努めて冷静に言った。

「『何を怒ってるんだ？』だと？」ナタは口から泡を飛ばした。「自分のやったことを忘れたとは言わせないぜ。俺を天獄に突き落とそうとしたんだぞ」

「おまえを？」

どうもはっきりしないが、そんなことをしたような気もする。

「すまん。悪気はなかったんだ」

「俺が死んでもいいと思ったのか!?」

「誓ってもいいが、そんなことは絶対にない」

ナタはしばらくカムロギを睨《にら》んでいたが、やがて口を開いた。「いいだろう。今回のことは我慢してやろう。だが、いいか」ナタはカムロギの鼻先を指差した。「今度、こんなことがあったら、あんたにはリーダーをやめてもらうぜ」ついとむこうを向く。

「この村の技術レベルは？」カムロギは何事もなかったかのようにカリティに尋ねた。

「データベースを使ってコンピュータに推定させた結果はBプラス・レベルだったよ」

カムロギは口笛を吹いた。「今までの最高レベルじゃないか。持っていく価値のあるものはかなりあるはずだ。俺たちの船に直接役に立たないものも、他の村に行って燃料と交換できるだろうし」

「そのことについて、おまえが眠ってる間に話し合ったんだが、しばらくここに腰を落ちつけるってのはどうだろうか？」ヨシュアが言った。「なにも、船を棲家にして、苦しい『落穂拾い』を続けなくたって、ここを俺たちの村にすればいいじゃないか。このシェルターでは地熱発電ユニットが稼働してるんだが、俺の計算だと充分四人分の必要エネルギーを賄《まかな》うことができる。それに一度攻撃された村なら、また攻撃される可能性は少ない」

「だが、万が一攻撃されればひとたまりもない」カムロギは眉をひそめた。「で、他の二人の意見は？」

「俺は賛成した」ナタが不機嫌そうに言う。「このシェルターには全部で一〇部屋もある。俺たちが一人一部屋使っても、六部屋余るわけだ。余った部屋への熱と光の供給を制限すれば、もっと快適になるはずだ。考えてもみろよ。俺の村じゃ、明かりを使えるのは週に一時間と決められてたってのに、ここじゃあ、特に必要がない時でも明かりをつけていられるんだぜ」

「わたしは条件付きで賛成したよ」カリティは男たちに肌を晒してもまったく物怖《ものお》じせずに胸を張っていた。「ここにいるのは長くて一か月。それ以上留まるなら、わたしは一人でも出ていく」

ひと月あれば、ここのデータベースを調べるには充分だというわけか。

カムロギは目を瞑《つむ》って考えた。

ヨシュアやナタの意見には一理ある。船内生活に固執する必要はまったくない。それに較べて、カリテイはただ伝説の地国の探索に拘《こだわ》って、定住を拒んでいるだけだ。どちらの意見を尊重すべきかは火を見るよりも明らかだ。しかし……。

「わかった。カリテイの言う通り、ひとまず一か月だけ、ここに住んでみよう」

「どうして、一か月なんだ？」ナタがくってかかる。

「最後まで聞け。とにかく一か月住んでみるんだ。それで問題がなければ、定住することを考えよう」

「わたしは出ていくよ」

「どうしてもと言うなら、止めはしない。だが、わかってるだろうが、一人旅はとても危険だ」

カリテイは頷《うなず》く。「それは承知の上さ。ここに留まって、地国探しを諦めるぐらいなら、死んだほうがましだよ」一瞬、カリテイは悲しい目をした。

カリテイは起きている時間のほとんどをシェルター内のコンピュータの操作に費やした。

時々、男たちが様子を見にいくが、ほとんど相手にすることはない。今日もカムロギが水割りを飲みながら、横になってカリテイの背中を眺めていたが、気づいている素振りすら見せない。

四六時中、素っ裸でいるってのはどうも落ちつかない。カムロギは思った。特に家族でも愛人でもない女といる時には。彼女は何にも感じないんだろうか？　ひょっとしたら、カリテイには最初から着衣の習慣はないのかもしれないな。俺の生まれた村ではいつも気温は氷点下だったから、エネルギー節約のため厚着は当然のことだったけど。

「ほら！　やっぱり、そうだったよ!!」

あまりにも唐突にカリテイが叫んだため、カムロギは危うくグラスを落としかけた。

「脅かすなよ」

「あら。いたのかい？」カリテイは本当に気づいていなかったようだ。「体の具合はどうだい」

「おかげさまで順調だよ。毎日血尿や血便は出てるし、日に五度は吐《は》いている。まあ、今すぐ死ぬようなことはなさそうだ」カムロギは興味がなさそうに答えた。「それより、何がそうだったんだ？」

「この村に伝わっていた伝説さ。世界のあちこちに伝わっている伝説と共通点がある。ほら、この部分だ。翻訳させてみるよ」ディスプレイの奇妙な記号が意味の通る言葉に変わった。カリテイは声を出して読み始める。「『古《いにしえ》、人類球状世界《ひとくさたまのようなくに》に住みき。その世界の重力《おもさのちから》いたる所で常に外より中へと向かいき。故《かれ》、人々《ひとくさ》地面《つち》を踏みしめて歩きたり』」

陳腐な御伽噺《おとぎばなし》だ。物語の冒頭で到底ありそうにもない荒唐無稽なことを述べるのは神話・伝説の常套手段だ。聞き手の興味を引きつけるとともに、子供たちが過剰に信じ込むことがないように、架空の話だということを印象づける効果もある。

「『後、世界に人類満ちし時、新しき人工《つくりもの》の世界を作りき。重力が内より外へと向かう世界なり。人々頭《ひとくさ》を内に、足を外に向け、新しき大地を踏みしめたり』」

「まったくもって、理屈に合わない。足を外側に向けていては、大地を踏みしめられないじゃないか」

「『その世界で諍《いさか》い起こりき』」カリティはかまわず続ける。「『何世紀《いくももとせ》の間、毒と火をもて、陰惨《むごたら》しき戦《いくさ》続きたり。故《かれ》、戦に敗れたる者、また戦を厭《いと》う者たち逃走《にげはし》る。それ禁断《ものいみ》のカダスの地を越え、下へと逃げ出しき。地国より天獄に向かいて』この部分は村によっては違う形になっている。例えば罪人たちが地国から追い出され、天獄に近いこの世界に追放された。その中で特に罪が重い者たちは、より天獄に近い『飛び地』に幽閉されたというように」

「なるほど。面白い考えではあるな」

「面白いだって？　これは真実さ」

「もし真実だっていうなら、この世界は重力が内から外へ向くようにと人工的に作られたことになる。重力を作り出すなんてことが人間に可能か？」

「人工的に重力を作るのは難しいことじゃない。遠心力を使うのさ」

「慣性に起因する見かけの力だな。……世界が回転しているというのか、カリティ？」

カリティは頷く。「およそ、一二日と一四時間でね」

「証拠は？」

「間接的な証拠としては星の回転運動がある。星は常に東の地平線から沈み、真下の空を通って西の地平線に昇って、見えなくなる。星が固定されていると仮定すれば、地面のほうが回転していることになるだろ」

「だが、地面が固定されていると仮定すれば、星が回転していることになる。相対的な現象は根拠にならないぞ」

「直接的な証拠としてはコリオリ力があるよ」カリティは自慢げに言い、端末を操作した。すると足元に、回転する赤い円盤の立体映像が現れた。直径は一メートルほどで、一秒ごとに一回転している。カリティが円盤の中心を指差すと、小さな白い玉が現れた。指先で弾く動作をすると、玉はゆっくりと動きだし、そのまままっすぐ円盤の縁から飛び出した。「どう？」

「特に不思議はなかったけど……」

「じゃあ、玉にインクをつけてみるよ」

黒い玉が円盤の中央に現れる。再び指を弾くと、今度は玉の軌跡が黒いすじとなって、円盤の上に残されていく。玉自体はまっすぐに進んでいるのだが、円盤の回転によって、軌跡は螺旋状になった。

「円盤といっしょに回転する観測者には玉が中心から螺旋状に離れていくように見えるはずさ」

「つまり、回転する座標系上を移動する物体には移動方向を逸らせるような見かけの力がかかるというわけだな」

　カリテイは頷いた。「東に向かう物体には下への力がかかり、西に向かう物体には上への力がかかる。つまり、東へ進めば重くなり、西へ進めば軽くなるってことさ。下に落ちていく物体の軌道は西にずれ、上へと上る物体の軌道は東にずれるのさ」

「実際に確かめたのか？」

「もちろん」カリテイはぞっとするような笑みを見せた。「暇をみてはなんども実験してるよ。発信機を落下させれば、一万キロの深度までモニタできる。コリオリ力がなければ、まっすぐ落ちていくはずなのに、一万キロ落ちた時点で一八分角西にずれているんだ」

「一万キロ落ちるまでにどれぐらいの時間がかかる？　それから、一八分角というと、距離にしていくらだ？」

「だいたい二四分ぐらいだよ。一八分角は五〇キロちょっとさ」

　カムロギは暗算してみた。「初速度に西方向の成分が入ってた可能性はないみたいだな。ただ、測定系の精度が気になる。一八分角といえば、一度の三分の一以下だからな。信頼できる値と言えるのか」カムロギは反論しようとするカリテイを手で制した。「いや。量的な疑問について、あれこれ言っても始まらない。それより、大事なことを忘れているんじゃないか？」

「大事なこと？」

「人類が太古に住んでいたという、原初の世界さ。そこでは重力が外から内へと向かってたんだろ。その力も回転によって生み出せるのかい？　それとも、形状が関係してるのか？　だとしたら、空賊が住む『飛び地』も球形だから、同じことが起きそうなもんだが、実際にはそんな現象は起こっていない」

「それは……」カリテイは口籠《くちごも》った。「きっと、大きさに関係する何かわたしたちの知らない原理があるのさ」

「なんだ。結局、そこに逃げるのか？　人類にとって未知の力か。便利なものだ」

「あんたこそ、言ってることが矛盾してるよ」カリテイの鼻息が荒くなる。「さっきはこの世界の重力を人為的に作り出せることが信じられなかったくせに、太古の世界の重力には原因を求めるのかい？」

「矛盾はしていない。この世界の『中心から外への重力』は現に生まれてから今日まで、毎日観測している事実だ。理屈などなくても信じられる。それに較べて太古の球状世界の『外から中心への重力』は単なる神話に過ぎない。信じさせるにはそれなりの理論が必要なのは当然だ」カムロギはゆっくりとした語調で言った。「カリテイ、君の考えは論理的ではない。君はただ神話を信じたいだけなんだろ。地面の上に地国があって、そこに自分の娘が今も生きているという神話を」

＊

カリテイが「落穂拾い」の仲間に加わったのは今からおよそ一〇年前だった。

カムロギたちが廃墟に到達した時、その下空を滅茶苦茶に飛び回る船を見つけた。乗っていたのがカリテイだった。

その村もたいていの村と同様で常に物資は不足していた。建前上、生命維持に充分なエネルギーの消費は保証されていることになっていたが、実際は子供の頃だけのことで、成人後からは徐々に制限され始め、五〇歳を過ぎる頃には栄養失調死や凍死をする者が出始め、七〇歳を越える者は皆無だった。

それでも、その日まで彼女とその家族はそれなりに幸せな日々を送っていたという。それが一瞬で崩壊してしまった。謎の敵が現れ、村を攻撃し始めたのだ。

カムロギたちはどこかの空賊に襲われたのだろうと考えたが、カリテイは絶対に空賊などではなかったと主張した。

「空賊の船なら知っている。あいつらの船は戦闘と高速飛行に著《いちじる》しく特化しているけど、基本的にゃあ、わたしたちの船と同じ磁気推進船さ。でも、わたしの村を襲ったやつらは違った。とてつもなく大きかったんだ。小さいものでも二、三〇〇メートル、大きいものでは一キロ以上はあった。それぞれ違う姿をしていたけど、人間と昆虫と爬虫類のグロテスクな部分だけを集めた悪夢のような姿だった。まるで、船を骨格として取り込んだ邪悪な寄生生物に見えたよ」

もちろん、ショックにより記憶が歪曲《わいきょく》してしまったのだろう。

村の防衛隊は最初の戦闘でほぼ一掃されてしまった。ただ、彼女の船だけは直撃を免《まぬが》れたため、コントロールを失いはしたが、撃墜はされなかった。なすすべもなく、何千キロもの範囲をランダムに飛び回る彼女の船を見て、戦闘不能と判断したのか、彼らはそれ以上の攻撃を行わず、村の施設への侵入を始めたという。敵の正体が空賊だとしたら頷ける行動だ。無駄にエネルギーを消費する必要はない。

だが、カリティがその時目撃したと主張していることは空賊らしからぬ行動だった。彼らのうち一匹が非戦闘員――もちろん、カリティの幼い娘も含まれる――の逃げ込んだシェルターをまるまる齧《かじ》りとって飲み込んだというのだ。

「もし、あれが見かけの通り本物の怪物だとしたら、みんなの命はないかもしれない。でも、あれが何かのメカだとしたら、村人たちは――わたしの可愛いエレクトラはやつらの国に連れていかれて、まだ生きているかもしれないんだよ！」

ランダムに飛び回る船のセンサは誤動作しやすいうえに、混乱した人間の精神は実際には起こらなかったことを観測しがちだという。あるいは、一時的な酸素分圧の低下で幻覚を見たのかもしれない。空賊どもが怖れを知らないのも「飛び地」での慢性的な酸素不足のため、いつも幻覚を見ているからだという噂があるではないか。

しかし、カムロギたちの説得にカリティは聞く耳を持たなかった。

助けられてから、カリティは取り憑かれたように神話と伝説の研究を始めた。怪物たちは北からやってきて、北へと帰っていった。カリティはそう主張した。空賊なら、東から来て、西に向かうはずだ。北へ向かったということは北限を越えていったということだ。

磁界が不安定なため船の飛行が不可能とされている北限を越えていったという主張は俄《にわ》かに受け入れ難いものだったが、カリティは本気で信じているようだった。北限や南限の向こうには地国への入り口があるという。カリティの心の中では彼女の娘エレクトラは今も地国に生きているのだ。

＊

「神話じゃなくて、事実なんだよ」カリティはじれったそうに言った。「この世界のどの村にも同じような神話が残っているのがその証拠さ」

「じゃあ、天獄もどこかにあるってのか？」

「天獄は足元に広がる無限の真空に対する恐怖の象徴さ。あるいは、空賊の起源を説明するための」

妥当な意見だ。カリティは本来論理的で冷静な人間なのだ。なのに、どうして、娘が絡むと衝動的な考えに短絡してしまうのだろう？　天獄に対する解釈を地国にも適用できることになぜ気がつかないのだろう。

カムロギはカリティが憐《あわ》れに思えた。そして、とてもいとおしく感じた。

彼は無言で、カリティの肩を抱いて、引き寄せた。その顔には長年の苦しみによる深い皺が刻まれている。むっとする体臭だか口臭だかがにおってくる。

思えば、ずいぶん長い間、自分の臭いしかかいでないが、これが女の匂いってもんだろうか？　それにしちゃ、やけに臭いな。俺の鼻が敏感になり過ぎてるのか、それともカリティが特に不潔な女なのか？　まあ、どっちでもいいさ。臭いを我慢するのもひょっとして楽しいことかもしれないじゃないか。

「なあ、カリティ」カムロギは優しく言った。「俺たち、同じ部屋に住むってのはどうだろう？　そのほうが省エネルギーになるし……」

カリティの体が硬直し、熱くなった。目には怒りの炎《ほのお》が宿っている。カムロギは思わず、カリティの肩から手を離した。

「カムロギ、あんたもかい!?」カリティは鼻息荒く言った。「まったくもって、どうして男ってのはのべつ幕無しに発情していられるんだい？　本気でわたしが若い女の代わりになるなんて思ってるのかい？」

「い、いや。違うんだ。そんな気持ちじゃ……」では、どんな気持ちだったんだろう、カムロギは自問した。

「別に言い訳する必要はないさ。ただ、ちょっと頭を冷やして欲しいんだ」カリティはしばし何かを考えるように沈黙した。「これから、わたしは船まで戻ろうと思う」

カムロギは慌てて、早まるのを止めようとした。

カリティは笑いだす。「何も二度と帰ってこないなんて言ってないよ。ただ、二、三日シェルターから離れたほうがいいと思ったんだ。さもなけりゃ、無駄で不条理な諍《いさか》いが起こっちまうのが必至だからさ。ここの北一〇〇キロほどのところにも熱源がある。空賊の攻撃の跡だとすると、この村の衛星字《あざ》だった可能性がある。それとも、別の村か。どっちにしても、何か価値のあるものが見つかるかもしれない。そこの調査に行こうと思うんだ」カリティはにこりと笑うと、カムロギの頰を人差し指で突き、部屋から出ていった。

カムロギ、あんたもかい⁉　カリティは確かにそう言った。くそ。ヨシュアもなかなか油断できないじゃないか。

＊

カムロギが一〇歳の時、彼の村は全滅した。

次々と村の施設に略奪者が侵入してくる絶望的状況のなか、彼の父親は彼に宇宙服を着せた。父親自身が宇宙服を着る時間はなかった。空賊の船が地表近くで爆発を起こし、衝撃で何もかもが吹き飛んだ。空気は一瞬、すべて炎と変じ、次の瞬間には真空へと転じた。

磁気推進船が減速する時、貴重な運動エネルギーを無駄に捨てたりはしない。地表人たちは減速と同時に弾み車《フライホイール》に運動エネルギーを蓄積し、加速時に再利用する。しかし、空賊の船は時速六〇〇〇万キロから減速するため、爆発的なエネルギーを蓄積する必要があり、弾み車などでは手に負えない。どんな方法を使っているのかは地表人には解明されていないが、おそらく超重元素を合成し、準安定状態で保存しているのではないかと想像されていた。とにかく、空賊の船は一トンあたり一・五ペタジュールものエネルギーを持っている。核兵器並みだ。空賊たちが地表すれすれの深度でやってくるのは、単にレーダから逃れるためだけではなく、迂闊《うかつ》に迎撃できないようにするためなのだ。だから、村人は推進機関だけを狙った。失速させて、空の彼方へ落とすために。

なのに、その船は機首を持ち上げ、地面に墜昇した。

どのくらいの時間が過ぎたのか、気がつくとカムロギの周りには誰もいなかった。壁も床も天井も飴《あめ》のように捻じ曲がっていた。あちこちに落ちている消し炭のようなものが村人たちだろうか？

カムロギはそのまま生命維持装置が止まるまで、そこに横たわっていようと思った。どうせ一人では生きていられない。

その時、床を突き破ってきたものがあった。カムロギの心臓は縮みあがった。それは「落穂拾い」の一団だった。

彼らにはカムロギを助ける義務はなかった。リーダーはカムロギに尋ねた。このまま、潔くここで死ぬか。それとも、俺たちと行動をともにして、飢えと恐怖に苛《さいな》まれながら、ぎりぎり生き長らえるか。ただし、子供扱いはしない。足手まといになったら、すぐに捨てていく。

カムロギは生きることを選んだ。

リーダーと一緒に一人乗り用の操縦室に乗り込んだ。村を離れる時、巨大なクレータが目についた。

「地面に大きなクレータがあるよ」

カリテイからの無線連絡の声で、カムロギは白昼夢から呼び戻された。昔のことを思い出すのは何年振りだろう？　彼は首を捻った。なぜ今ごろ？

「熱源の中心とクレータの中心は一致している」カリテイは冷静に報告を続ける。「現在、徐々に温度は下降中。さらに接近して、真下から観測してみる」

カリテイから送られてくる映像に三人は見入った。クレータはほぼ完全な円形をしていた。内部は鏡のようになめらかだった。急激な融解と凝固の結果だ。そこにあった岩盤の大部分は爆発と同時に気化するか、液化するか、あるいは固体のまま飛び散り、天に落下していったはずだ。

カリテイの船はさらに上昇してクレータの天井に近付いた。遠目には滑らかに見えたその表面に小さな波状の構造が見え始めた。

「いったいこれは何なんだろう？」カリテイは不思議そうに言った。「こんなのは見たこともない。ここに何かの施設があったとしても、こんな規模の爆発じゃあ、跡形もないだろうよ」

カムロギはそのクレータを見たことがあるのに気がついた。無意識に過去を思い出したのはそのせいだったのだ。

＊

映像の隅で、小石がクレータの表面から崩れて落下していった。

＊

よく見ておくんだ。空賊の船が地面の近くで爆発すると、あんな丸い跡ができる。

空賊の船はよく爆発するの？

しょっちゅうじゃないさ。俺だって、爆発の跡を見るのはこれで三度目だ。

でも、時には爆発するんだね。

ああ。時にはな。

じゃあ、そのうち世界はクレータだらけになっちゃうんだね。

いいや。そうはならないさ。クレータの寿命はそう長くない。

どうして？　真空中にあるものはほとんど変化しないんでしょ。

いいか。この世界は微妙な均衡の上になりたってるんだ。わかるか？

ううん。よくわからないよ。

わからなくてもいい。とにかく、そういうものなんだ。とにかく、微妙なんだ。だから、ちょっとしたことで、均衡は崩れてしまう。例えば、爆発であんなクレータができちまうと、そこから均衡が崩れて、あっというまに世界は壊れてしまう。

おじさん、僕怖いよ。

だから、世界は自分で不安定要因を排除して、均衡を回復しようとするんだ。巨大で能動し生ける知能系。ほら、見てごらん。始まったみたいだ。

＊

「カリテイ、すぐそこから離れろ!!」カムロギは絶叫した。

ヨシュアとナタはきょとんとして、彼を見つめている。

「なんだって？」カリテイは聞き返す。

「そこは危険なんだ」カムロギは焦った。「つべこべ言わずに、そこから離れろ！」

「ちゃんとした説明をしておくれよ」高圧的な言い方をされ、カリテイはかちんときたようだった。「わたしだって、わざわざ来たってのに、手ぶらで帰るのは気が引けるよ」

「排除が始まるんだよ！」

「排除？」

「爆発による内部構造の歪みや亀裂の経時変化は磁界を不安定にする。恒常性維持のため、クレータ周囲の岩盤は破棄されるんだ」

「推進装置作動!!」カリテイは即座に対応した。磁気推進特有の唸《うな》りが聞こえてくる。

危険地帯からは数秒で抜け出せる。カムロギは溜め息をついた。力が抜けてその場に座り込んでしまいそうだ。

「だめだ！」カリテイが叫ぶ。「磁界が急激に変動し始めた。制御不能。船体を静止させるのが精一杯で、移動はできない」

「深度をとれ！　岩からできるだけ下がるんだ」

「了解なんとかやってみ……」カリティの声が途切れる。「現在、クレータ表面からの深度五〇メートル。これ以上降りるのは難しい。少しでも、操作を間違うと、墜落してしまう」

「なんとか、頑張るんだ。ロケット推進は使えないか？」

「一度も使ったことはないけど、動きはするはずだよ。ただ、こんな地表に近いところで使うのは自殺行為だけどさ」カリティの声に苛立《いらだ》ちの色が入り始めた。「あんた、クレータのことを知ってて、黙ってたのかい？」

「忘れていたんだ」カムロギは唇を噛んだ。「だが、それは言い訳にならない。俺は……」

「懺悔《ざんげ》は後でいいよ。どうせ、生きて帰りついたら、そんなものには聞く耳持たないけど。あんたが話し始める前に、舌を切り取って、目玉を抉《えぐ》り取ってや……」通信が途絶える。

「カリティ、大丈夫か⁉」

「地面が揺れ始め……船体がスピン……」

「磁気推進を解除するんだ。一キロほど落下してから、ロケットを点火するんだ！」

「……制御不能……ロケット単独の推力は……不足……」

「カムロギ、落ちつけ」ヨシュアがカムロギの肩を強く摑む。「ロケットはあくまで磁気推進の補助システムだ。それだけで、重力に抗する力はない」

カリティの船からの音声は途切れ途切れになり、映像は完全に駄目になった。

「通信状態を改善できないか⁉」カムロギはナタに詰め寄る。

「無理だ。磁気嵐が起きているんだ。それも常に変動している。充分時間があれば、補正できるかもしれないけど、すぐには無理だ。とにかく、通信信号の記録だけはとっておく」

カムロギはスクリーンの映像をシェルター底部に設置されている観測装置からのものに切り替えた。クレータを内側に含む広大な正方形が地表に現れるようすを見てとることができた。正方形の各辺は岩盤にできた亀裂だ。正方形の内側の地面は激しく振動し、大小さまざまの岩がぼろぼろと落下していく。正方形の外側は何事もないかのように静かだ。各辺は岩盤を物理的に切断しているらしい。正方形がゆっくりと下降し始めた。地面に埋め込まれている立方体が取り出される形だ。立方体の下部でちらちらする光点がカリティの船か。

「磁場で垂直位置保持……ロケット推進を水平に……」

もはやそれしか方法はないだろう。磁界は岩盤の超磁性に引きずられるはずだ。だとすれば、落下直後は比較的安定しているのではないか。亀裂部分では磁界の挙動が安定しないだろうが、ロケットで充分に加速すれば、いっきに正常な磁界が支配する地表まで飛び出せる。

画面上の光点が移動する。立方体はすでに五〇メートル以上降下しているが、光点の速度は充分のように見えた。そのまま、亀裂を超える。

「やったぞ!」ナタが叫んだ。

ところが、光点は地表へと飛び出さず、そのままほぼ直角に機首を上に向け、降下する立方体の側面に沿って上昇を始めた。

「拙い。立方体の磁場に捕まってしまったんだ」

「カリティ!!」カムロギは叫んだ。だが、もはやどんな助言も無駄なのは明らかだった。カリティの船は立方体の岩ともども、すでに五〇〇メートルも落下している。複雑な変動磁界に絡まれた船はくるくると回転した。

「どうやら、おしまいらしいね」カリティの静かな声が聞こえてきた。「カムロギ、さっきわたしが言った……忘れ……よ。誰も恨んでなんか……今日ここで天獄行きにならなかったとしても、どうせいつか……だよ。それから、……ああ。なんてことだい。あれは、あの時の……」

通信状態はさらに悪くなった。排除された立方体が急激に変形しながら、電磁波を放出している。表面から砕けた岩が周囲の空間に飛散し、船の位置そのものがわからなくなった。

「おおおおおお!! カリティ!」ナタが通信機にすがりつく。

それから、凄まじい磁気バーストによって、カリティの船の通信回路が焼き切れるまでの数秒間、彼女の声は微《かす》かに聞こえ続けた。叫び声ではなかったが、意味はわからなかった。ただ、最後の一言だけはカムロギにはっきりと聞こえた。

「……エレクトラ……」

最初の一週間は何もできなかった。ずっと、床に寝転がったまま、アルコールを飲み続けた。

「カリテイの形見を残していってやる。あんたには受け取る資格はないと思ったが、ヨシュアがしつこく頼むんでね。あばよ。ヨシュアに感謝するんだな」

八日が過ぎた頃、ヨシュアがまだ側《そば》にいることに気がつき始め、一〇日がたつ頃にはナタがいなくなっていることにも気がついた。

「あいつは泥酔しているおまえを何度も殺そうとした。そのたびに俺が命がけで助けてやったんだ」ヨシュアは血走った目で睨《にら》みつける。

「御礼を言わなけりゃいかんのかな？」カムロギは薄目を開けて、にやにやと笑う。「それであいつは？」

「出ていったよ。ここで、カリテイと暮らすつもりだったらしい。カリテイがいなくなった今、ここにいる理由もなくなったと言っていた」

ヨシュアは何か重要なことを言ってるのか？　どうでもよかった。

それでも、ひと月が過ぎると、カムロギもようやくまともな思考ができるようになってきた。カリテイの最後の言葉が気になったのだ。カリテイの死はリーダーである俺の責任だ。ヨシュアやナタにどう責められても仕方がない。でも、ただここで死んだような生活を続けていてもどうにもならない。何か自分にできることはないだろうか。

カムロギはカリティの立てた仮説の検証を始めた。世界は回転していて、その回転が遠心力を生み出している。もし、それが正しいのなら簡単に証明できるはずだ。星をもとにした世界の回転周期。それから理論的に導き出せる遠心力と現実の重力の大きさが合えばいい。

結果は食い違っていた。ほんの小さな違いだったが、誤差の範囲を越えた違いだった。現実の重力は計算による遠心力よりも七〇〇〇分の一だけ小さかったのだ。

カムロギはまたアルコールを飲み始めた。何もかも無意味だったのだ。カリティは一生夢を見続けていた。幸せなことに夢を見たまま死んだ。だが、俺は現実を知ってしまった。重力と世界の回転は無関係だったのだ。

ヨシュアが何か言った。我慢の限界だとか、出ていくとかそんなことだった。岩盤が緩んでる？　結構なことだ。俺はもう飽き飽きなんだ。知ってるか、世界の秘密を？　遠心力なんだぜ。だから、回転を止めればなにもかも重さがなくなって宙に浮かんだままになるんだ。え？　「飛び地」は回転してるのに天に落ちずに浮かんでるって？　そうそれがみそなんだ。なぜって、回転とか遠心力とかは全部出鱈目《でたらめ》なんだから。

だから……。

……エレクトラ……。カリテイの声。

待ってくれ。今、なんて言った？　「飛び地」が回転してるって？　星は一二日と一四時間で回転している。だけど、「飛び地」は……。星の中を進んだり遅れたりしながら、同じ周期で……。いや。「飛び地」は星とは同じ周期で回転していない。順行「飛び地」は星よりも四時間早く一周し、逆行「飛び地」は四時間遅く一周する。もし、星が止まっているとしたら、「飛び地」は三年弱の周期で回転運動をしていることになる。そうだとしたら、「飛び地」は遠心力で吹き飛んでしまうはずだ。そうなっていないのは何かの力が「飛び地」を引き止めているからに違いない。

カムロギは縺《もつ》れる足を引き摺《ず》り、倒れこむようにして、コンピュータ端末の前に座り、入力を始めた。カリテイが求めたコリオリ力と速度との比例係数は星の回転周期とぴったり一致している。一致していないのは遠心力の大きさだけだ。三つの数値のうち、一つだけが合わないからといって、理論そのものを捨ててしまうのはばかげている。合わない一つの数値に何か摂動が入っていると考えるのが合理的だ。地表重力、コリオリ力、「飛び地」の回転周期、星々の回転周期。コンピュータは結果を弾き出した。

世界の中心に向かう未知の力が存在する。それは遠心力と逆の向きを持つ引力であり、その大きさは世界の中心からの距離の自乗に反比例する。

カムロギの体は震えだした。

中心へ向かう力が実在したのだ。この力があれば、人々が地面を踏んで歩く球状の世界が実現できる。神話は事実を反映したものだったのだ。この力の発見によってすべてが根底から覆《くつがえ》る。

引力に基づく球状世界が安定しているのに較べて、遠心力に基づくこの世界が力学的に非常に不安定なのは明らかだ。それでもこの世界が唯一のものだと信じていたのは、世界を構築できる他の原理がなかったからだ。

しかし、今や新しい原理が見つかったのだ。引力が支配する宇宙では、ゆっくりと自転する球状世界が自然発生することは容易に推測できる。だが、遠心力により表面の物体が飛ばされるほどの速度で回転する巨大な構造体からなる世界——そんなものが自然発生することは奇跡に近い。この世界が自然発生したのではなく、人工的なものだとしたら、人類の居住区として相応《ふさわ》しいのは外側ではなく、内側だ。そう。俺たちは間違った側にいるんだ。

足元に大地のある世界、頭上には膨大な酸素と水蒸気を含む大気の分厚い層がある。過飽和になった水蒸気は微細な水滴になり、天に浮かぶ。さらに、その上には目も眩《くら》むような光源があり、植物を使役《しえき》する。

大地に繁茂する植物の間を草食獣とそれを捕食する肉食獣が走り回る。そして、低い場所には大量の水が集まり、豊富なミネラルを含むその水には地上よりも多くの水棲生物が満ちている。

人類に無尽蔵の空気と水と食料と空間と熱と光が与えられた世界。それを想像するだけで恍惚となった。

カムロギはヨシュアにこの発見を伝えようと振りかえった。そこには誰もいなかった。自分の部屋に戻ったのか。それともカムロギの常軌を逸した行動に嫌気がさして、シェルターから出ていったのか。

ヨシュアから自分へのメッセージがないかと、コンピュータのメモリ・ボックスを探った。意外なことにヨシュアからではなく、ナタからのメッセージが見つかった。文書ではなく、小さな映像ファイルだ。

カムロギはファイルの展開コマンドを打ち込んだ。

もし、彼らが出ていきたいのなら、止めることはできない。確かに俺は地国が存在する可能性を見出したが、それは世界の秘密の片鱗でしかない。世界の内側へ行く入り口の場所もそこを通る方法もわからない。行けたとして本当にそこが伝説の地国だという根拠も、カリテイが信じていたようにエレクトラが住んでいるという保証もない。彼らにいっしょに探索するよう無理《むり》強《じ》いはできまい。それに俺は本当にそこに行きたいのだろうか？　カリテイへの罪の意識から自らに苦行を命じているだけではないのか？

カムロギは窓に近付き、宝石箱をひっくり返したような、ぴんと凍りつく満天の星空を見下げた。

何も慌てる必要はない。どうせ、俺の体は真空とアルコールでぼろぼろなのだ。ぶらって、自分の船に戻る体力も残っていない。今はじっくり回復を待つんだ。今後のことはそれからゆっくり考えればいい。

ファイル展開終了のシグナルが鳴った。スクリーンを振りかえるカムロギの目に、カリテイが最後の瞬間に見たものが映っていた。形見というのは彼女からの最後の映像通信を復元したファイルのことだったのだ。

四角く刳《く》り貫《ぬ》かれた大地の天井――それはこの村からは直接見えない角度にあった。途方もなく巨大なドックに組み込まれたまま眠るそのメカの姿は、爬虫類にも昆虫にも、そして巨人のようにも見えた。


「長老、お休みのところ、恐れ入りますが」人造秘書の声だ。「通信が入っております」

ザビタンは唸《うな》った。

もう少し寝かせて欲しい。どうせ、たいした用ではないに決まっている。

「長老、お休みのところ、恐れ入りますが、通信が入っております」

ザビタンは溜め息を吐《つ》いた。人造秘書は決して諦めてはくれない。

「後で掛け直す」ザビタンは目を開けずに言った。

「お言葉ですが、長老」人造秘書は少し音量を上げた。「ホットライン通信です」

「エリー、わたしの血管にブドウ糖とカフェインを注入」ザビタンは言った。だが、人造秘書がその準備を整える前にザビタンはすっかり目覚めていた。

深呼吸して、そして考えるんだ。

ホットラインが通じているのは、このウインナー村、ンバンバ村、そして第四帝国の三か所のみだ。三つの村——第四帝国も実質的には村と変わりない——の共通点はある武器を所有していることだ。

その武器は世界に三機——もしくは、三体のみ存在している。もし一体のみであったら、その所有者は世界を手にしていたであろう。

もうこの世界には人々が生き延びるために充分な資源は存在していない。村々の間には資源を巡って醜い争いが絶えないし、それぞれの村の中でも資源の奪い合いを原因とするいざこざや犯罪が絶えることはない。この武器が一体のみであったなら、その村はそれを使わないではいられないだろう。人は飢えれば必ず冷静な判断をなくす。そして今世界の殆《ほとん》どの人々は飢えている。世界はこの武器の所有者により征服され、資源は簒奪される。その結果として、世界の終焉はさらに早まることだろう。

もし二体だったら、凄まじい戦いの後、残り一体がやはり世界を征服していたであろう。

だが、幸か不幸かこの世に、あれは三体存在していた。一体が動こうとしても残りの二体がそれを阻止する。武器の所有者たちはそのような不本意な均衡の中にあった。

それがザビタンが世界の支配者でない理由であり、またいまだに命を永らえている理由でもあった。

武器の所有者たちは互いに条約を結んだ。単独では武器を使用しない、もしそれに違反した場合は、残りの二機が協同して村そのものを殲滅《せんめつ》するという条約だ。

もちろん、武器に対する態度は村によって全く違っていた。

ザビタンの統治するウインナー村はあくまでストイックな立場を貫いていた。条約国以外に対しては、外交にこの武器の影響力を行使することはなかった。村の生活は他の村々と同じく縮小均衡を繰り返していた。弱い者、年老いた者から徐々に餓死して、人口は減り続けていた。それは非人道的な統治のようにも見えたが、もっとも苦しみの少ない滅びへの道でもあった。

ンバンバ村はある程度の覇権主義をとっており、周囲の村々から自由連合という体裁で搾取を行っていた。見かけ上、ンバンバ村は繁栄を保っているように見えた。子供たちの半分以上は大人になるまで生き延びることができ、暖かい部屋で息を引き取ることもできた。だが、それは他の村の急激な衰退の上に成り立っており、束の間の繁栄でしかなかった。

第四帝国はもっと酷い有様だった。一〇〇以上の村を侵略し、資源を吸い上げることで、村人たち――彼らは帝国民と呼んでいるが――の生活水準を保っていたのだ。彼らは世界に超絶兵器が一体しかなかった場合のシミュレーションをしていると考えることもできた。どう考えてもこの営みは持続可能ではない。遠くない将来確実に破綻することだろう。

だが、ザビタンはこれらの村の内政になんらの働きかけも行わなかった。彼らと戦うことはおおきなリスクを負うことになる。世界の崩壊を早めるのを見過ごすことになろうとも、あえて不干渉を貫くことで、村の安全を守っているのだ。ザビタンは村人の命に対する責任を負っている。彼らを守るだけで手一杯だ。きっと、世界全体の人々の命については、誰か他の人間が考えればよいことなのだろう。

ホットラインはこの三つの村を互いに繋いでいるが、緊急時以外の使用は固く禁じられている。つまり、今現在緊急事態であるということだ。

ザビタンはベッドの上に起き上がり、こめかみを揉んだ。

拙い。非常に拙い。

緊急事態の種類は限られている。

まず、三村のうちの一つが裏切ったということ。何らかの理由で、武器を使用したことを意味する。条約によれば、残りの村は有無を言わさず、協同で叩き潰すことが可能だ。

二つ目は、謀議の申し出だ。ある村が共謀して残りの一村を排除しようとウィンナー村に持ちかけてくる可能性はゼロではない。しかし、それが実現した暁《あかつき》には不安定な均衡状態が待っている。その場合、ザビタンは申し出を拒否すると共にもう一つの村に連絡しようと決心した。

三つ目は宣戦布告の場合だ。一つ乃至《ないし》二つの村がウィンナー村に対し、攻撃を仕掛けてくる。この場合、戦うしかないだろう。相手が一体なら、もう一体の応援を要請する。もし相手が二体なら……。

ザビタンは頭を振った。

起こってもいないことに気を煩《わずら》わせても仕方がない。とにかく、ホットラインの内容を確認しなくては。

「エリー、ホットライン通信を再生」ザビタンは人造秘書に呼び掛けた。

長い白髪の男――ンバンバ村の村長エゼキエルの映像が現れ、自らの言語で話し始めた。

「通訳」

「こんにちは、村……ええと、指導者の皆さん。この通信はウインナー村と第四帝国の双方に送っております」

「村長」と言いかけて、「指導者」といい直したのは、第四帝国の皇帝に気を使ったのだろう。もっともウインナー村でも指導者は「村長」ではなく、「長老」なのだが、ザビタンはどう呼ばれようとあまり気にしていなかった。

ウインナー村と第四帝国の双方に送っているということは、第四帝国が裏切ったということではないらしい。

では、いったいなんの用だろう？　まさか、ウインナー村と第四帝国に対して宣戦布告という訳でもあるまいに。

「端的に申します」ンバンバの村長の顔色が曇った。「四つ目の邪神が見つかりました」

緊急事態だ。

ザビタンはぽかんと口を開けた。

ンバンバの村人は例の兵器を「邪神」と呼ぶ。ウインナーの村人が「天使」と呼ぶのと同じことだ。

しかし、まさかそんなことは想像だにしていなかった。

「発見したのは空賊どもです。場所は岩盤の崩落現場です。やつらの通信を傍受してわかりました。これが邪神です」

知られているどのタイプとも似ていなかった。大きさは数百メートル程か。

「画像分析！」ザビタンは人造秘書に命じた。「この物体は何か？」

「天使である蓋然性《がいぜん》は八〇パーセント、なんらかの彫像の遺跡である蓋然性が一五パーセント、巨大な未知の生物、もしくはその遺骸である蓋然性が四パーセントです。それ以外である蓋然性が一パーセントです」

天使でない確率が二〇パーセントある。それに賭けるか？

いや。リスクが高過ぎる。

「すでに空賊どもが出土現場に向かっています。このままでは、遅かれ早かれ、やつらの手に落ちることでしょう。あるいは、すでに内部に侵入している可能性もあります。我々のとるべき手段は、やつらと交渉して新たな同盟関係を構築するか、もしくは先手を打って破壊するかのどちらか一つです。早急に対策会議を開くことを提案します。

まず、会議形態を決めたいと思います。代表者を一か所に集めるか、電波による通信かどちらかを選択ください。我々三者の物理的な位置関係から、我々ンバンバ村がとりあえずの議長になることが最適と判断しますので、皆様のご意見をお待ちしております」

通信が終了した。

ウインナーとンバンバの間には電波通信で片道約一一分のタイムラグがある。また第四帝国との間には片道二四分ものタイムラグがある。これでまともな会議を行うのは至難の業だろう。

また、一堂に集うのにかかる時間は最速船を使えば、約三日だ。三日の間に事態がどこまで進行するか。

あるいは、単独で行動するのが得策か？

いや。未知の天使と単独で戦うのは危険だ。とにかく他の二村と話し合って解決策を模索するのだ。

「エリー、ンバンバ村と第四帝国に通信を送る。録画開始」

「了解いたしました」

「状況は理解いたしました」ザビタンは努めて冷静さを失わないように話し始めた。「充分な情報を元に冷静に議論すべき案件だと思います。すぐに、シグマポイントに集結することを提案いたします。また、本格的な議論を始める前に通信による予備会談をすぐに開始することを提案いたします。我々は今すぐシグマポイントに向けて出発いたします」

結局、ヨシュアはカムロギを見捨てなどいなかった。常軌を逸した行動をとるカムロギをなるべく刺激しないようにシェルター内の離れた場所から正気に戻るのを辛抱強く見守っていたのだ。

「正直、俺一人じゃあ、あの怪物をどう扱うか見当もつかん」ヨシュアはまともな行動を取り始めたカムロギに言った。「あのまま放置してみすみす空賊にくれてやるのは惜しい。かと言って、迂闊《うかつ》に手を出すのはあまりにもリスクが高い」

「それで、俺が正気になるのを待ってたって言うのか？」カムロギが尋ねた。

ヨシュアは頷いた。「何かいい案はないか？」

「考えはある」

「本当か？　実を言うと、そんなに期待はしてなかったんだが……」

「あいつを乗っ取る。そして、飛翔させて世界の境界を越える。おまえにも手伝って欲しい」

「でも、それでもおまえなら何かいい考えを……。今何か言ったか？『あいつを乗っ取る』と言ったように聞こえたんだが」

「そう言った」

「あいつって、あの化け物のことか？」

「そうだ」カムロギはごく普通のことのように言った。

「俺が間違っていた」

「おまえがよく間違うのは承知のことだ。で、今度は何を間違ったんだ？」

「おまえが正気に戻ったって思ったことだ。正気どころか、より深い狂気に沈んでしまったようだ」ヨシュアは額に手を当てた。

「俺は完璧に正気だ」

「誰でも自分ではそう思うもんだ」

「あれはカリティの言っていた怪物の同類に違いない」

「何か証拠があるのか？」

「でかいし、不気味な姿をしている」

「でかくて不気味な姿をしていたら、全部カリティの怪物なのか？」

「他にでかくて不気味なやつを知ってるのか？」

「いいや。だが、それは直接的な証拠には……」

「他に知らないのなら、あれはカリティの怪物の同類だ」

「あれは岩盤の上に埋まってたんだ。ここ何年かに外に出ていた痕跡はない」

「あれがカリティの怪物だとは言っていない。『同類』だと言ってるんだ」

「仮にあいつの従兄弟か何かがカリティの娘を攫《さら》ったとしよう。それがどうしてあいつを乗っ取るって話に繋がるんだ？」

「あいつの同類が世界の境界を越えて地国からやってきたのなら、あいつも世界の境界を越えて地国に行けるはずだからだ」

「地国だと!? おまえ、地国に行くつもりなのか？」

「ああ。そうしなければエレクトラを連れ戻すことができないからな」カムロギはやはりごく当然と言わんばかりの物言いだった。

さて、どうしたものか？

カムロギの言葉の意味内容には正気の欠片もない。全くの戯言《ざれごと》だ。だが、彼の表情や態度や口調を見る限り、狂気に陥っているとは到底思えなかった。

狂人に付き合うのは極めて危険だ。だが、もしカムロギの言葉にほんの僅かでも真実が混ざっていたら？　あの怪物は地国ではないまでも、我々が永久に到達できないような領域に連れて行ってくれる可能性はあるのではないだろうか？

でも正気じゃなかったら？

その時こそ、本当に見捨てればいいだけじゃないか。

「よし。わかった。おまえに協力しよう、カムロギ」

ヨシュアはカムロギの精神状態を疑いながらも、共に回収計画を練り始めた。カムロギが正気だとも狂気だとも確証がなかったので、こうやって見掛け上協調的な行動をとりながらカムロギの心を探るしかなかったのだ。

だが、それも限界が近付いてきた。カムロギは、充分な準備もないまま、力尽くで怪物の内部に侵入しようと言い出したのだ。

カムロギの言動はますます異常さを増しているように思えた。そろそろ態度を決めなければならない。このまま見掛けだけではなく、真の意味でカムロギと運命を共にするか、それとも見捨てるか。

「もうそんなに時間は残ってないかもしれない」カムロギは声を荒らげた。「あれはどの『飛び地』からも丸見えなんだぞ」

「運よくあいつの中に侵入できたとして、おまえに操縦の方法がわかるのか？」

「そんなことは実際に中に乗り込んでみなければわからないだろう。少なくともここで議論しているだけでは何もわからないのは確かだ」

「仮に運良くあれの中に入ることができて、さらに奇跡的に操縦方法がわかったとしよう。それでどうするんだ？　あれだけでかければ、燃料は馬鹿ほど食うだろうし、速度もたいしたことはないだろう。空賊どもに狙い撃ちにされる。だいたい、あれを回収して、俺たちにどんなメリットがあるんだ？　仮に地国があったとして、そこに行く方法は何も怪物に乗り込むだけではあるまい。それなりの装備を持った船さえあれば……」

「なぜあれはあそこにあったと思う？」カムロギはヨシュアのぼやきを無視して言った。

「なぜって、誰かがあそこに置いたからだろ」

「あれは単にそこに置いたというよりは隠してあったように思える。普段使うものを地上高くに埋めておくやつはいない」

「あれを隠してたって？　なぜ？」

「それはわからない。しかし、隠してあったからには何か訳があるはずだ。それも知られてはいけない理由が」

「俺たちはやばいことに首を突っ込みかけているんじゃないか？」

「もう充分に首を突っ込んでいる。今更、逃げ出すのは手遅れだろう。空賊どもには目を付けられているし、あれを隠したやつらも気付いたかもしれない。それからひょっとして、あれを隠したやつらの敵も」

「敵って誰だよ?」

「知るもんか。とにかく俺たちには選択肢は二つしかないってことだ。とにかく一番乗りして、あれを手に入れるか、それともこそこそ逃げ惑って、やつらの目にとまらないことを一生祈り続けるか」

「後の方だと、いままでの生活とあまり変わらん気がするが……」ヨシュアは呟《つぶや》くように言った。

「ナタとの連絡はまだとれないのか?」カムロギは焦りの色を隠していなかった。

ヨシュアは首を振る。「あいつが出発してもうひと月以上になる。バースト通信が届く範囲から出ていってしまってるかもな」

「頻度と出力を上げて試してみてくれ」

「そんなことをしたら、空賊どもに気付かれちまうぞ」

「だからもう気付かれてるに決まってるって言ってるだろ!」

ヨシュアは黙って、通信機をプログラムした。

「怒鳴ったりして悪かった」カムロギは我に返ったようだった。「つい、苛々《いらいら》して」

「わかっている。おまえはカリテイの死を無駄にしたくないんだろ」

カムロギの胸が痛んだ。

「カリテイはあの場所の調査に行って、あれが現れる瞬間に遭遇して巻き込まれ、天獄に墜ちていった。あれを見逃したりしたら、それこそカリテイが犬死にしたことになっちまう。おまえはそう思ってるんだろ？」ヨシュアはさらに追い討ちをかけるように言った。

「違う！　俺はただ世界の秘密を知りたいだけだ」

「大地の上にある、地国のパラダイスか……」

再び、二人の間に沈黙が流れる。

「では、出発は一〇分後だ。ナタへは直接現場に来るようにバースト通信で自動メッセージを出しておこう」ヨシュアは諦め顔で言った。


三次元磁気レーダにまた光群が現れた。今度は三〇機だ。出発地点はティタンと呼ばれる「飛び地」だ。これで、五個の「飛び地」からの出撃が確認されたことになる。同時に起こった出撃数としてはおそらく新記録だろう。船の数も半端ではない。

磁気推進船の狭苦しい操縦席でナタは舌打ちをした。

カムロギに幻滅して村のシェルターから出た後、ナタは一縷《いちる》の望みを持ってカリテイの捜索を続けていた。そのことがこの領域からの脱出を遅らせることになってしまったのだ。

早晩、空賊どもがあの怪物に目を付けることはわかりきっていたはずだ。俺はつくづく大間抜けだ。

「飛び地」は全部で二〇あるが、他の「飛び地」はおそらく今回は出てこない。次の機会を狙うはずだ。空賊にとって出撃はリスクが高く、充分な準備期間がなければ殆ど自殺行為と言ってもいいぐらいだ。今回出撃したやつらは一か月ほどの準備期間しかなかった。最初に飛び出したのはマルス──おそらく準備期間をぎりぎりに削って、一か八かの出撃だったはずだ。マルスの出撃を確認して、ルナ、イトカワ、ガイア、ティタンの四つの「飛び地」がおそらく危険な緊急出撃を行っている。それぞれの「飛び地」から出撃した船の軌道を計算すると、目的地はほぼ同一の地点だ。五つの空賊のうち最初に到着するのはおそらく二つ。あと一日かそこらで、この領域には雲霞《うんか》のごとく空賊の船が飛び交うことになるだろう。

また、バースト通信が入った。

これだけの頻度と出力だとすでに空賊たちには知られているだろう。もっとも、だからといって、今更空賊どもの行動が変化するとも、さらに危険度が上がるとも思われないが。

地上に埋まっていたあの怪物が何であるかは全くわからない。空賊たちにしたって、その正体を知っているかどうかは疑問だ。ただ奇怪で巨大なものが出現したから警戒して、調査に向かっただけかもしれない。あるいは、他の空賊に先を越されないために。

そして、厄介なことにカムロギはあれを回収するつもりらしい。全く自分の立場というものを弁《わきま》えてないのも甚《はなは》だしい。どうやって、空賊軍団と渡り合うつもりなのか？　都合よくやつらが同士討ちをして、滅んでくれるとでも言うのか？　万が一、そんな幸運が訪れたとしても、数日後には第二陣がやってくることだろう。

バースト通信によると、カムロギたちはすでに遺跡に向かって出発したらしい。どうやらカムロギはあの怪物を回収し、その力で空賊を撃退できると考えているようだ。

俺にも来いだって？　馬鹿な。俺は自殺する気はさらさらない。カムロギの世迷言《よまいごと》など糞食らえだ！

空賊の船が近付いて来る前になんとしてでも、この領域から逃げ出さなければならない。

ナタはエンジンの起動スイッチに指を掛けた。

問題は九分九厘、空賊たちもこの領域を監視しているだろうということだ。今は接岩して、動力を切っている状態だから、見付かってはいないはずだが、磁気エンジンを起動した瞬間に丸見えになってしまう。

やつらはどう考えるだろうか？　でかい獲物の前のしょぼいやつだと見逃してくれるか。それとも、遺跡との関係を疑って、捕まえに来るか？　捕まえに来た時に逃げ出せば、攻撃されて命はない。では、おとなしく捕まったら？　やつらには捕虜を生かしておくだけの資源的余裕はない。遺跡に関係ないとわかれば、船と宇宙服をとられて、裸で天獄に突き落とされるだろう。

ナタの指先は震えた。

「丸腰で空賊たちを迎え撃つ気はない」カムロギは廃村のシェルターの中を探し回って見付けた装置を引き摺《ず》ってきた。「これを俺たちの船に取り付けることはできるだろう？」

「核ミサイルが二発とビーム兵器が二台か」ヨシュアは装置を弄《いじ》くった。「こんなの一〇秒も放射すれば、船の弾み車は全エネルギーを失って止まっちまうぞ」

「敵の船に命中すれば、一秒で片が付く」

「それは敵が全くの無防備だった場合だろ。向こうだって、それなりの防御はしている。船を包む磁場を変動させれば、簡単には命中しない。百歩譲って百発百中だとしても、撃墜できるのは一〇機までだ。一一機目はどうするんだ？」

「船の兵器で時間稼ぎしている間に、あの怪物に侵入する。怪物の中にも何かの兵器があるかもしれない」

「そんな杜撰《ずさん》な計画では乗り気になれないんだが」

「乗り気でなくたって、それ以外にはどうしようもない。この時点でここから逃げようとしたら、確実に攻撃される。怪物に賭けるしかないだろう」

「やれやれ。俺もナタみたいにさっさと逃げとくんだったよ」ヨシュアは宇宙服を着込み始めた。「カムロギ、宇宙服はちゃんと直ったのか？」

「とりあえず、ヴァイザは補強しておいた。ただ、専用補強剤じゃないので、どれだけ持つかは地のみぞ知るだ」

　カムロギが手に持っているヘルメットのヴァイザには白い補修跡が残っていた。

「真空中でのテストはしたのか？」

「ああ。一応はな。内部の圧力が半分になるまで、三時間かかっている」

「リークしてるじゃないか！」ヨシュアは叫んだ。「完全に密閉されているなら、何年でも圧力は持つはずだ」

「ああ。だが、ボンベが切れるまで空気の供給は大丈夫だろう」

「わかってるだろうな。おまえは一度真空にさらされている」

カムロギは無言で頷いた。

そのせいでカムロギの全身の組織は一様にかなりのダメージを負っている。もう一度真空にさらされたら、多くの機能は回復不可能になるだろう。

カムロギは宇宙服を着込み、最後にスイッチを入れて、ヴァイザを閉めようとした。

鈍い音がして、半開きの状態で止まった。

カムロギはもう一度スイッチを入れた。

一度開いて閉まりかけたが、また途中で止まった。

手で摑んでぐいぐいと押し込む。

かちりと音がしてどうにかはまったようだ。

「なっ。何の問題もないだろ」カムロギはにやりと笑った。

磁気レーダ上の光点がこちらに向けて減速しながら近付いてくる。

ナタは爪を嚙んだ。

畜生。こんなことならさっさと逃げ出しとくんだった。

あの光点はおそらく空賊の先発隊だろう。

「落穂拾い」の船にも最低限の武器が積んである。ナタの船にあるのはレーザ銃と電磁投射銃の二種類だ。レーザは低出力なので、一定時間同じ場所に照射しなければ効果がない。電磁投射銃の方は敵の磁場に反応するのである程度誘導はできるが、投射速度が時速五万四〇〇キロしかないので、充分に接近して使用しないといけない上に弾数も限られている。空賊船の戦闘能力はナタの船を遥かに凌駕《りょうが》する。到底勝ち目はない。

だからと言って、逃げおおせられる保証もない。空賊船はナタの船とは比べ物にならないほどの高速で移動できるのだ。

ナタは爪を剥がれるほど強く噛んだ。

畜生！　カムロギは疫病神だ！　あいつさえ、あの村に行こうと言わなければ、そしてヴァイザが割れなければ、さっさとこの領域を離れてたんだ。そして……

カリティも死なずにすんだ。俺のカリティを殺したのはあいつだ。憎んでも憎みきれない。

ナタの心にどす黒い怒りが沸き起こった。

しかし、どれだけカムロギを呪っても事態はなんら解決に向かわないことも真実だ。一刻も早く打開策を考えなければならない。

最も生き残れる可能性が高い場所はどこか？　認めたくはないが、あの遺跡であることは間違いない。

複数の空賊団が出会えば、激しい戦闘になる。恐ろしい状況には変わりないが、一隻で空賊団に立ち向かうよりは少しだけ生き延びられる可能性が高いだろう。それにカムロギとヨシュアの船が味方になれば、こっちは三隻だ。一隻で戦って生き延びられる可能性が一億分の一だとしたら、三隻で戦えば一〇〇万分の一ぐらいにはなるかもしれない。

ナタは目を瞑り深呼吸した。

今、エンジンを起動したら、ほぼ確実に空賊に察知される。後戻りはできなくなる。

ナタは目を見開き、スイッチを入れながら絶叫した。

「来い、空賊ども!!」

シェルターからカムロギとヨシュアの船が錨を上げている場所まではほぼ二〇〇メートル。その距離を二人は地を摑みながら、ゆっくりと進んでいく。

「ヴァイザがこんな状態なんで、はっきり見えないんだが」カムロギが唸った。「どっちかの船が酷い状態になってないか?」

「ああ。おまえの船だ。出るときにちゃんと錨が固定されているか、確認しなかったのか?」

船を離れる時は三本の錨で固定していたはずなのに、そのうちの二本は地面から抜けて、満天の星空に向けてぶら下がっていた。残った一本の錨も地面への刺さり方が浅く今にも抜けそうだった。

「ちゃんと確かめたさ。きっと、あの遺跡の崩落の時の振動で岩が割れて、錨が抜けてしまったんだろう」カムロギはヴァイザを望遠モードに切り替えた。「船に乗り込むには錨の鎖を伝い降りなきゃならんようだ」

「かなりそっと摑まらないと、衝撃で抜けちまうぞ」

鎖を伝って降りる間、錨にはカムロギの体重分余計な重量が掛かる。またぶら下がる時に相当揺れそうだった。その状態で船に乗り込むのはかなり難しい。

「船を交換してやろうか?」ヨシュアが心配そうに言った。「もう息が上がってるぞ」

「あの船の中でおまえは何年も素っ裸のまま風呂にも入らずに暮らしてたんだろ。中はめちゃくちゃ臭いに決まってる」

「おまえだって、そうだろ。シェルターで生まれて初めて風呂に入ったくせに」

「贅沢とは恐ろしいもんだ。今じゃあ、風呂のない生活を考えただけでうんざりしちまう」

冗談を言いながらも、カムロギは必死で呼吸を整えなければならなかった。肩から先、腕全体が痺れて殆ど感覚がない。体を振り子のように揺らし、反動でなんとか前進している状態だった。

ヨシュアはかける言葉も思いつかず、ただカムロギに付いて、進んでいくだけだった。

磁気推進船は磁場との相互作用で前進する。加速時には原子炉や弾み車からエネルギーを取り出し、減速時にはエネルギーを弾み車に回収することになる。もちろん、ある程度のエネルギーロスはあるが、徹底的な省エネ設計になっている。船の最高速度は実質的には重量当たりのエネルギー密度に依存することになる。

「落穂拾い」の船にも原子炉は搭載されているが、たいていの場合燃料は空《から》だった。つまり弾み車に蓄《たくわ》えられた運動エネルギーを後生大事に使いながら、進むことになる。

ナタの船の現時点での最高速度は時速三六万キロメートル程度でしかなかった。それに対し、空賊の船の速度は時速六〇〇万キロメートル以上。まともに勝負しても勝ち目は全くない。

ただ一つ、ナタが有利な点といえば、ふだん地表の一Gの重力に慣れているため、数Gの加速に耐えられるということぐらいだろう。空賊どもは低重力の「飛び地」で暮らしているため、一Gが長時間耐えられる限界で、二Gで気を失うと言われている。いざとなったら、急加速、急減速、急旋回を繰り返して、追跡を逃れるしかない。だが、それは接近戦のみでしか有効でない戦法だ。遠くから狙い撃ちされれば、逃げようもない。

ナタはレーダで空賊どもの位置を確認した。こちらを追っているように見えるが、おそらく、やつらはまっすぐ遺跡に向かっているため、同じく遺跡を目指しているナタを追っているように見えるだけだ。――もっとも、追いついたら、ただ追い越してくれるだけとは思えない。

ナタは現在ほぼ等速で進んでいるが、空賊どもはナタよりも遥かに速くしかも減速しながら進んでいる。このままだと、遺跡の場所で両者は落ち合うことになる。空賊どもの後には別の空賊どもが続いている。第一陣からおよそ五分遅れて、遺跡に到着するはずだ。

五分間だ。五分間、なんとか耐え抜けば、空賊同士の殺し合いが始まる。その隙になんとか逃げ出すんだ。チャンスはその時しかない。

ナタはからからに乾いた唇を嘗《な》めた。

しかし、その五分間をどうやってしのぐかが問題だった。

空賊どもは核ミサイルを持っているかもしれないが、真空中の船に対して用いるのはエネルギーの殆どが拡散してしまい、効率が悪い。核がもっとも効果的なのは、地上に埋まった施設に使う場合だ。空賊の今回の主力兵器はビーム砲だろう。

たいていの場合、ビーム砲から発射されるのは荷電粒子だ。磁気シールドを張れば、理論上は防ぐことができるはずだ——もちろん、磁場の方が吹き飛ばされるほどの高出力でないと仮定してだが。

ただし、どれだけ甘く見積もっても、それだけで五分もつとは到底思えなかった。

あと可能性があるとしたら、あの怪物だけだ。カムロギの目論見《もくろみ》通り、あの怪物の中にまともな兵器がせめて一つあれば……。

糞っ！　あいつの妄想が頼みの綱とはけったた糞悪いぜ！

カムロギは錨から伸びる鎖を摑んだ。

特に異常はみられない。杞憂《きゆう》だったたか。

カムロギは両手で鎖を摑み、全体重を錨にかけた。

不気味な振動がはっきりと感じられた。

拙い！

がくんと一段下にずれた。

見上げると、錨は半分地面から飛び出している。

さらに拙いことに、カムロギの運動量を獲得した船はゆらりゆらりと振り子のように揺れだした。

「カムロギ、船は諦めろ！　鎖から地面に移動するんだ！」ヨシュアが叫ぶ。

とんでもない。今この船を見捨てたら、遺跡に行くことすらできなくなってしまう。

カムロギはするすると揺れる鎖を伝って下り始めた。

拳を船のハッチに向け、無線でキーコードを送った。

音もなく、ハッチが開く。

と、それが大きな振動となって、振り子の支点に伝わった。

出し抜けに重力が消滅した。

見上げると、地面がどんどん遠ざかっていく。

錨が抜けたのだ。

「カムロギ、飛ぶんだ！　地面に飛び移れ!!」

すでに地面からは数メートルも落下している。　いくらなんでもそれほどの跳躍力はない。

カムロギは天を見下ろした。

すぐそこにカムロギの船があった。振り子運動の途中で落下したため、回転運動をしている。カムロギが摑んでいる鎖は遠心力で、外へ向けて精一杯広がろうとしていた。

くるくると回転する船へ向けてカムロギはじりじりと進んだ。すでに地面から一〇〇メートル以上落下している。ヨシュアの姿が小石のようだ。

なんとかハッチの縁に手が届いた。最後の力を振り絞り片手で自分の体を引き上げ、船内に飛び込んだ。

目の前が真っ暗になっていく。

「カムロギ、気を確かに持て！　ハッチを締めるんだ。船から飛び出してしまいそうだぞ」

そんなことはわかっている。だが、息が上がって、目が霞《かす》み、周りの様子もはっきりしないのだ。落下を始めて、もう一〇秒以上経つ。落下距離にして約五〇〇メートルだ。

カムロギは体をくねらせ、なんとか操縦席に潜り込んだ。

ハッチを閉める。同時に操縦席に空気が満たされる。カムロギは引きちぎるように、宇宙服のヘルメットを毟り取った。

懐かしい悪臭が両鼻に広がる。

「磁気エンジンオン！」

とりあえずこの船のエンジンを早く起動しなければ、手遅れになってしまう。

唸り声を上げて磁気エンジンが動き出した。

カムロギは回転する船内で地表に戻るプログラムを入力した。

凄まじい船酔いで、かぽかぽと吐瀉《としゃ》を繰り返す。

もはや頭上にヨシュアの姿は見えない。

「こちらヨシュア、船に乗り込んだ。今から救出に向かう」

「手助けは無用だ。自力でなんとかなりそうだ」

と、言ってはみたものの今にも気を失いそうだし、それ以前に自分が吐いたもので溺れそうだ。

カムロギはなんとかプログラム起動のコマンドを入力した。

徐々に回転が収まると同時に上昇を開始する。

船内に正常な重力が回復した。

カムロギは計器やディスプレイの上に飛び散った吐瀉物を手で拭った。

「こちらカムロギ。ヨシュア、どうぞ」

「こちらヨシュア。わっ。なんだその面《つら》は。ゲロ塗《まみ》れだぞ。それに真っ青だ」

「ちょっと悪酔いしてな」カムロギは次々と襲いくる吐き気を堪《こら》えた。「さあ、怪物がお待ち兼ねだぞ」

自分の船と空賊どもの位置と速度の関係の正確な計算が終わった。

憂鬱な結果だった。

ナタは空賊の主力部隊よりかなり早く目的地に到着できそうだった。ただし、遺跡に到着する前に、空賊のうちの一隻がナタの船を追い抜くことになる。この船は一隻だけ先に出発して、目的地のはるか手前で停止する。おそらく後続の別の空賊どもを監視するための斥候《せっこう》だろう。

もちろん最悪な結果ではない。空賊の一団と遭遇する訳ではないのだ。たった一隻だ。ひょっとすると、先を急いでいるので、この船を無視してくれるかもしれない。

ナタは溜《だま》め息を吐いた。

自分を騙すのはよせ。わざわざ遺跡を目指して進んでいる船を見逃すはずはないだろう。

遭遇時、ナタの船はまだ減速を開始していないが、空賊の斥候船はかなり速度を落としており、ナタの船よりほんの僅か速いだけとなる。相対速度にして、時速一万八〇〇キロメートルほど。そして、じりじりと速度を落とし約一〇分後には今度はナタが斥候船を追い抜くことになるだろう。

問題は敵の射程範囲だ。仮に五〇〇キロメートルほどあるとすると、二回のすれ違いの前後を含む約一五分もの間、攻撃を受ける危険性があることになる。

さて、どうすべきか？　今から進路を変更し、斥候船をやり過ごすべきか？　二G以上の加速なら、空賊はついてこれないはずだ。これでとりあえず、敵をやり過ごし、目的地に着いてから……。

何を考えているんだ。目的地に着いたら、斥候船とその仲間の空賊船とで挟み撃ちになってしまう。空賊団同士の戦いが始まるまでとても持たない。

むしろこれは一対一で戦うことができるチャンスなのだ。一対一でも不利には違いないが、二〇対一よりは遥かに条件がいい。

今考えるべきはどんな戦法が有効かということだ。

空賊はミサイルや砲は殆ど使わないとされている。「飛び地」は常に資源的に逼迫《ひっぱく》した状態だ。兵器はエネルギーを消耗するものだが、ミサイルや砲はエネルギーだけでなく、物質まで消費してしまう。特に核兵器のようなエネルギー拡散型の兵器は忌み嫌われていると言ってもいい。空賊が好むのはレーザやビームのようなエネルギー集中型の兵器だ。

斥候船がナタの船を追い抜くのまであと二分しかない。今更対策など立てようがない。

ナタは深呼吸をした。

考えろ。全く打つ手がない訳はない。敵が近付いたら、船をランダムにあらゆる向きに加速させるんだ。そうすることにより、レーザの照準を狂わせ、変動磁場でビームの軌道を狂わせることができる。

ナタはランダム加速プログラムを実行した。

めちゃくちゃに振り回され、気分が悪くなる。しかし、生き残るためには、我慢するしかない。

もちろんそれだけでは駄目だ。こちらからも攻撃しなくてはならない。電磁投射銃は到達時間の点で不利になる。やはりレーザ銃しかないだろう。問題はこちらのレーザ銃にはパワーも精度もないということだ。

あと一分。もう逃げる時間もない。腹を括《くく》るしかない。ここで負けるようでは、遺跡での戦いにも勝ち残れる望みはない。

磁気レーダの光点が一際《ひときわ》あかるくなった。

あと二〇〇キロ。敵の姿が明らかになった。想像通りステルス機能を持った隠密船だ。ぎりぎりまでその存在がわからなかったのも頷ける。

問題はその戦闘能力だ。

データベースには殆ど情報はなかった。ただ、諜報活動に専門化した船とだけある。ということは戦闘能力はさほど高くないかもしれない。

微かな期待が頭を擡《もた》げる。

しかし、過度な楽観は危険だ。あと一〇〇キロ。いくらなんでも、もうそろそろ射程距離に入る頃だ。

ナタはレーザ銃の照準を合わせた。この距離でもレーザは充分に届く。しかし、ほんの僅かな振動でもはずれてしまう。一〇秒——同一ポイントに一〇秒照射し続けることができれば、船殻《せんこく》に穴を開けることができる。致命的でなくても、足止めくらいはできるはずだ。だが、おそらくレーザ照射されれば一秒とたたないうちに敵はそれを察知することだろう。進路を変更されたら、同一ポイントを狙うのは絶望的だ。

もっと近付いて、的が大きくなるのを待つんだ。

しかし、近付くと狙われやすくなるのは、こちらも同じだ。斥候船とはいえ、相手は空賊だ。火力は桁違いに大きいだろう。

その時、敵船に変化が現れた。

全身に緊張が走る。

なんと、敵は進路変更し、ナタの船から離れようとしていた。深度を増すことにより、真下を通るつもりだ。

やはり戦闘能力はたいしたことがないんだ。ナタは直感した。よし、こちらも深度を増して、勝負だ。

あと一五キロ――。

今だ。

ナタはレーザを発射した。

突然、ディスプレイが真っ白に輝いた。

激しく揺れる船内でナタはパニックに陥った。

対処の方法がわからない。どのスイッチに触れても何も受け付けない。

計器から火花が飛び散る。

落ち着け。もし敵の攻撃が成功していたなら、すでに俺は生きてはいないはずだ。

激しい揺れは、プログラム通りにランダム加速を行っているからだ。敵の攻撃が原因ではない。計器の不調は、なんらかの理由で回路に過電流が流れていることが原因になっている公算が高い。

ナタは手動でいくつかのバイパス回路をオンにした。

ディスプレイが徐々に回復する。

ナタの船は高エネルギーの荷電粒子流に包まれていた。船を包む変動磁場と相互作用し、激しい乱流を発生させている。

やはりビーム兵器だ。変動磁場がうまくシールドになっている。しかし……。

船内の温度はそれとわかるぐらいの勢いで上昇しつつあった。おそらく船殻の表面は凄まじい温度になっているだろう。この状況に耐えられるのは、あと一〇秒ほどか。

生き残っている計器によると、こちらのレーザも敵船に命中しているようだった。だが、この激しい揺れでは、パワーの集中は絶望的だ。向こうにすれば、蚊に刺されたようなものだろう。

火力に差があり過ぎる。軽く一万倍はあるだろうか。

ビーム攻撃がやんだ。

敵はナタの船を追い抜き進んでいく。

なぜだ？　なぜ攻撃をやめた？

ナタは敵の攻撃の記録を確認した。約一〇秒継続して、突然に終了している。彼我《ひが》の船がもっとも近付く前後一〇秒だ。さらに五秒攻撃を続ければ、確実にナタの船は爆発していたはずだ。なぜやめたのだろう？

ナタは考えを巡らした。

射程距離が短いのか？　しかし、敵は確実にこの船にビームをぶつけていた。射程には充分余裕があるように思われる。

となると、エネルギーの供給に問題があることになる。

たいていの磁気推進船はエネルギー源として、原子炉と弾み車を積んでいる。しかし、空賊船は、彼らの本拠地である「飛び地」と大地との速度差が時速六〇〇万キロと、あまりに大きいため、弾み車に運動エネルギーを貯蔵しきることができないのだ。

そのかわりに空賊は超重元素を合成し、準安定状態で保存しているのではないかと推定されていた。つまり、彼らの原子炉は可逆的な核反応を制御していることになる。

しかし、原子炉の出力を変動させることは極めて困難だ。おそらく空賊たちは一時的に大量のエネルギーが必要になる場合に備えて、原子炉と弾み車を組み合わせたシステムを使っているのだろう。エネルギー消費が少ない状態の時には余った原子炉出力で弾み車に充電し、一時的に大量のエネルギーが必要になった時には弾み車のエネルギーを放出する。

あの斥候船の弾み車に蓄積されたエネルギーではビーム兵器は一〇秒しか稼動できないということだろう。時間が決められているなら、もっとも接近する前後一〇秒間に集中して攻撃するのが合理的だ。

一〇分後、減速を続けている空賊船をナタの船が追い抜き、再び彼我は接近することになる。果たして、その時に敵は充分なエネルギーを充電し終わっているのだろうか？

楽観はできない。敵には充分なエネルギーがあると考えておいた方がいいだろう。しかし、ビームの発射継続時間はやはり一〇秒しかないはずだ。その時間を乗り切れば……。

ナタは首を振った。操縦席のありとあらゆる警告灯が点《つ》いている。次にビームを食らったら、三秒と持たないだろう。

ならば、先制攻撃しかない。

ナタはランダム加速を停止した。ふらふらと進路が定まらないようでは、照準を合わせることもできない。

減速を続ける敵はナタの船より、およそ四五〇キロ先で同じ速度になり、そしてゆっくりと間隔が縮み始めた。

両船はまっすぐに近付いていく。今度は敵も進路を変更する気はないようだ。こちらが敵の能力を推し量ったように、向こうもこの船の能力を見切ったつもりなのだろう。パワーのぶつかり合いなら、勝てる自信があるのだ。

あと五分。

ナタは慎重に照準を合わせる。

やつがビームを撃ってくるのは、最接近する五秒前。それより早くなったり、おそくなったりする理由はない。

ナタは覚悟を決めた。

二つの船は万一そのまま進めば正面衝突するコースをとり続けた。

それはまるで、蛮勇を試すチキンレースのように見えた。

あと一分。

やつがこっちを見くびっているなら、勝てるチャンスは充分ある。二隻の相対速度は時速一万八〇〇〇キロ。本来なら、照準を合わせるのも一苦労するはずだが、互いに真正面から接近しているため、容易に捕捉できる。

このまま敵がコースを維持してくれたなら……。

最接近まで、あと一〇秒。

全身に緊張が走る。

あと六秒。

ナタは引き鉄《がね》を引いた。

何も起こらない。

斥候船は勝ち誇ったように直進してくる。

あと五秒。

再びディスプレイがホワイトアウトする。

しかし、衝撃は思いのほか軽く、そして一瞬で終わった。

ビーム兵器が起動した時間は一〇〇分の一秒にも満たなかったようだ。

回復したディスプレイには爆発四散する斥候船の姿が映し出されていた。

敵はナタの船の武器をレーザだけと踏んでいたのだろう。確かに、使える武器はレーザだけだと言っても過言ではなかった。これほどの距離と速度差がある上に、ランダム加速していれば、電磁投射銃は使い物にならないからだ。

だからこそ、ナタは電磁投射銃を使える条件を整えたのだ。真正面から直線的に衝突するコースをとれば、なんとか照準を合わせることができる。電磁投射銃の弾丸の速度は時速五万四〇〇〇キロ。船の相対速度を合わせれば、時速六万四八〇〇キロ。

敵がビームを発射する直前に弾を命中させるには、電磁投射弾を一八キロ手前から発射するしかない。それから命中するまでは約一秒もあった。この間に斥候船が進路を変更すれば、弾が当たることはない。しかし、敵はレーザだけを警戒していた。レーザなら、命中を認識してから退避を開始しても遅くはないが、充分なエネルギー密度を持つ電磁投射弾は命中と同時に対象を貫通し、破壊する。

斥候船の破片と核反応により発生したプラズマからできた雲の中に船が突入した。磁場が圧縮され、クッションとなり、衝撃をやわらげてくれる。

これで、敵を一隻は片付けた。残りは五〇隻か、一〇〇隻か、どうせそんなもんだ。こっちにはまだ弾が一〇発は残ってる。ちょろいもんだぜ。

ナタは指の震えを止めることができなかった。

「もう始まったみたいだな」ヨシュアが暗い調子で言った。

「ああ。そうだな」カムロギは磁気レーダの表示を確認した。「核爆発だ。距離は五二、三万キロほどだ」

「空賊同士が戦闘を開始したのか？」

「そうかもしれん。だが……」カムロギは口籠《くちごも》った。

「どうした？　何か気になるのか？」

「おそらくは空賊同士だろう。ただ、爆発が一つだけなのが気になる。空賊同士は一対一での戦闘はあまりしないという」

「斥候が別の空賊に見付かったのかもしれないぜ」

「空賊の斥候は別の空賊にちょっかいを出したりはしない。ただし、空賊以外の船に出会ったら、攻撃する可能性がある」

「カムロギ、まさか、ナタと空賊がやりあったなんて思ってないだろうな」

「可能性としてゼロではないだろう」

「とにかく、空賊が五〇万キロのところまで迫っているとすると、ここに到着するまで三時間弱ということだな。先を急ごう」

二隻の船は慎重に遺跡に近付いた。

正確な正方形をした穴の一辺は一キロ近くもあった。穴の天井は地表よりも五〇〇メートルほど高く、半ば露出した怪物の体を除けば殆ど平らと言ってもよかった。

「カムロギ、探査光を当てるか？」

「光を当てるだけでも何が起こるかわからんが、だからと言って手をこまねいている訳にはいかない。なにしろ、二時間かそこらであの怪物に乗り込んで動かさなきゃならんのだからな。ヨシュア、光を当ててくれ」

怪物の姿が浮かび上がった。

色は黒から灰色にかけての無彩色。半身が天井に埋まった形になっているので、正確な大きさはわからないが、見掛けはおよそ三〇〇メートルほどだった。

全体の形態は胎児に似ていないこともなかった。しかし肢は人間のものというよりもむしろ昆虫のそれに近かった。体側《たいそく》以外に背中や腹からも肢が飛び出している。頭部の形状は頭というよりは男性器のイメージに近い。眼は複眼のようで、口は縦に割れており、舌なのか、口吻《こうふん》なのかよくわからないものがはみ出している。背中から長大な尾にかけては内骨格らしきものが剝き出しになっている。最初からこんな状態なのか、白骨化したのかは定かではない。それ以外の部分の皮膚の状態は爬虫類のそれに似ていた。細かな鱗《うろこ》がびっしりと覆《おお》っている。

「さあて、乗り込み口はどこだろうな」カムロギの船は怪物に向けてゆっくり上昇を始めた。

「乗り込み口以前に、こいつはそもそも機械なのか？」ヨシュアは目を丸くしている。

「機械でなかったら、何だ？」

「生物だよ。こいつには生物の特徴がある。もう死んでいるのかもしれないが」

「こんなでかいのが生物？　何を食ってるって言うんだ？」

「何も食わないのかもしれない。地熱を利用したり、体内で核反応を起こしたり……」

「じゃあ、あの口は何のためについている？　だいたい地熱をエネルギー源にしているようなやつは生物とは言わんぞ」

「古代にはあんなやつがうじゃうじゃいたのかもしれんぞ。食料がなくなって、死んだか冬眠したんじゃないか？」

「磁気サーチ開始」カムロギはヨシュアを無視して作業を始めた。「微かに残存磁場が存在するだけで、原子炉のようなものは稼動していないようだ」

「熱源もない。やっぱり死んでるんじゃないか？」

「入り口はどこだ？」カムロギは怪物の直下を嘗めるように飛行していた。

「やっぱり口じゃないのか？」

「食われちまうぞ」

「じゃあ肛門だ」

「他に見付からなかったら、そうするしかないだろうな」カムロギは尾の付け根辺りを調べた。「残念ながら、肛門はないようだ。尿道口も、性器も。やはり生物ではないらしい」

「性器は頭が兼ねてるんじゃないか？」

カムロギは怪物の脇腹に向けて、電磁投射銃を撃った。

「わっ！　何すんだよ!!」

砂埃のようなものが舞い落ちたぐらいで、怪物に反応はない。

「見ているだけでは進展がない。ちょっと刺激してみたんだ」

「いきなり攻撃して、怒ったらどうするんだよ⁉」

カムロギは弾が命中した辺りを走査した。「見ろよ。殆どダメージがないぞ」

「あまりに速度が速くて、綺麗に貫通しただけじゃないのか？」

「体は貫通したとしても、その上にある地面に入る地点で、衝撃があるはずだ。おそらく弾は怪物の体内で停止している」

カムロギは怪物の答えを待っていた。

早く答えてくれ。

ぴん。

センサが何かを捕らえた。

「なんだ⁉」カムロギは叫ぶ。

「驚いた」ヨシュアが掠れた声で言った。「電磁投射銃の弾だ。傷口から飛び出した。空へ向かってどんどん落下していく」

「その他には？」

「ガスの噴出が検出された。噴射を使って弾を押し出したのか、あるいはたまたま内部にあったガスだろう」

「成分は？」

「窒素と酸素」

「比率は？」

「四対一に極めて近い」

「内部に呼吸可能な空気があるってことだな」

「偶然かもしれない」

「偶然な訳がない。もしあれが生物だとしたら、真空中にいるのにどうして体内に空気があるんだ？　中に乗り込む人間用の空気だ」

「吸ったまま吐くのを忘れてるだけかもしれないぞ」

「本気で言ってるのか？」

センサが警告を発した。大規模な変動が起きたサインだ。

「全身のあちらこちらで磁場が発生している」

「温度も少しずつ上昇している」

「視覚化しよう」

ディスプレイに怪物の全身像が現れ、それに磁場と熱の像が重なる。

「全身のいたるところに電流が発生している」カムロギは興奮した。「どう思う？」

「おそらく電力供給だろう。信じ難いことだが」

おまえはいつから待っていたんだ？　おまえは誰を待っていたんだ？　この冷たい岩盤の中で。

カムロギは怪物に問い掛ける。

おまえを見つけ出したのはカリティだ。本来ならおまえを所有する権利はカリティにあったはずだ。だが、カリテイは失われた。俺が間抜けだったからだ。俺があと一〇秒早く正しいアドバイスをしていれば、今もあの魅力的な減らず口と優しい笑顔を持つ女性と共に俺たちは旅を続けていられたのに……。

俺は誓う。カリテイのためにも必ずおまえを手に入れてやる。幾多の時代を超え、おまえを迎えに俺たちがやってきた。今日から、おまえの主人はこのカムロギだ。俺こそがおまえの待ち人なのだ。

「スイッチを入れるのだけには成功したみたいだな」ヨシュアは深刻な面持《おもも》ちで言った。

「さあ、これからどうする？　今からでも逃げれば、空賊は容赦してくれるかもしれないぜ」

「なぜ逃げる必要があるんだ？」

「まず、空賊どもはあと一時間かそこらで、ここに到着する。そして、俺たちは結局、怪物の中への入り口を見つけられずにいる。他に理由が必要か？」

「入り口ならもう見付かった」カムロギは怪物を見つめながら恍惚とした表情で言った。

「おい。大丈夫か？　どこに入り口があると言うんだ？」

「おまえこそ、何を見てるんだ。今、俺たちはこの目で見たじゃないか」

「だから、何を見たって言うんだ？」

「弾丸は怪物に命中し、そして排出された」

「それは見てたさ」

「それで充分さ」

「話が見えないんだが？」

「弾が排出されたということはいったん内部に入り込んだってことだ。我々の技術で怪物の皮膚に穴を空《あ》けられるんだよ。つまり、皮膚の全てが入り口ってことなんだよ！」カムロギは歓喜の声を上げた。

「ああ。弾丸なら中に入るみたいだな。だけど、俺たちは弾丸じゃない。具体的にどうするつもりだ？」

「レーザで切り裂こう」カムロギは提案した。

「怪物の外殻を何度も傷付けると、攻撃ととられて反撃されるかもしれない」

「反撃するなら、一度目にするのが自然だ。おそらく、この程度の傷は攻撃とは看做《みな》さないのだろう」

「全く希望的な観測だな」

「それの何が悪い？　もし、ここで何もしなければ、一時間後には空賊どもと一戦交えなければならない。この怪物が反撃しないほうに賭ける方がいくらか建設的だと思うが」

「いいだろう。で、どっちが潜り込む？」

「もちろん、俺だ」カムロギが言った。「おまえが空賊と一戦交えながら外で待つのが厭《いや》じゃなかったらの話だがな」

あと一時間で目的地に到着する。

ナタは自分に言い聞かせた。

そして、空賊の一団は徐々に減速しながら、あと約三〇分でナタの船を追い抜くことになる。急激に減速できないのは空賊たちが低重力下で生活しているため、一G以上の重力に長期間耐えることができないからだ。

対して、ナタの船はほぼ等速で目的地近くまで進むため、結局到着するのはほぼ同時刻になる。ただし、一度目の接近で何もなければの話だ。

ナタが彼らの斥候船と交戦し、撃破したのは気付いているだろう。だとすると、やつらがナタを見逃す可能性は殆どない。

磁気レーダで確認したところ、船影は一〇。急いで出撃したため数はかなり少ない。

そして、電磁投射銃の残弾も一〇発。

もちろん、一発も仕損ずることなく、敵を壊滅させるなどという奇跡は期待できない。彼らの火力は圧倒的だ。一〇隻から同時にビーム攻撃を受ければ、この船は一〇〇分の一秒で、蒸発してしまうだろう。

一旦停止し、岩場に隠れるか？

しかし、こちらの位置は捕捉されているだろうから、狙い撃ちになるだろう。頑丈な岩盤を探して、上に潜り込むには時間が足りない。

では、大きく進路を外すのはどうだろうか？

やつらが俺の船を追って、進路からはずれれば、目的地への到着が遅れる。到着が遅れれば、他の空賊が先に到着する。

なるほど。この案は検討に値するかもしれない。

やつらはどう判断するだろうか？　たとえ一隻でも邪魔者を消す機会があれば着実に攻撃してくるだろうか？　それとも、他の空賊船との戦闘での勝利を優先するだろうか？

正しい答えなどはないだろう。敵の司令官の考え方次第だ。そして、俺は敵の司令官の判断に命を委《ゆだ》ねることになる。

どうも、この戦法は乗り気にならない。もっと確実に生き延びる方法があるはずだ。

「これからゆっくりと怪物に近付くから、レーザで皮膚を切り裂いてくれ」カムロギは言った。

「どの部分にする？」

「操縦席に最適な場所はどこだろう？」

「頭部のような気がするが」

「生物のアナロジーで言うと、そうだろうな。だが、あれはおそらく純粋な生命ではない」

「その考えには俺も同意するぜ」

「生物的な形状から考えてある程度自律的な動きはすると考えられる。その場合、脳に相当する器官があるのは頭部かもしれない。しかし、人間が乗り込むのに頭部は適しているだろうか？」

「本体から突き出しているから構造的には弱そうだな」

カムロギは頷いた。「あれが兵器なら、操縦室はできるだけ表面から遠いところに設置するのが合理的だ」

「だとすると、胴体の真ん中辺りか？」

「船を脇腹の下辺りに持っていってから、怪物に乗り移る。俺が船の背に出てきたら、レーザで怪物のどてっぱらに切れ目を作ってくれ。船はそのままおまえの制御下に入るようプログラムしておく」

「よし。そうと決まったら、早速始めようか。もう時間はあまりない」


ナタの船は遠距離攻撃を避けるため、酔歩航行に入っていた。従って、ナタは酷い船酔い状態だった。さて、やつらの攻撃はいつ始まるのか？　射程に入ってすぐか？　あるいは十分に引き付けてからか？　一隻ずつ攻撃してくるのか？　それとも一斉か？　攻撃継続時間は何秒か？　斥候船は約一〇秒だった。戦闘船ならもっと長いだろう。

この状況は空賊にとっても未知の領域のはずだ。できるだけ冒険は避けるはずだ。最低のエネルギー消費で確実に仕留める方法をとるだろう。だとすると、攻撃は向こうがこちらを追い抜く瞬間だ。おそらく一隻のみで攻撃してくる。もしまともに食らえば、それでおしまいだ。

ナタは腕で額の汗を拭った。

俺がやつらの立場だったら、どういう場合に攻撃を避けるだろうか？

結果が予測できない場合だ。

ということは、なんらかの方法で未知を演出すればいい。

だが、見抜かれた瞬間にすべては終わってしまう。

光点は次第に接近してくる。あと二〇〇〇キロ。時間にして三分余り。

よし。やるしかない。

ナタはスイッチを入れた。

ナタは進行方向に激しく押さえつけられた。約五Gでの減速だ。空賊どもから見れば、いきなり自分たちへ向けて加速したように見えるだろう。

空賊の集団の中へ飛び込むのは正気の沙汰とも思えない。

しかし、空賊の側から見ればどうだろうか？

追い詰められた者が自暴自棄になっての行動のように見えるが、なんらかの作戦がある疑いも払拭《ふっしょく》できないのではないだろうか？

もし空賊たちが合理的であるならば、わざわざリスクを冒さず、ナタの船を回避する行動をとるはずだ。

空賊船団が凄まじい勢いで近付いてくる。

減速が終了した。ナタの船はほぼ停止状態だ。

ナタは電磁投射銃に指を掛けた。もし攻撃してきたら、一か八か戦うしかない。

ナタは無意識のうちに息を止めた。

空賊船団に変化はない。

駄目か！

空賊船団は散開した。

瞬時にして、ドーナッツ状の隊形になる。

ナタの船はドーナッツの穴を潜り抜ける。

そして、空賊船団は再び集結し、目的地へと一Gで減速しながら、飛んでいった。

ナタは息を吐くと共に呻《うめ》き声を上げた。

すでに緊張は心肺の限界を超えている。だが、敵の第二波はもうそこまで近付いていた。

さっきとは違う空賊団だ。おそらくさっきの空賊団とナタの船を監視していたはずだ。ナタの船が第一の空賊船団に何も仕掛けなかったことを知っている。

ナタは息を止めた。だが、あまりの緊張のため、吐き気がし、咳き込んだ。手がぶるぶると震える。

あと七秒ですれ違う。

だが、船団はまだ展開しない。

ナタは目を硬く閉じ、両耳を押さえ、身体を丸くした。そして、息を吸い込むと、歯を食い縛ったまま絶叫した。

どうか死が一瞬で訪れ、一瞬で過ぎ去りますように。

何も感じない。

これが死なのか？　それとも……。

ナタはゆっくりと目を開けた。

俄《にわ》かには信じられなかった。第二の空賊団もナタの船を回避していた。接触の三秒前、ぎりぎりの判断だったようだ。

しばらくは全身が硬直して、動くこともままならなかった。なんとか右手の指を引き剝がすように広げ、左手もこじ開けた。

船内の温度を少し上げる。

体が解《ほぐ》れてきた。

さて、どうしたものか？

このまま空賊を追いかければ、大規模な戦闘に巻き込まれるのはほぼ間違いない。せっかく危機一髪なんとか生き長らえたというのに、自分からそんな危険な状況に命を投げ出すようなことをすべきだろうか？

ナタの本能はノーだと告げていた。命を無駄にするな。すぐに逃げ出せ。

ナタは頭をぶんぶん振った。

船内に冷や汗が飛び散る。

冷静になれ、それが本当に最善の道か？

確かに、ここで逃げ出せば、とりあえず身の安全は図れる——おそらくここ一〇時間かそこらの間。

さっきのようなはったりは繰り返されるたびに効力を失う。おそらく次の邂逅《かいこう》では誰も引っ掛からないだろう。

では、どう振舞うのが一番利巧か？

生き延びる望みがあるとするなら、それはあの怪物だ。

あんなものが存在するとは、今まで聞いたことがない。あれには、俺たちが知らない未知の古代技術が詰まっているに相違ない。だとしたら、それ自身が巨大な兵器である可能性が高い。もし、それを使いこなすことができたなら、並みの空賊団ほどの戦闘能力を持てるかもしれない。

ナタは目を瞑った。

今、遺跡に向けて加速を始めたら、ナタの目的はあからさまになる。たとえどんなはったりを使ったとしても、空賊たちは決してナタを見逃してくれたりはしないだろう。

ナタは目を見開いた。

そして、三度深呼吸をすると、加速スイッチを入れた。

「よし、切り裂いてくれ」カムロギが言った。

ヨシュアは乾ききった唇を舐めた。

もし、この怪物が今から俺がすることを攻撃だと認識したら、どうなるだろう？　おそらく敏速に反撃が行われる。どんな武器かは想像も付かないが、全く太刀打ちできないことは容易に想像が付く。

本当にこんなことをしてもいいのか？

唯一の救いは、これだけの近距離なら、おそらく苦痛を感じずに死ねるだろうという点だ。だが、空賊と戦った場合はどうだろうか？　運が悪けりゃ、天獄の苦しみを味わうことになる。

だったら、こっちの方がましか。

ヨシュアはレーザをメスのように振るった。

怪物の鱗《うろこ》だらけの皮膚は数メートルに亘《わた》って切開された。

気体と共に大量の粘液が噴出する。

「見てみろよ。もう端から治癒が始まっているぞ」カムロギはリモートコントロールで船を傷口の真下に移動し、高度を僅かに上げた。そして、傷口に両手を突っ込み、ぐいと広げた。

どばどばと粘液がカムロギの頭上に落下した。

「こりゃなんだろうな？　真空中でも気化しないようだが」カムロギが感心した。

「特殊な化学物質だろうな」ヨシュアはいらいらと言った。「だから急いでくれ。空賊どもはもうすぐそこまで来てるんだ」

「はいはい」カムロギは宇宙服の指から金属の爪を延ばした。怪物の肉――らしきものに深々と突き刺さる。

その瞬間、怪物の内部から激しくガスが噴出し始めた。

ヨシュアは生唾を飲み込んだ。

カムロギのやつ、なんて大胆なことをしやがるんだ。

「心配するな。これごときで怒るようなやつならレーザで切られた時に怒ってるさ」カムロギはヨシュアの心中を見透かしたように言った。

激しいガスの噴出に抗《あらが》って、カムロギはなんとか怪物の傷口に宇宙服に包まれた自らの体を滑り込ませた。

そうしている間にも傷口はどんどん塞《ふさ》がっていく。恐ろしいほどの自己修復機能だ。

カムロギがサーチライトを点けた時にはもう完全に塞がってしまっていた。

さて、こいつは異物である俺を排除しようとするのか？

カムロギは三〇秒程の間、何かが起こるのを待った。そして、当面は何も起こらないと結論付けた――というよりは、そうであるように祈った。

カムロギは各種センサをチェックした。温度は摂氏三七度。湿度はほぼ一〇〇パーセント。気圧はすでに一気圧にまで上昇している。組成は窒素が七八パーセント、酸素が二〇パーセント、その他の微量成分は殆どが水蒸気と有機系の揮発物だ。どうやら呼吸可能らしい。これは偶然なのか？　それとも、やはり人間が乗り込むように設計されているのか？

一瞬、ヘルメットをとろうかと思ったが、有毒な微量成分や未知の病原体のことが頭を過《よ》ぎったので止めた。

すでにカムロギのいる場所は癒着が進み、殆ど身動きできない状態になっている。カムロギは宇宙服の指の部分から生える金属の爪で怪物の「肉」を切開した。傷口からは大量の粘液と空気が発生する。カムロギは間髪を入れず、新しく生まれた空間に身を滑らせる。ほぼ同時に今までいた空間が閉じられ、癒着する。

これはすぐに方向感覚がなくなりそうだ。

怪物の肉は電解液で満たされているため、磁気レーダは役に立たない。カムロギは超音波レーダを起動した。

超音波はほんの数メートルで減衰し、それより先には届かなかった。

カムロギは溜め息をついた。

どうしたものだろうか？　これでは、おそらく一〇メートルも進まないうちに迷ってしまいそうだ。俺は無謀なことをしようとしているのではないか？　今なら、簡単に引き返すことができる。

そう。そうして、空賊どもの餌食になるのだ。

落ち着くんだ。怪物の体内が均質な肉の塊である訳がない。必ずなんらかの構造物があるはずだ。とりあえず、真っ直ぐに進み続ける。そうすれば何かにぶつかる。ぶつかれば、それに沿っていけばいい。最悪、反対側に突き抜けるかもしれないが、その時はまた別の方向に進めばいい。

カムロギは肉を切り裂いた。
新たに誕生した空間に滑り込む。
何十分もこの単調な作業を繰り返した。
もはや方向感覚も距離感覚も完全になくなっていた。
やはり拙い選択をしたのだろうか？
ヘルメットが軋《きし》んだ。
ヴァイザの亀裂が成長していた。
カムロギは舌打ちをした。
もう持たないかもしれないな。しかし、なぜこんなに早く？
その時、宇宙服がけたたましい警告音を発し始めた。
慌てて音を切ろうとしたが、スイッチがどこにあるのかすらわからなかった。
身を切り裂かれて気にしないやつは、多少の音ぐらい平気なものさ。
そう考えて自分を安心させようとした。
圧力センサの数字を確認する。
一〇気圧。
いったい何が起こっているのか？　このままでは、宇宙服ごと押しつぶされてしまう。
いったん戻るべきか？　それとも、いっきに進むべきか？
激しい音を立てて、ヴァイザが崩壊を始めた。

戻る時間はなさそうだ。

時間切れになる前にゴールに辿り着ける確証もないが、あと数メートル先にゴールがある可能性に賭けるしかなさそうだ。

カムロギは肉を切り裂き、さらに前進する。

ヴァイザが細かい破片へと砕け散る。

カムロギは目と口をぎゅっと塞ぎ、破片の進入を避けた。

凄まじい臭気がカムロギを襲った。

咳と吐き気を同時に催す。

我慢しきれずにごぼごぼと吐き散らした。

自分の胃液の臭いは殆ど気にならないほど、この場所の臭気は耐え難いものだった。

金属製のヘルメットがそれとわかるほどひしゃげた。

手足もがっちりと肉の壁にロックされ、身動きがとれなかった。

時間切れか。残念だが、仕方がない。

ヨシュア、すまない。後はなんとか、ナタと共に乗り切ってくれ。

みしみしと宇宙服は凄まじい音を立てた。

ヨシュアの目の前で、怪物の傷が癒着し、カムロギの姿が消えた途端に通信が途絶えた。

もちろん、もう一度レーザで切開すれば、通信は回復するだろうが、今それをするのはリスクが高過ぎる。

今度こそ怪物は敵対行動をとるかもしれないし、そうならなかったとしてもレーザがカムロギに命中してしまう可能性もある。

今はただカムロギを信じて待つしかないだろう。

それよりまずは空賊どもだ。

磁気レーダにはこちらへ向かってくる船影が映し出されている。まず最初に一〇隻の船、それに続いて一五隻、さらに遅れて一隻。

一〇隻と一五隻のグループはすでに一Gの減速に入っている。一Gということはほぼ空賊に間違いない。

問題は一隻だけ離れて動いている船だ。この船だけは全く減速していない。空賊だとすると、ここで止まる気がないことになる。それはさすがに考えにくい。だとすると、あの船は空賊のものではない。おそらくナタだ。

さて、どうしたものか？

入念に準備しておいた空賊迎撃作戦の実行のためにはナタにはすぐ止まってもらう必要がある。しかし、それをどうやって伝えるか？　暗号化したバースト通信を送れば、空賊に内容を知られることはない。だが、暗号通信を行ったという事実は相手の知るところとなる。最悪、警戒して進路をはずれるかもしれない。

いったい、俺はどうすればいいんだ？

ヨシュアは唇を噛み締めた。

空賊どもの船は徐々に減速し、ついにナタの船と同じ速度になった。これからは向こうの方がこちらより遅くなり、少しずつ距離が詰まってくることになる。そして、追いつく直前にやつらは目的地に到達するはずだ。当然、カムロギたちとの激しい戦闘が始まるだろう。その現場に俺は到着する。その時の行動を今から考えておかなければならない。

本来なら、カムロギやヨシュアと予《あらかじ》め相談しておくべきなのだが、今はその手段がない。通常の通信だと傍受されてしまう。かと言ってバースト通信では、かえって敵に警戒されてしまうことになる。

カムロギたちと海賊の行動を予測して、最も効果的な作戦をたてるしかない。

もちろん、そんなことができるぐらいなら、こんな苦労はない訳だが……。

アラームが鳴った。

ナタはぎょっとした。

通信が入っている。それも通常通信だ。

だとすると、カムロギたちではなく、空賊たちからだろうか？　俺に降伏しろということか？　まさか！　やつらはそんなに優しくない。

ナタは通信内容を確認した。ヨシュアからだ。

「我々に近付く、すべての船に告げる。これ以上、我々に接近することは禁ずる。今すぐ停止せよ」

これは空賊への呼び掛けなのか？　だとしたら、間抜けなことだ。空賊は絶対に我々の声には従わないだろう。

ヨシュアは、なぜ、こんな無意味なことを？

いや。これが空賊への呼び掛けでないとしたら？　俺への通信だとしたら？　バースト通信を行えば、相手に警戒される。だが、これなら、馬鹿な警告だと思われるだけだ。

しかし、警戒を恐れる理由は？　そして、止まれとは？

「あっ！」ナタは減速を開始した。

相手に警戒されないように、五Gでの減速だ。本来なら、一〇G以上にしたいところだ。

どうか間に合ってくれ。ナタは柄にもなく、地国の神々に祈りを捧げた。

なぜ俺は生きているのか？

カムロギは我に返った。

肉の壁は一〇気圧以上の力で宇宙服のヘルメットを押し潰し、破壊した。しかるに、なぜ俺の頭は潰れていないのか？

もちろんヘルメットが破壊されることにより、力を吸収してくれたからだろう。だが、そうであったとしても、パスカルの原理により、ここの空気の圧力もまた一〇気圧に達し、カムロギの頭を押しつぶしたはずだ。そうなっていないということは、ここの空気はほぼ一気圧であり、それはここの空気が密閉されていないことを意味する。閉鎖空間ではない。どこかに出口があるのだ。

カムロギは全力でふんばった。押し潰される前に出口を探し出し、そして滑り込むのだ。その場所がここより居心地がいいとは限らないが、少なくともここにいたのでは、使命を達成することはできそうにない。

歯を食い縛り、呻き声を上げた。

力を入れ過ぎたため、鼻血が噴出し、糞尿が垂れ流しになった。

だが、宇宙服はぴくりとも動かない。

ばりばりとヘルメットが砕け散った。

肉壁が直接カムロギの頬に触れた。

カムロギは目を瞑り悲鳴を上げた。

肉の生暖かく湿った感触。

それはゆっくりと脈動していた。

カムロギの頭は潰れなかった。

肉の壁は撫でるようにゆっくりとカムロギの顔面を擦った。

肉壁が少しだけ広がった。と言ってもやっと動ける程の隙間ができただけだ。

操縦室に入れてくれるのか？

カムロギは相手の出方を窺《うかが》いながら、片手で先を探り、横歩きの体勢でゆっくりと進んだ。

ひび割れてぼろぼろになった宇宙服がばらばらに崩れていく。

宇宙服を失ったからには、もう引き返せない。

悪臭の中、カムロギは先を急いだ。


ヨシュアは磁気レーダを食い入るように見つめていた。

ナタは減速を開始した。大丈夫だ。充分に間に合う。

だが、胸を撫で下ろすのはまだ早い。やつらが勘付いていないという保証はない。少なくとも前のやつらを攻撃すれば、当然後のやつらは気付くだろう。それも仕方がない。俺かナタがもっといい考えを思い付くか、それともカムロギが怪物を動かせるか。

どちらも望み薄だな。

ヨシュアはプログラムに微修正を施した。

これでＯＫ。あと一秒。

地中に埋められていた核弾頭が爆発した。

核兵器の威力は熱と放射線と衝撃波だ。しかし、熱と放射線は至近距離で爆発させるか、もしくは爆弾の規模を途方もなく大きくするかしないと効果は限定的だ。衝撃波はかなりの威力があるが真空中ではなんの意味もない。

カムロギとヨシュアは核兵器を最も効果的に使う作戦を立てた。村に残っていた土木ロボットに核爆弾を搭載し、地中に埋める。こうすれば爆発と共に無数の岩石を撒き散らすことができる。重要なのはタイミングだ。岩石群はあっという間に落下してしまう。やつらが通り過ぎるタイミングを狙わなくてはならないのだ。

空賊船が時速三万キロの猛スピードで岩石の大群に突入した。数百万の弾丸の中を突き進むのと同じだ。

空賊船団は岩石群の中を擦り抜けた。全く何の抵抗もなかった。まるで何のダメージも受けなかったようだった。だが、それは錯覚だ。相対速度が大き過ぎるため、岩石は船の中を貫通してしまったのだ。もちろん一発ずつの弾丸なら、エネルギーはなるべく船内で解放させることが望ましい。だが、岩石は夥《おびただ》しい数だった。たとえすんなり通り抜けたとして、空賊船は蜂の巣のように穴だらけだった。

空賊の船はバランスを崩し、回転を始めた。中には当たりどころが悪く、即座に爆発するものもあった。味方の爆発により、さらにダメージを受ける船もあった。

空賊船は次々に落下を始める。動力をやられたか、制御装置がいかれたか、それとも操縦者が死んだか意識を失ったかしたのか。

一度落下を始めると、どんどん加速して落下する。やがて、磁場を摑むことができなくなり、天獄の彼方へと姿を消す。

敵の第一陣の生き残りは三隻。それも、そのうち一隻はダメージを受けたらしく、はげしく錐揉《きりも》みを続けていた。磁場制御装置が故障したのか？　それとも、磁場エンジンの一部が直接破壊されたのか。とにかく、減速を行う余裕すらないらしく、残りの二隻を引き離し、前方へ飛び出している。

この場所で停止することはできない。おそらくこの場所を通り過ぎてから戻ってくるつもりだろう。

と考えている間に、空賊の第二陣が近付いてきた。第一陣の惨状を見てだろう。広範囲に散開している。

ヨシュアは舌打ちした。

もちろん空賊としては、当然の対策だ。みすみす同じ攻撃を受ける訳にはいかないだろう。それでも、もしヨシュアが充分な数の核兵器を持っていれば、殆ど全滅させることもできたはずだ。だが、あいにくなことに手持ちの核弾頭はあと一発のみだった。そして、今となっては位置を変えることもできないし、プログラムを修正している時間もない。

ヨシュアは磁気レーダを睨みながら、手動で爆破装置作動用の信号を送った。

今度の爆発は地盤の状態によるのか、さっきよりもさらに多くの岩石の破片を撒き散らした。しかし、空賊船団は散開し、爆心地より離れているため、殆ど命中しない。辛うじて二隻に当たったようで、船団から脱落し、落下していく。

まずまずだ。飛びぬけて幸運だったとは言えないが、この程度の戦果しかあげられないことは予想の範囲内だ。問題ない。

手ごたえを感じながらもヨシュアは激しい吐き気と戦っていた。自分自身がやったことを顧みた瞬間、おぞましい寒気が全身に襲い掛かってきた。

世界の岩盤に対する意図的な破壊行為は絶対的な禁忌とされている。もし禁を犯せば世界の寿命が縮むのだそうだ。だから、空賊たちもこのような攻撃を想定できなかったのだろう。

ヨシュアは破滅的にまで大きくなろうとする良心の呵責を抑え付けた。

世界の寿命？　その前にまず自分の寿命だよ！


岩盤を破壊するとは無茶しやがる。

ナタは震えが止まらなかった。

そこまでやっちまったら、取り返しがつかない。俺たちは全世界を敵に回しちまったんじゃないのか？　あの怪物はそこまでする価値のあるものなのか？

もちろん、少しでも生き延びる可能性がある作戦をとるしかなかったことはナタにも理解できた。もしうまく全空賊船に命中していたら、すくなくとも、第三陣がやってくるまでは生き延びられる。今回はそれほど運がよくなかっただけだ。

仲間の死によって頭に血が上った空賊と戦うのは有利なのか不利なのかも見当が付かない。まあ、怒ってようが怒っていまいが、たいして違いはなさそうだ。

ナタは手持ちの兵器を再確認した。

電磁投射銃の弾が九発。おそらく警戒している空賊には一発も中《あ》てられないだろう。

残りのエネルギーをすべてレーザに回せば約一分照射できる。もちろん低出力なので、敵の船には掠り傷も与えられないだろう。ただ、目くらまし程度には使えるかもしれない。

ナタはヨシュアにバーストを送った。今更警戒も糞もないだろう。

「核爆弾は確かこれで終わりだったよな」

「ああ。もう終わりだ。とりあえず、ここに来てくれ。手が足りないんだ。カムロギは怪物の中に侵入した」

「了解」

ナタは怪物の眠る場所へ向けて加速を始めた。

もはや充分に加速するだけの距離はない。最高速度に達する前に減速を始めなければ、停止することができなくなる。

磁気レーダによると、そろそろ一隻目の空賊船がヨシュアの真下を通りそうだ。磁界エンジンの故障で、錐揉み飛行しているやつだ。

きっちりと撃墜しておくべきか、それともエネルギーを温存しておくべきか。

ヨシュアは悩んでいるだろうな。

カムロギは突然開けた場所に出た。急に抵抗がなくなったので、前のめりに転倒してしまい、肉の壁に顔が埋まった。

ここは何だ？

宇宙服の手首に装備されている照明で周囲を照らすが、やはり肉の壁しか見えない。広い空間のように感じたが、高さは二メートル、縦横は五〇センチ四方程だ。

カムロギは肉壁に素手で触れ、呟いた。「こいつはいったい何者なんだ？」

壁が脈動した。

カムロギは驚いて後退《あとずさ》りしようとしたが、入り口はすでに閉じられていた。

慌てるな落ち着くんだ。

肉が上下左右前後から押し寄せてくる。

大丈夫だ。殺しはしない。殺す気なら、とっくに殺している。

カムロギは自分に言い聞かせた。

全身をぴったりと肉が取り囲んだ。

息ができない。

カムロギは反射的に口を開いた。

即座に生臭い塊が口の中に入り込む。

カムロギは慌てて吐き出そうとするが、すでに肉塊は口腔いっぱいに広がり、さらに喉の方に降りていこうとする。

拙い。窒息してしまう。

だが、手足はすでに肉に固定されており、身動きすることもできない。

それどころか、肉は変形しながら目や耳や鼻の中にも潜り込んでくる。

やはりこいつに入り込んだのは間違いだったか。

肛門や尿道にも侵入してくる。

カムロギは激しい痛みに耐えかね、呻き声を立てようとしたが、肉に塞がれ声は出なかった。

肉は硬化しながら、爪の間にも食い込んできた。それどころか全身の毛穴を強引に押し広げ皮膚の中にまで入り込もうとしてきた。

もうどうにでもなれ。

陵辱を受けながら、カムロギは痛みと酸素不足で意識が朦朧《もうろう》となる。食道を通って、どろりとした肉の感触が胃の中に広がる。

気管に入り込むと、咳の反射が起きたが、空気が通らないため、体を何度も折り曲げるしかなかった。

首の周囲の皮膚にもぞわぞわとした感触があった。何か細長いチューブのようなものが突き刺さっている。それも一つや二つではない。それは生き物のように蠢《うごめ》き、どんどん首筋の内部へと侵入を開始する。ぞわぞわした感触がだんだんと上ってくる。やがて、喉を通り過ぎ、顎に達した。顔の皮の下を通り、眼球に接した辺りで方向を変え、頭の中心部へと向かったようだ。

チューブが視神経に触れるたび、視野がぱちぱちと眩《まぶ》しくなり、不快な感覚が襲い掛かってくる。やがてその不安感は全ての五感へと広がっていった。光と音と臭いと味と皮膚感覚の洪水だ。

俺はばらばらに引き裂かれて死んでいくのか。

カムロギは諦めがついた。そして、出し抜けに安らかな気分になった。

目の前にプレートが現れた。見たこともない記号が書かれている。

なんだ、これは？　幻覚か？　だとしたら、実につまらない幻覚だ。

プレートが二枚になった。二枚目には一枚目とはまた違う記号が書かれている。

すると、またプレートが増えた。さらに違う記号だ。

また一枚。そして、また一枚。

突然、プレートの数が爆発的に増え始める。物凄い速度で、様々な記号が目に飛び込んでくる。

動きが止まった。一枚のプレートが輝き、そしてそれ以外のプレートは一瞬で消えうせた。

そのプレートには見覚えのある記号が書かれていたが、意味までは理解できなかった。

そのプレートを中心に放射状に新たなプレートが出現する。

と、またその中の一枚が輝き、目の前で止まった。

そのプレートにはこう書かれていた。

ただ今、言語の設定をしております。もう少しお待ちください。

なるほど。そういうことか。

「言語の設定が終わりました」声が頭の中で響いた。「最適な言語はなかったので、微調整を行うため、基本語彙の収集を行います」

カムロギの前にさまざまな映像が流れた。それは物事や動作を示すものばかりだった。

「運動系の基本ソフトをダウンロードいたします」

カムロギの全身がびくびくと痙攣《けいれん》した。

畜生！　俺の脳に何かしてやがる！

「視覚を接続いたします」

突然、目が見えるようになった。眼球には肉が張り付いているはずなのに。

だが、見えたのは自分がいるはずの肉の部屋ではなかった。

星空が見えている。それに、頭上の地面。

強い違和感を覚えた。今まで星空を見下ろす時は必ず視野の中に船の操縦席かヘルメットの一部が見えていた。それが今は何も見えない。直接、地面と星空が見えている。まるで、真空の中に生身で飛び出したように。

嫌な思い出が吐き気と共に戻ってきた。

そして、その時になって呼吸が苦しくないことに気が付いた。

いや。そもそも呼吸をしていないのだ。肺の中に入り込んだ肉のせいで肺は固定されてしまっている。それでも窒息しないのは、肉が酸素を供給しているからだろうか。

腕を動かしてみた。

岩の破片がぼろぼろと大量に落下する。

なんとなく、予想がついた。

自分の体が見えるように首を動かした。

カムロギの体があるべき場所には人とも爬虫類とも昆虫とも付かないものがあった。つまり、俺の神経は怪物に接続されたというわけだ。あたかも自分が怪物になったかのように見聞きし、動かすことができる。だが、下手に動くと岩の窪みから外れて落下してしまうかもしれない。そうなったら、まず助からない。カリティの記憶が確かなら、この怪物が飛べる可能性は高いが、飛行方法をマスターするにはしばらくかかるだろう。

頭の中に自分——つまり、怪物——を含めた付近の状態のイメージが現れた。それはこの場所からは見えないはずの窪みの外にまで及んでいた。視覚というよりは、磁気レーダの画像に近い。おそらく磁気レーダとよく似た方法で探知しているのだろう。肉体が拡大し、感覚はさらに拡大している。

減速しつつ近付いてくるのはおそらく空賊船団だろう。それより先んじてくる錐揉み中の船はおそらく磁力の制御系にトラブルがあるのだろう。後方で急加速しているのはナタの船か。

さて、どうしたものか？

「何をお望みですか？」

そう。俺は何を望んでいるのか？

カムロギはしばし考え込んだ。

ヨシュアは錐揉み船を攻撃することに決めた。どう考えてもあの船には防御するだけの余裕はない。逆に言うと、あの船を撃墜できないようでは、全く勝ち目がないのだ。ヨシュアの船とカムロギの船は連動して、荷電粒子ビームを発射できるように設定してある。つまり、照準を合わせれば同時に二本のビームが目標に向けて照射されるのだ。これで命中確率はかなり高くなる。

ヨシュアの船は怪物が埋められていた窪みに隠れているため、まだ敵船の目視はできない。しかし、だいたいの位置と速度は磁気レーダで摑んでいる。このまま行くと、このほぼ真下を通る。視界内に入った瞬間から攻撃を開始するようにプログラムする。もちろん、手動操作を優先するようになっている。

やつらは反撃を躊躇するはずだ。なぜなら……。

錐揉み船が姿を見せた。

ビーム砲は自動で照準を合わせ、最大出力で発射した。

高エネルギービームは空賊船の周囲に展開されている磁場に触れ、広範囲に拡散した。

しかし、磁場は大きく脈動している。

一秒。

あと少しで磁場は崩壊する！

敵船は錐揉みを続けながらも、ビームの散乱を継続している。

二秒。

まだ磁場の崩壊は起こらない。

三秒。

パワーが足りないわけではない。精度が足りないためパワーの集中ができないのだ。

四秒。

あと少し。あとほんの少しで、撃墜できる。

五秒。

ヨシュアはビーム照射を停止した。

危なかった。エネルギーを無駄に消費してしまうところだった。

残りのエネルギーは約半分。つまり、照射時間は五秒間ということになる。非常に効率的に攻撃ができたとして、破壊できる船は五隻。

あとはカムロギ頼みか。

錐揉み船はそのまま通り過ぎて離れていった。

やはり攻撃はしてこなかった。これはうまく行くかもしれない。

磁気レーダで確認する。次の二隻はすぐそこまで迫っていた。もう迷っている時間はない。

ヨシュアとカムロギの船は大地の窪みの中に隠れている。したがって、敵が直接攻撃するのは不可能だ。まずこの窪みの真下までこなければならない。もちろんヨシュアはそれまで待つつもりはなかった。

操縦プログラムを念入りに確認する。相手の位置は磁気レーダで捕捉している。もちろん向こうもこちらの位置は摑んでいるだろうが、岩盤が邪魔をしてくれているから直接攻撃はできない。

ヨシュアは行動を開始した。

急速に降下し、一瞬だけ窪みの下に出ると同時に敵に向けて、ビームを発射する。直後に上昇し、姿を隠す。

敵からの反撃ビームが窪みの真下を通る。

よし。うまく行きそうだ。

ただ、問題はこれをあと四回繰り返すだけのエネルギーしか残っていないことだ。

敵は一八キロの位置にまで迫ってきている。あと一分で到着する。

その時までになんとか一隻は撃墜しておきたいところだ。残りの一隻はナタと挟み撃ちでなんとかなるだろうか？

ヨシュアはもう一度攻撃を仕掛けるため、下降を始めようとした。

突然、視界が開けた。

目の前の岩盤が吹き飛んだのだ。

ヨシュアとカムロギの船は剝き出しになった。

なんてやつらだ。岩盤ごと吹き飛ばしちまいやがった。

地面に何十キロの彼方まで激しい地割れが走り、膨大な数の岩が崩れて、天の闇の中に飲み込まれていく。

仮令《たとえ》、空賊といえど、意図的に世界の基礎たる岩盤を傷付けることは最大の禁忌のはずだ。

やつらはそこまで追い詰められているのか？

もっとも先に禁忌を破ったのはヨシュアたちの方だ。相手にだけルールを守ることを要求できないだろう。禁忌は一度破られれば無効化する。

ヨシュアはすぐさま船の位置を変えた。

ぐずぐずしている暇はない。

そう。この位置だ。怪物と空賊どもの間——この場所にいれば、やつらは迂闊《うかつ》に攻撃できない。外したビームは怪物を直撃する。せっかくの獲物をみすみす失うことになりかねないのだ。

センサがレーザ光を探知した。船は自動で回避する。あらゆる警報が鳴り始めた。ビーム程強力ではないが、充分な破壊力がある。命中したら、二、三秒しか余裕がないだろう。

それたビームは怪物に突き刺さった。

反応はない。カムロギに影響がないことを祈るばかりだ。どうやら敵は多少のリスクは無視することにしたらしい。

ヨシュアは敵船を光学的に捕捉し、ビームを放った。

防護磁場には触れたようで、散乱が確認できた。

あと三秒分。

敵のレーザが船体を掠めた。

近付けば近付くほど、向こうに有利になる。

ヨシュアは二秒間の照射を試みた。

今度は掠りもしない。

敵は一キロ以内にまで近付いている。今度は確実に狙い撃ちにされる。

畜生!!

レーザが命中した。

逃げ惑ったが、ぴったりと付いてくる。

外壁は赤く輝きだし、焦げ臭いにおいが操縦席に充満する。ディスプレイがぐにゃりと歪み、砕け散った。視界が歪み、皮膚が引き攣《つ》りだす。

レーザが止まった。

前方を見ると、なぜか空賊船が回避行動をとっていた。

ナタ!

ナタが至近距離から、電磁投射銃を連射している。

と、思った瞬間に攻撃は止まった。

おい。助けてくれるんじゃなかったのか?

敵はすでに態勢を立て直しつつあった。

ヨシュアはよく見えない目視で照準を定めた。

一瞬、ヨシュアの船が空賊船と真正面に対峙した。

弾切れだ！

ナタはコクピットを拳で叩き付けた。

せっかく援軍として駆け付けたのに、これで終わりだ。

空賊船の発射したビームが怪物の前に浮いている二隻のおんぼろ船のうち一隻を貫いた。

カムロギが怪物に侵入しているのなら、どちらかにヨシュアが乗り込んでいて、もう一隻はリモートコントロールされている無人機のはずだ。

今のはどっちだ？

弾み車が全エネルギーを放出し、リング状に爆発四散する。破片が周囲の船の磁場に弾かれ複雑に飛び交う。いくつかは怪物に突き刺さった。

そして、空賊船もまたするどいビームに襲われた。発射したのは残った方の船だった。

どうやら、二隻のうち残った方にヨシュアが乗っていたらしい。空賊船が破壊したのはヨシュアにリモートコントロールされていたカムロギの船だったのだ。

空賊船の周囲に細かい稲妻が無数に発生した。そして、白熱し、落下する。

「衝撃に備えろ！」ヨシュアからの通信が操縦室に響く。

空賊船は激しい核爆発を起こした。カムロギの船の爆発とは比較にならない程の凄まじい規模だ。

ナタは慌てて磁場の調整を行い、失速を免れた。

「ナタ、おまえのおかげで、なんとかやっつけたぜ」

「安心するのは早い。まだ一隻残ってるぞ」ナタは叫んだ。「態勢を立て直すんだ。今、そっちに移動する」

空賊船の残りの一隻は怪物の周囲を数キロの距離をおいて旋回していた。仲間の船が撃墜されたのを見て警戒しているのだろう。

「ところで、こっちは弾切れなんだが、そっちはいくら残ってる?」ヨシュアからバースト通信が入った。

「今、最後の電磁投射弾を使っちまった。レーザならしばらくは撃てるが、何の役にもたたないぜ」

「おっと、厳密に言うと、弾切れじゃなかった。電磁投射弾はあと三発撃てる」

「それは心強い。早いとこ、あの目ざわりなやつを撃墜してくれ」

ヨシュアは電磁投射銃を撃った。

船体の横の銃筒が吹き飛んだ。

「暴発だ。銃筒内部が溶けて塞がってたらしい」ヨシュアの息はかなり荒い。

ナタの船はヨシュアの船の横に並んだ。「俺の方も相当ぼろぼろだが、そっちはもう本当に無残だな」

「通信できるのが奇跡だ。生命維持装置も停止している。宇宙服を着ないと、あと何時間ももたないだろう」

ビームがナタの船に中《あた》った。

自動回避装置が働き、ナタの船はビームから逃げ出す。逸れたビームは怪物を切り裂く。ナタは呻いた。「こっちも生命維持装置がダウンした。それから、主弾み車の電力供給システムもだ。今、補助電源を使ってるが磁場がどれだけもつかはわからない」

「なるほど。わかりやすい状況だ」ヨシュアが言った。「それで、まあ無駄だとは思うが、次はどっちかの船が特攻して自爆する作戦をとらなくちゃならんだろうな」

「ああ。無駄だけどな。でも、どうせ死ぬんなら一か八かやってみてもいい。それでどっちが突っ込む？」

「別々の船にいるから、籤《くじ》引きもじゃんけんも難しい。そこで提案なんだが、俺がやろう」

「どういった根拠なんだよ？」

「俺の方が年上だからだ」

「同時に行くってのはどうだ？」

「それじゃあ、意味ないだろ。どちらか一人でも生き延びるためにする作戦なんだから」

「万が一、生き延びたって、すぐに第二陣の空賊船団がやってくるぜ」

「その時までに怪物が動いてりゃあ、問題はないだろう」

「動くってんなら、とっくに動いてるだろ。ぴくりともしないぜ」ナタが言った。

ぱらぱらと岩が落下した。

「これだけの戦闘が起これば、岩も崩れるだろう。なにしろ岩盤を吹き飛ばしたんだか……」ナタは黙った。

怪物が動き出している。自らを嵌め込んだ岩塊の中で、もがいているようだ。数メートル単位の大きさの岩が次々と落下していく。

「逃げた方がいいんじゃないか？」ナタが尋ねた。

「カムロギが動かしているなら、こいつは味方だ。だが、勝手に動いている可能性もあるし、うまく制御できない可能性もある。とりあえず、離れた方がよさそうだ」

空賊船は旋回の輪を縮めた。攻撃すべきかどうか躊躇《ためら》っているようだ。

怪物は身を捩《よじ》り、口から何かの液体を吐き出した。沸騰しながら落下していく。

同時に激しい電磁ノイズが通信機を占領した。

「なんだ、こりゃ？　鳴き声か？」ナタが叫ぶ。

「機械が鳴くかよ！」

「じゃあ、動物なんだろ」

空賊船は怪物にビームを撃ち込んだ。ナタの操縦席のパワーメータが振り切れた。どうやら本気で破壊する気らしい。

ビームは怪物の皮膚に到達しなかった。拡散反転し、空間に消えていく。

空賊船はミサイルを発射した。空賊は通常、資源を節約するために物質の投棄は滅多にしない。敵はかなり切羽詰まっているようだ。

ミサイルは全て着弾する前に爆発四散した。プラズマによる障壁か、もしくはレーザによる爆破か。少なくとも、ナタとヨシュアには、爆破した方法を全く探知できなかった。

怪物は岩を突き破って、触手を伸ばした。その拍子で一〇〇メートルを超える岩が落下した。

怪物の全貌が現れた。

それは人間の姿に全く似ていないという訳ではなかった。だが、手足の関節は人間のそれよりも二つも多かった。全身から大小様々な触手が生えており、それぞれが無関係に蠢《うごめ》いていた。頭部には閉じたままの目のような器官が非対称に七つついていた。腹部は内臓が剝き出しになっているとしか思えない状態で、常に粘液を撒き散らしていた。脇と脇腹からは特に巨大な触手が生えており、吸盤のような穴を開閉している。肩から背中にかけては金属でできた巨大な骨状の組織が突き出しており、展開を始めていた。頭部と胴体は首以外に様々な管で接続され、脈動すると同時にぬらぬらと反射していた。全長はおよそ六五〇メートル。骨翼を広げればさらに一回り大きくなるだろう。

怪物は穴からはずれた。

体を丸めたまま落下していく。

「このまま落下すると拙いぞ」ナタが叫ぶ。

「あれだけの質量を浮かばせるにはとてつもない磁場が必要だ」ヨシュアが同意した。「これ以上落下したら、救出は無理だろう」

怪物の大きさが桁外れのため、ゆっくりと落下しているように見えるが、すでに五〇〇メートルも下降している。

空賊船は怪物の周りを飛び回りながら、攻撃を続けている。

「もう四キロ以上落下している。カムロギはもう無理だ」ナタは悲痛な声を出した。

怪物は目を開いた。

触手と磁場を展開した。

操縦室の装置類はいっせいに火花を散らしダウンした。

「何が起きた⁉」

「怪物が目覚めたんだ」

ヨシュアとナタの船、そして空賊船は失速し、はらはらと落ちていく。

磁場浮揚を始めた怪物は鳴き声を上げると、落下するナタとヨシュアの船を触手で摑まえた。

「うわっ！　なんだかべとべとしてるぜ」

「贅沢は言ってられないぞ。とにかく助かったようだ」

「そうとは言えないぜ」ナタは下を見ながら言った。「空賊船はまだ生きている」

空賊船は急速に上昇を始めていた。まだやる気だ。

凄まじい勢いで、ビームとミサイルを放ってくる。

「拙いな」ヨシュアが呟いた。「怪物はともかく俺たちは無防備だ。一発でも中《あた》ったら、お陀仏だ」

ヨシュアとナタを摑まえている触手の長さは三キロはある。怪物の防護磁場からはは み出しているだろう。

「カムロギは気付いてるのか？」ナタが言った。「それとも引っ込め方がわからないのか？」

空賊船は急加速を始めた。どうやら武器で怪物と戦うのは諦めたようだ。

「おい。空賊船がこの距離で自爆したら、さすがに怪物も耐えられないんじゃねぇのかよ！」

「仮に怪物が耐えられたとしても、俺たちはおしまいだ」

突然、触手が動き出した。二人の船は怪物本体の方へと引き上げられる。

ヨシュアとナタは加速度で押しつぶされそうになる。

「く、息ができない」

空賊船は二〇キロの距離に迫った。

ヨシュアとナタは長大な弧を描きながら、怪物本体の背後に隠された。

怪物は鳴き声を上げた。

高速で射出された触手が空賊船を串刺しにした。

空賊船は逃げることも防御することも、ましてや反撃することもできなかった。磁気エンジンが利かないので、ロケットエンジンに切り替えたのか、メイン噴射口から高温プラズマが噴出した。だが、触手はぴくりとも動かない。船は空中に固定されてしまったようだ。空賊は相当焦っているようで、全ての噴射口から高温プラズマを猛烈な勢いで噴出し出した。

これは効率的な行動ではない。とにかくどんな形でもいいから、触手から逃れようとしているだけだ。

触手は高温プラズマに曝《さら》されても影響は受けていないように見えた。

空賊船は激しく振動を始めた。船体が膨らみ、表面に輝く亀裂が入った。

白いプラズマが全てを包み込んだ。


シグマポイントはンバンバ村からやや第四帝国に近い位置に存在した。三つの勢力が最も素早く集結できるポイントとして設けられたもので、廃坑を利用して作られ、その場所は秘密にされている。また、軍事的守りも堅く、例の武器を除いて、この場所を破壊することは不可能だと考えられている。

高速船は一人乗りの小型船だ。天使程の超絶技術ではないが、やはり失われた古代技術に基づいていて、今のところ再生産することは不可能だ。世界に数隻しか残っていないうち、一隻ずつを条約加盟村が保持している。この船を使えば、磁場が乱れる北限と南限を除いて、世界のどこにでも数日で到達できる。ただし、戦闘能力は皆無に近く、定員も一名であるため、このような秘密会合以外には殆ど使い道はなかった。

ザビタンはゆっくりとシグマポイントに近付いた。世界の他の場所と比べて何も違いはみられない。ザビタン自身もデータベースの助けがなければ、どこにあるかわからない程の完壁な偽装が施されている。

ザビタンは何もないようにしか見えない地面の特定ポイントに向けて、一定のパターンでレーザを照射した。

と、そこに〇・五秒間だけ入り口が現れる。

高速船はその瞬間を逃さず、吸い込まれるように入り口に飛び込んだ。

内部は薄暗い倉庫のようなドックで、僅かなスポットライトが船といくつかの重要な設備を照らし出していた。照明を絞っているのは節約のためもあるが、熱源となって他の勢力に探知されないためでもある。

ザビタンは簡易宇宙服を着込み、エアロックを通り、会議室に入った。

すでにこの場所に最も近いンバンバ村長エゼキエルが待っていた。

「チョゴノウ皇帝はまだですか？」ザビタンはドックに第四帝国の船がないことを確認して言った。

「まもなく、到着されます。ただし、皇帝ご自身ではなく、勅使のビコウ王です」

「皇帝の参加なしで、この会議に正当性はあるのですか？」

「ビコウ王は全権を委《ゆだ》ねられているとのことです。また、会議の模様は逐次第四帝国に送信され、皇帝の確認が得られます」

「それなら問題はないでしょう」

ドックに第四帝国船が進入してきた。派手な模様と煌《きら》びやかな照明で装飾されている。

「秘密会議だというのに」ザビタンは眉を顰《ひそ》めた。

「さすがに地面の下に出ている時は偽装していたようです。まあ、邪神の存在は空賊たちにはすでに知られているので、それほど問題はないのかもしれませんが」

「だが、我々の動きを逐一知らせてやる必要はないでしょう。因《ちな》みに、空賊たちは我々が天使を持っているのを認識しているのでしょうか？」

「さあ、それはどうでしょうか？　別に存在を隠している訳ではありませんが、条約が成立した五世紀前より、我々は不必要にその姿を曝すことはひかえていますから、すでに伝説となっているのでは？　ただ第四帝国では、たびたび出現させているようですが」

「皇帝の権威付けのためのパフォーマンスでしょう。第四帝国には困ったものだ。もし起動中に事故でもあったら、大変なことになる」

会議室にビコウ王が現れた。やや肥満気味の若い男だ。

「初めまして、ザビタン長老、エゼキエル村長」

二人はそれぞれビコウ王に挨拶をし、全員が席に着いた。

ディスプレイに怪物の姿が映し出された。

「我々の分析では、こいつが天使である蓋然性は八〇パーセントでしたが」

「すでに別の画像も入手しています。それを含めると、蓋然性は九二パーセントまで上がりました」エゼキエルが答えた。

「蓋然性などどうでもいいではないか」ビコウ王が言った。「こいつをギガントだと考えて話を進めよう。そうでない場合を真剣に考えても殆ど意味はないだろう」

「確かに。同意いたします」ザビタンは淡々と答えた。

「現在二群乃至《ないし》三群の空賊団が出土現場に向かったことが確認されています」エゼキエルが説明を始めた。

「空賊団の数が明確でないのは？」

「飛び地からの出撃が確認されたのは二件のみですが、最初に出撃した空賊が現場近くで別の勢力との戦闘を行っています」

「空賊団の別働隊では？」

「出撃はそれぞれ一度きりでした。数も確認できています」

「空賊どもが新しい偽装方法を開発したという報告は受けていない。おそらくその認識は正しいだろう」ビコウ王が言った。

「では、空賊ではないのでは？」ザビタンが言った。

エゼキエルは頷いた。「おそらくそう考えるのが正しいでしょう」

「戦闘はどのようなものでしたか？」

「概《おお》ね五回行われています。最初のものは小型船同士の撃ち合いです。空賊船が核爆発を起こしています。二回目と三回目は核兵器による攻撃です。二回目は空賊船団の第一陣の大半が壊滅しましたが、三回目は空賊船団の第二陣に向けたもので損害は軽微でした」

「たかが核兵器で、それほど大きな被害が出るのか？　何か別の攻撃ではないのか？」

「核兵器は地中に埋没していました。何者かが岩盤を粉砕し、散乱させたのです」

「岩盤を破壊！」

ザビタンは耳を疑った。いくら空賊といえど、そのような蛮行を行う者がいようとは。

ビコウ王はテーブルに拳を叩き付けた。「許せん。世界を崩壊させるつもりか！」

「彼らにはそれだけの覚悟があるということでしょう。邪神を手に入れられなければ、世界が崩壊してもかまわないと」

「それほど逼迫した集団があるのか？」

「例えば空賊団は常に逼迫しています」

「しかし、彼らは今まで岩盤を破壊したことはなかった」ザビタンは考え込んだ。「空賊ではない可能性はどの程度ですか？」

「その蓋然性は七〇パーセントです」

「近くの村人の仕業か？」

「村人だとしたらなおさら岩盤の破壊は行わないでしょう。自分たちがぶら下がる地面を壊す馬鹿がどこにいますか？」エゼキエルは言った。

「それで、四回目の戦闘はどういう形だったのですか？」

「再び銃撃戦に戻っています。第一陣の空賊船と未知の勢力との戦いです。空賊船側は三隻の戦闘船、未知の勢力の側は戦闘船三隻と邪神一体です」

会議は沈黙に包まれた。

「今、なんと言った?」

「再び銃撃戦……」

「最後の部分だ」

「未知の勢力の側は戦闘船三隻と邪神一体です」

「ギガントはすでに何者かの手に落ちているのか!?」

「そのようです」

「ならば、もう猶予はないではないか」

「その通り。猶予はありません」

「できるだけ早く叩くべきだ。出土現場に最も近いギガントはワイバーンか? すぐに出撃するとして、到着するのはいつだ?」

「相手の能力がわからない今、一対一で戦うような真似は慎むべきです」ザビタンが言った。

「いや。単独で戦うべきだという意見にも一理あるかもしれません」エゼキエルが言った。

「そもそも我々が保有する三体の邪神は協同で戦うのには不向きです」

「敵とは限らないでしょう。我々の同盟に加わるように勧めてみてはいかがでしょうか?」

「これ以上、駒は増やしたくない」ビコウ王は言った。

エゼキエルは頷いた。「四勢力は不安定です。一〇年以内に争いが発生する可能性は八〇パーセントになります」

そう。最悪、三対一の戦いになる。自分が孤立しないためには、常に相手を出し抜くための策略を考え続けなければならない。そんな事態になるのなら、今決着する方がましだ。

「どのような方法で戦うつもりですか？」

「さっき話に出たように、三体の特性から考えて協同で戦うのはきわめて困難だ。一体ずつが戦うしかないだろう。もし敗れたら、次の一体が戦う」

ザビタンは目を瞑《つむ》った。


「カムロギ、聞こえるか？」ヨシュアはおそるおそる尋ねた。

ああ。聞こえてるとも。

見知らぬ声だ。

「誰だ？」

カムロギだ。

「声が違うぞ」

俺の声ってこんな感じじゃなかったかな？　いい具合に合成したつもりなんだが。

「自分の声ってのは、自分ではよくわからんもんらしい。鼓膜からと骨伝導の二つの経路の音声が混じるから」ナタが言った。

とりあえず、一難は去ったみたいだが、あと二分かそこらで次の空賊どもが到着するようだ。

「ああ。知ってる。でも、今みたいな感じで、撃退できるんだろ」ヨシュアが尋ねた。

「たぶんな。ただ、まだなんとなく自信がないんだ。おまえの船は爆発しちまった」

「思い出した。悪い知らせがある。どうせ船に乗り移ることはできない」

「別に構わない。どうせ船に乗り移ることはできない」

「まだ悪い知らせがあるんだ」ナタが言った。

もうこれ以上、俺に悪い知らせなんてありえないと思うんだが。俺は怪物にけつの穴の中までしゃぶり尽くされてるんだぞ。

「おまえにとってじゃなくて、俺たちにとっての悪い知らせだ」

あっちこっち悲しいことばかりのようだな。

「生命維持装置がぶっ壊れた。そろそろ息苦しくなってきやがった」

怪物の中の環境は生存に適している。臭い以外は。

「臭い上に、いろいろな穴に突っ込まれるんだろ？」

それはまあ慣れの問題だな。

「窒息しなくていいのなら、臭くてもいろいろ突っ込まれても構わない」ヨシュアが痺れを切らしたようだった。「空賊どもが来る前に中に入れてくれ」

確かにその方がよさそうだな。次に空賊の攻撃を受けたら、二機とも吹っ飛んじまうだろうし。

「それで、入り口はどこだ？」

入り口？　ちょっと待ってくれ。訊いてみる。

「誰に訊くんだ？」

わからない。たぶんこいつだ。

「こいつって？」

怪物だ。

「名前はないのか？」

それも訊いてみる。

二人の船を絡めとっている触手がずるずると動き出した。触手の根元から怪物の内部に収容されていく。

今から入り口を開ける。

「わっ！　けつの穴かよ！」

たまたま位置がそこだというだけだ。気にするな。

「この怪物設計したやつ。きっとけつに拘《こだわ》りがあったんだぜ」

単に悪趣味なだけじゃないかな。


カムロギは不快感にじっと耐えていた。

磁気推進船が自分の肛門に侵入してくるとしか思えない。

それが現実ではないことは理解していたが、感覚がカムロギを許してはくれなかった。

感覚を遮断することは可能か？

「可能ですが、推奨いたしません」頭の中で声が言った。

何か拙いことが起きるのか？

「現在、戦闘中です。戦闘中に外界を感知しないのは極めて危険です」

なるほど。正論だ。

肛門の中にずぶずぶと船が侵入してくる。

船の入り口を肛門にする理由はあるのか？

「船の侵入口は肛門ではありません。たまたま人体の肛門の位置に存在するだけです」

なるほど正論だ。

一隻を飲み込んだ後、もう一隻の侵入が始まる。

とにかく気を紛らわせよう。

そうだ。おまえの名前は何という？

「それは固有名詞のことですか？」

そうだ。

「わたしはオペレーティングシステムです。固有名詞はありません。必要だと感じられたら、名前を付けていただいて結構です」

ええと。この怪物の名前はなんという？

「『光を帯びたもの』『明けの明星』『暁の子』『天の輝く星』」

訳さなくてもいい。本来の名前を教えてくれ。

「アマツミカボシ」

天の輝く星……捻《ひね》くれた名前だな。星は地に輝いているのに。

「おい。カムロギ、中に入ったぞ」ヨシュアが連絡してきた。

いやなことを思い出させるなよ。そうそう。この怪物の名前がわかった。アマツミカボシだ。

カムロギが考えた言葉が自動的に音声に変換されて伝わる。

「さっそく問題が発生した。船が押しつぶされそうだ。あちこちにひびが入っている」ヨシュアは状況を説明した。

システム、船を潰すのか？

「はい。侵入者は分析・分解の後、部品や材料として、再利用いたします」

あの二隻には俺の仲間が乗っている。分解はなしだ。

「了解いたしました」

ヨシュア、ナタ、無事か？

「ああ。圧縮は止まったようだ」ナタが答える。「だが、船体に亀裂ができて、もう真空中には出られねぇ。あと臭いが凄くて我慢できねぇ」

我慢しろ。どうしようもない。

「どうして、気温や気圧や酸素濃度が人間向きなのに、悪臭を取り除かないんだ？」ヨシュアが不平を言った。

人間向きの環境という訳ではなく、たまたま人間に合ってたってことじゃないかな？　臭い以外は。

「とにかく、俺たちもおまえと同じく外に出ることはできなくなっちまったんだが、大丈夫なんだろうな？」

ちゃんと息ができてるじゃないか。

「空気だけじゃ、駄目だ。水と食糧はあるのか？」

周り中、腐肉だらけだろ。

「こんな気色の悪いもの食えるかよ」

好き嫌い言ってる場合か。

「敵船団、接近中です」

どうして敵ってわかるんだ？

「先ほどから攻撃してきていますので、敵と判断いたしました」

なるほど。空賊船団が凄まじい勢いで、ビームや弾丸を撃ち込んできている。だが、カムロギは全くダメージを感じなかった。

被害状況を報告しろ。

「被害はありません」

あれほどの攻撃を受けているのに？

「特に命令がない場合は、自動的に防御機能が働きますので」

試しに、防御機能を停止してみてくれないか？

「それは推奨できません」

防御機能を停止すると、甚大な被害を受けるのか？

「状況によります」

今の状況では、どうだ？

「敵船団の攻撃能力が不明のため、お答えできません」

たぶん現状攻撃がやつらの精一杯だ。

「この程度の攻撃なら、短時間防御機能を停止したとしても、被害は軽微でしょう」

防御機能を切ってみてくれ。

「了解いたしました」

激しい衝撃を受けた。

腹部にビームが命中し、穴を穿《うが》っている。

これが軽微なのか？

「現在のところ、致命的な影響はありません」

穴はどんどん広がり、内部の組織が剝き出しになった。

「カムロギ、何があった？　凄まじい爆発音で耳がどうにかなりそうだ」ナタの叫び声だ。

俺の声は聞こえるか？

「ああ。おまえの声の方がもっとでかいからな」

敵のビーム攻撃を受けている。

「逃げるか、反撃するかしろよ！　このままだと、アマツミカボシはぶっ壊れちまうぞ」

防御機能を停止したら、こうなったんだ。

「さっきまで静かだったが」ヨシュアが言った。「攻撃はずっと受けていたのか？」

ああ。そうだよ。

「おまえ、馬鹿か!?」ナタが罵倒した。「とっとと防御機能を復帰させろよ！」

システム、防御機能を働かせろ。

「了解しました」

突然の静寂。

「いったいどんな仕掛けなんだ？」ヨシュアが唸った。

見た感じだと、ビームは磁場で屈曲させている。レーザは体表を鏡のようなもので覆って反射している。弾丸は白熱して消えているから、プラズマシールドか、さもなければ迎撃レーザを使ってるんじゃないかな。

「それ全自動でやってるのか？」

そのようだ。

「俺たちにも見せてくれ」

システム、外の様子を俺の仲間の船のモニタに映してやってくれ。

「インターフェースの規格が違うため、接続できません」

じゃあ、何か別の方法でもいいから、見せてやってくれ。

「わっ！　亀裂から肉が船内に浸入してきたぞ。なんだこりゃ、肉の中からスクリーンが出てきた」ヨシュアが言った。

外の様子が映ってるだろ。

「ああ。なんだか物凄い大戦闘だぞ」

実感ないけどな。肉食性の岩石羽斑蚊《がんせきはまだらか》に刺されるほども感じない。

「反撃してみたらどうだ」

やってみる。

カムロギは空賊船の一隻に近付こうとした。途端に、船はコントロールを失い、墜落していく。

アマツミカボシの発する磁場が強過ぎて、近付くだけで失速するようだ。

「ほぼ無敵だな」ヨシュアが言った。「さっきみたいに触手で貫く必要はなかったんじゃないか？　触手はどうなった？」

カムロギは一本の触手を見せた。

先っちょが焦げちまったようだ。すでに再生を始めているが。

「核爆発に曝されたんだから、さすがに焦げるだろ」ナタが呆れたように言った。

ちょっと試してみたんだ。材質は何かな？

「焦げるんだから、蛋白質《たんぱくしつ》か樹脂じゃないか？」

「蛋白質や樹脂だったら焦げるだけではすまんだろう」ヨシュアが意見を言った。

システム、この触手の素材は何だ？

「ナノ複合材料です。金属とセラミックと樹脂と半導体と血と肉の精密な複合体です」

聞いたか？

「何をだ？」ナタが言った。

システムの声、聞こえてないのか？

「システムって誰だ？」

アマツミカボシのオペレーティングシステムだ。

システム、我々の会話を仲間にも聞かせてやってくれ。

「了解しました」

「空賊船のやつらまだぶんぶん飛び回ってるぞ。磁場と触手以外に攻撃方法はないのか？」ナタが尋ねた。

手足も使えそうだが。それと骨翼も。

「そんな肉弾戦じゃなくて、飛び道具が使えなきゃおかしいだろ」

確かにそうだ。

システム、何か武器はあるか？

「ございます」

あのぶんぶん飛び回ってる敵の一隻を撃ち落としたいのだが。

「プラズマ弾がちょうどいいかと存じます」

どうすればいい？

「何か切っ掛けを決めてください。それで発射するようにプログラムいたします」

切っ掛けって？

「合図です。何かの掛け声でもいいし、ポーズでも構いません」

たとえばこんなのでもいいのか？

カムロギは腕をクロスした。

「登録いたしました」

アマツミカボシのクロスした腕から、激しい閃光が走り、空賊船は核爆発を起こした。

なんだか酷いことをしているような気がするなあ。

「おまえは元々酷いやつなんだから、酷いことをするのを躊躇するなよ」ナタが言った。

いや。感覚が麻痺してしまいそうな気がするんだ。自分がアマツミカボシと一体化して、小虫を潰すような感覚で空賊船を破壊している。嫌な心持ちだ。

「感傷的になり過ぎだ。今は生死をかけた戦闘中なんだから、敵の命を奪うのに躊躇いがないのは当然だ」ヨシュアが言った。

いや。生死をかけているのは空賊どもで、俺たちは全然そうじゃないんだよ。

「願ったりじゃないか」

放っておくっていう選択肢はないかな？

「こいつらずっと付き纏《まと》ってくるぞ。うっとうしいから、早く潰してくれ」ナタが言った。

システム、空賊に通信を送りたい。通信回線を開いてくれ。

「了解いたしました」

空賊ども、ご覧のように我々の戦力は圧倒的だ。戦いを終えて去るなら、見逃すからとっとと消えてくれ。

返事はなかった。それどころかますます攻撃は執拗に激しくなった。

「言葉が通じないんじゃないか？」ヨシュアが言った。

翻訳装置ぐらいついているだろう。

「アマツミカボシの磁場のせいでぶっ壊れたのかも」

システム、空賊の言語に翻訳して、伝えてくれ。

「それはどのような言語でしょう？　サンプルをいただけますか？」

残念だが、空賊たちがどんな言葉を使っているかは皆目わからない。

「あなたの使用している言語に近いのでしょうか？」

それすらもわからない。

「残念ながら、ご希望には沿えないようです」

やつらを追い払う方法はないか？

「もう二、三機破壊すればどうでしょうか？」

なるべく攻撃はしたくない。

「大規模な電磁衝撃波で脅すのはいかがでしょうか？　通信機やコンピュータは使用不能になるはずです」

それだ。それを頼む。

「一時的に、アマツミカボシの操縦権をいただいてよろしいでしょうか？」

もちろん許可する。

突然、カムロギの意思とは無関係にアマツミカボシが動き出した。それでもなお、それが自分の身体であるという感覚は消えはしなかった。

急速に落下し、空賊どもの真下に回った。空賊船団はアマツミカボシと地面の間に挟まれた形だ。

空賊どもは意表を突かれ、慌てて態勢を立て直そうとしていた。

「今から発生させます」

アマツミカボシはすべての触手を上方に向けた。

一瞬、閃光が走った。地面とアマツミカボシの間のスパークだ。

空賊船は次々と落下し始めた。

おい。脅しじゃなくて、立派な攻撃じゃないか。

「脅しのつもりだったのですが、予想外に敵船が脆弱《ぜいじゃく》でした。飛行システムは一隻を除いて停止しています」

残った一機もふらふらと漂い、今にも墜落しそうだった。

「カムロギ、あの船を捕まえろ！」ヨシュアが叫んだ。

何を言ってるんだ？　もう撃墜したも同然だ。危険はない。

「空賊船が危険だと言ってるんじゃない。せっかくのチャンスを逃すなと言ってるんだ」

何のチャンスだ？

「やつらのテクノロジーを手に入れるチャンスだ」

テクノロジーって言ったって、アマツミカボシを手に入れた今となっては、あいつらのテクノロジーは無用の長物だ。

「すべてが無用という訳じゃない。特にエネルギー技術は重要だ」

エネルギーだって？

「システム、アマツミカボシのエネルギー源は何だ？」

システムは答えなかった。

「なぜ答えないんだ？」

そうだ。なぜ答えない？

「わたしは登録ユーザの命令にしか反応いたしません」

登録ユーザって？

「カムロギ様です」

じゃあ、俺から尋ねよう。アマツミカボシのエネルギー源は何だ？

「核融合です」

核分裂の反対か？　でもそれじゃあ、エネルギーは逆に減ってしまうだろ？

「水素原子を融合すれば、エネルギーが発生します」

「す、す、す、水素だと!?」ナタが素っ頓狂な声を上げた。「水素を消費したら、水がなくなるだろ！」

確かにそれは問題だ。エネルギー源が入手できない可能性がある。システム、核分裂の利用は可能か？

「核分裂炉が入手できれば、可能です」

核分裂炉の製造は可能か？

「時間と材料があれば可能です」

どのぐらいの時間が必要か？

「充分な材料があれば七日から一〇日で可能です」

「核分裂炉を作ったって、燃料のウランかプルトニウムがなければ、同じことだろ。まあ水素よりは入手しやすいかもしれないが」ナタが言った。

これはエネルギーの節約をした方がいいかもしれないな。

「節約よりも先にすべきことがあるだろう」ヨシュアが言った。

水素やウランを探すのは望み薄だ。

「そうじゃない。エネルギーの貯蔵だ」

「おまえたちの船を分析すれば、弾み車を作れるだろうが、アマツミカボシのエネルギー消費量には全く対応できないと思うぞ。弾み車より優れたエネルギー貯蔵方法があるだろ」

空賊船の技術か？　超ウラン元素を人為的に合成して貯蔵すると言われているが、空賊はいっさい秘密を漏らさないので、実態は不明だ。

「だから、今そこでふらついているやつから、入手できるんじゃないか？　原理とか構造とか」

確かに。

空賊船の最後の一隻は力尽きたのか、自然落下を開始した。アマツミカボシも空賊の船の後を追って落下した。

触手をするすると伸ばし、絡めとった。

空賊船は身動きを封じられたまま、レーザやビームの砲撃を始めた。

静かにしろ。

カムロギは空賊船を握った触手を一振りした。

攻撃が止まった。

「何が起きたんだ？」ナタが尋ねた。

可哀相だが、こうするより他はなかった。今の一振りで、一〇〇Gの加速度が掛かった。

「あちゃあ。即死だな。……っておい。何する気だ？」

空賊船を取り込むんだ。

「こいつも俺たちみたいにけつの穴から飲み込むのか？」

ああ。悲しいことだが、それ以外に方法がない。

「冗談も程ほどにしてくれ。こいつは核爆発するかもしれないんだぞ」

一〇〇G加速で爆発しなかったんだから、大丈夫だろ。

「時限爆破装置がついているかもしれない」

どこの阿呆が自分の船の原子炉に時限爆破装置をセットするんだ？

「空賊を舐めるんじゃねぇぞ。あいつら、全員低酸素で脳がいかれてるんだ。正気の沙汰ではできないことを平気でやるんだ」

だったら、おまえも一緒じゃないか、ナタ。

「ああ。俺たち全員がいかれてるのかもな」

システム、アマツミカボシの重量は？

「五三一万トンです」

「マジかよ！」ナタは唸った。

さすがに俺も驚いた。こんなものはゆっくり動かすだけで、莫大なエネルギーを消費してしまう。俺たちには空賊のエネルギー貯蔵装置が絶対に必要だ。

「確かに」ヨシュアが言った。「この怪物はおそろしくエネルギーを消費する、それだけは確かだ」

システム、今取り込んだ敵の船を分析・解析しろ。特にエネルギー貯蔵装置は重要だ。解析が済んだら、アマツミカボシ用にカスタマイズした貯蔵装置の製造を始めろ。

「了解しました。内部に機能を停止した人体がありますが、これは吸収しても構いませんか？」

カムロギは一瞬躊躇した。

ああ。構わない。吸収しろ。

「死体を食わせるのか？」

俺たちだって、死体は植物の肥料にするだろう。それと同じだ。

「でも、肥料にするのと、怪物の餌にするのとでは……」

「吸収を完了いたしました」

資源は少しも無駄にしてはいけない。これは世界の掟《おきて》だ。

「掟は破るためにあるんじゃねぇのか？ 岩盤破壊みたいに」

「あれは仕方がなかった。やらなければやられてた」ヨシュアが沈痛な声で言った。

人は条件付けのためにみすみす命を失ってしまうことが多々ある。だが、俺たちはそれを克服した。自分の命を守るために禁忌を犯すことを躊躇わなかった。

「偉そうなこと言ってるんじゃねぇよ!!」ナタが怒鳴った。「生きるためには手段を選ばねぇ。正直にそう言えよ!! カリティのこともそうやって、理屈を付けて言い訳するつもりなんだろ!! カリティが死んだのは誰のせいだよ!?」

俺は彼女を救おうと……。

「今はカリティのことは持ち出すな、ナタ」ヨシュアが諭した。「あれは不可抗力だった」

「不可抗力？　カムロギが注意していれば、避けられたはずだ!!　岩盤崩落の可能性を知っていたんだから」

「仮に過失だったとしても、今の状況とはまるで違う」ヨシュアは続けた。「今回、我々は意図的に禁忌を破ったんだ。禁忌は一度破ってしまえば、次からは抵抗がなくなってしまう。禁忌を破ることで生き延びたとしても、俺たちは別の何かを失ってしまうのかもしれない」

「馬鹿馬鹿しい。俺たちがちょっと岩盤を削ったからといって、世界が滅んだりするもんか！」

「滅ばないと言い切れるだろうか？」ヨシュアが言った。「もしこれが切っ掛けで崩壊が始まったとしたら？　俺たちは自分が生き延びるために世界を破壊した者たちとして、歴史に名を残すことになる」

「それは心配無用だぜ」ナタが反論した。「世界がなくなれば、歴史もなくなっちまうし、俺たちの悪口を言うやつも誰一人いなくなっちまうさ」

いずれにしても、俺たちはもう始めてしまったんだ。怪物を蘇《よみがえ》らせ、そして派手に戦闘を行った。もう世界中に知れ渡っていることだろう。

「何が起こる？」ナタが言った。

わからない。おそらくは空賊どもがこいつを狙ってくるだろう。ひょっとすると、強力な村もいくつか動くかもしれない。

「どんなやつらが来ても、このカムロギ空賊団の敵じゃねぇぜ」

「なんだ、その『カムロギ空賊団』ってのは？」ヨシュアが呆れて言った。

「名前がいるって思ってな」

「俺たちは空賊なのか？」

「もう落穂拾いなんかじゃない。俺たちは自分たちの力でぶんどる立派な空賊だ」

ちょっと待ってくれ。別に俺はアマツミカボシの力を使った強奪で暮らしをしようって訳じゃない。

「たった今強奪したじゃないか？」

何のことだ？

「覚えてないのか？　空賊を殺して、その船と遺骸を奪い取った」

それは……仕方がなかったんだ。緊急避難だ。

「ほら。また言い訳だ。やむにやまれぬ事情で強奪しているのは空賊も同じだぜ」

「カムロギ、ナタの言う通りだ。言い訳しても仕方がない」

でも、俺たちには空賊船がないだろ。

「ここに立派なのがあるじゃないか」

アマツミカボシが空賊船？　確かに移動能力はあるが……。

「何か不満があるのか？」

でか過ぎる。

「逃げ隠れには不利だが、そんな必要はないだろ」

空賊団には基地が必要だ。さっきの村では、アマツミカボシを収容することができない。

「だから、基地もアマツミカボシでいいだろう。実際、こいつはそこらの村よりも遥かに大規模だ」

基地兼空賊船か。まあいいだろう。

「よし、これで、カムロギ空賊団の旗揚げだ！」

おまえは気楽でいいな、ナタ。

「カムロギ、何か気掛かりがあるのか？　言ってみろ」ヨシュアが言った。

さっきナタが言ったことだ。アマツミカボシはあまりに強力だ。おそらくどの空賊団も太刀打ちできないだろう。

「だったら、安泰じゃないか」

そこが引っ掛かるんだ。アマツミカボシさえあれば、世界征服も夢ではない。

「まあ、ある程度時間はかかるだろうがな」

じゃあ、なぜ誰かがそれを実行しなかったんだろう？

「今までアマツミカボシは地上に埋まってたからに決まってるだろ」

アマツミカボシは誰かがここに埋めたんだ。その誰かはなぜ世界を征服しなかったのだろう？　そして、何のためにここに埋めたのか？

「そんなことを心配してなんになる？」

もしアマツミカボシが発見された最初の怪物でなかったとしたら？

「だったら、世界はとっくに征服されちまってるだろうが」

すでに怪物が発見されているのに、いまだに世界が統一されていないとしたら、どういう理由が考えられるだろうか？

「うむ。それは一考に値するかもな」

これは俺の勘だが、アマツミカボシの出現が均衡を崩した可能性がある。

「戦いに備える必要があるということだな」ヨシュアが言った。

と言っても、何をすればいいのかわからない。戦闘のことはとりあえず忘れて、まずは俺のやりたいことをやっていいか？

「もちろんだ。おまえは団長だからな」ヨシュアが言った。「で、何がしたいんだ？」

今ははっきりしている。

北限を目指すんだ。

Ⅱ　神々の闘争

II　神々の闘争

ザビタンは一番手はあまりにリスクが高過ぎると感じていた。なにしろ、新たに発見した天使の能力は未知なのだ。

しかし、エゼキエルは全く違う主張をした。「敵はまだ別の邪神の存在を知らない。つまり、最初に戦う者は準備不足の敵と対峙できる。だからこそ最初に最も戦闘力の高い邪神を投入して、一気に片をつけるのです」

なぜわざわざエゼキエルはこんな話を持ち出したのか？

第四帝国は常日頃、自らが保有する天使が最強であると豪語していた。

エゼキエルはビコウ王の自らの力を最強だと自認する自惚《うぬぼ》れを利用して引っ掛けようとしているのだ。もし、これにビコウ王が乗れば、最も分の悪い戦いを彼に引き受けさせることになる。

ビコウ王はにやりと笑った。

ザビタンはぞくりとした。

 こいつも見掛けほど間抜けではなさそうだ。

「いいだろう。なかなか筋の通った話だ。では、その誉れある戦いは貴公にやっていただこう」

エゼキエルは目を見開いた。「しかし、この戦いは最強の邪神が行うべきだと……」

「貴公は自らのギガントが最強でないことを認めるのか？」

「それは……」

三村の対等な関係が天使たちのパワーバランスの結果であるならば、自らの天使が弱いことを認めた瞬間、立場も弱いものとなる。

「最強であるとは言い切れないまでです。我々の保有する邪神同士は実際に戦ったことがないのですから、強さは比べようがない」

「だとしたら、最強のギガントは決めようがない」

「たとえ、最強でなくても、その勇気がある者が最初に戦うということでよいのではないですか？」

「ならば、なおさら貴公がやればよいのでは？」ビコウ王は声を大にして言った。「まさか、その勇気がないという訳《わけ》ではあるまい」

「それを言うなら、あなたもまた……」

「提案をしたのは貴公だ。ならば、貴公が範を垂れよ」

エゼキエルは乾いた舌を舐めた。そして、ザビタンの方をちらりと見た。助けを求めているのか？　エゼキエルに恩を売っておくべきだろうか？

一瞬の躊躇《ちゅうちょ》の後、ザビタンは言った。「ワイバーンは充分に強い。謙遜も度を越すと嫌味になります。正直に認めたら、どうですか？　自分が初戦を飾ると」

エゼキエルは燃えるような目でザビタンを睨《にら》み付けた。

ザビタンは激しい罪悪感を覚えたが、表面は平静を装った。

未知の敵と戦う危険はどうしても避けたい。エゼキエルには悪いが、ここは頑張ってもらうしかないだろう。

「わかりました」エゼキエルは観念したようだった。「ワイバーンが戦いましょう。出撃のタイミングはわたしが決めてよろしいでしょうか？」

「それは構わないが、いつまでも戦いを始めないというのも困る。そうだな。今から一〇日以内にンバンバ村から出撃するということでいかがかな？　時速三六〇〇キロで飛べば、半年もあれば敵の位置に到達するであろう。あくまで敵が動かなければの話だが」

「わたしは異存ありません」ザビタンが続いた。

「いいでしょう」エゼキエルはそう言うと、振り返りもせずに会議室を後にした。

ザビタンにはエゼキエルの気持ちが痛いほどわかった。しかし、最初にビコウ王を初戦に誘導しようとしたのは、エゼキエルの方だ。こうなったのは、自業自得と言ってもいいだろう。後は彼に勝ってもらうことを祈るばかりだ。もし、負けたりしたら、夢見が悪い。ザビタンが最後に背中を一押ししてしまったのだから。

「エネルギー貯蔵システムの分析が終了いたしました」システムが報告した。

空賊船を倒し、その構造と材質を分析するのに、まる半年が経過していた。カムロギたちは早く移動を開始したくてうずうずしていたが、システムによると高密度のエネルギー体の分析は極めて微妙で繊細な作業であるため、移動は避けたいとのことだった。アマツミカボシには娯楽用の設備は全く付いていなかった。カムロギたちはただだらだらと無駄話をしたり、周囲の観測を行うばかりの日々を過ごしていた。

えらく時間がかかった。想像を絶する科学力を有するアマツミカボシにとってすら、空賊《パイレーツ》のシステムは厄介なものだったという訳か。

やはり超ウラン元素を合成する装置だったのか？

「超ウラン元素ですが、単に原子番号が大きいというだけではありませんでした」

どういう意味だ？

「原子核内に反陽子が含まれていました」

そんな馬鹿な。すぐに陽子と対消滅してしまうだろう。

「極めて強い変動磁場内においてのみ、安定な状態が存在するのです。その状態においては、一つの原子核内で陽子と反陽子が共存できます」

だとすると、その原子は核融合より遥かに莫大なエネルギーを内蔵していることになる。

「そのようです」

いったいどうして、空賊どもにそのようなことが可能だったのか？

「それがどうしても必要だったからだろう」ヨシュアが言った。「もしそれができなければ、絶滅するしかなかった。だからどんな犠牲を払ってでも実現せざるをえなかったんだ」

精神論だけで説明がつくことではないだろう。

「じゃあ、とんでもない幸運が続いたんだろう」

偶然で説明がつくことか？

「それを言えば、このアマツミカボシの方がもっと説明がつかない。こいつは、いつ、どこで、誰が、何のために、どうやって造ったんだ？」

こいつ自身が知らないのに、わかる訳がないだろう。

不思議なことにアマツミカボシにはアマツミカボシ自身についての記録が残っていなかった。いつ建造され、なぜ土中高くに埋められていたのか、全く不明だった。また、アマツミカボシと同様な存在が他にも存在するのかどうかについての記録も持っていなかった。

なぜ最も重要な情報が欠落しているのか？

本当なら、すぐにでも北限に向けて出発したかったのだが、その点がカムロギを不安にさせた。

これほどのシステムがそう簡単に故障するとは思えない。だとすると、意図的に消去されたとしか思えない。

あるいは、システムが意図的に嘘を吐《つ》いているか。

何かの罠だろうか？　考えてみれば、これほど簡単に進入できて、システムを支配できるというのがあまりに嘘臭い。

ここは慎重に行動すべきだ。水素燃料を爆発的に使用していれば、すぐに枯渇してしまう。少なくとも、エネルギーの供給と蓄積技術については完全にしておくべきだ。

「そろそろ出発してもいいんじゃないか？」ナタが言った。「空賊船の秘密もわかったことだし」

エネルギーが不安だ。

「計算上は充分保つぜ」

途中、何もなければな。

「何があるって言うんだ？」

別の怪物との遭遇だ。戦闘には莫大なエネルギーが必要だろう。

「エネルギーが欲しけりゃ、そこらの村を襲ってウランをかっぱらえばすむじゃねぇか」

資源の枯渇は即死に繋がる。そんな惨いことができるものか。

「遅かれ早かれ資源は枯渇しちまうんだ。ちょっとぐらい早めたからって何が悪いんだ？　どうせ、この世界は死ぬ寸前なんだよ」

そう。この世界は死にゆく世界だ。何かを手から離した瞬間に落下して永久に失うような世界が長続きするはずがない。なのに、なぜこの世界に生命と文明が生まれた？　アマツミカボシよりもそっちの方がよっぽど不思議だ。俺はその秘密が知りたい。だからこそ、北限への旅をしなければならないんだ。

「言っとくが、俺はあんたの世迷言《よまいごと》を頭っから信じてる訳じゃねぇ。ただ、じっとしていても仕方がないから、付き合ってやってるだけだ。それに、あんたのやってることはカリテイの意思を継ぐことでもあるしな。とりあえずエネルギーのことはなんとかなると思うしかないんじゃねぇか？」

「エネルギーの心配も大事だが」ヨシュアが口を挟んだ。「もっと重要なことがあるんじゃないか？」

なんのことだ？

「戦力だよ」

武器ならここにでかいのがあるが。

「確かに、そこらの村や空賊に対しては無敵かもしれないが、同じ規模の怪物が来たらどうなんだ？」

これ以上の武器はないんだから、精一杯戦うしかないんじゃないか？

「そんなことを言ってるんじゃない。同じ武器でも使い方というものがあるだろう。つまり、戦術だ」

なるほど。システム、アマツミカボシの戦術はどういうことになってるんだ？

「基本戦闘プログラムを用意しております」

それは敵に対して有効なのか？

「比較対象がないのでお答えできません」

アマツミカボシと同じ規模の兵器を相手にした場合はどうだ？

「敵も同等の戦闘プログラムを持っているという仮定でしょうか？」

こちら以上の戦闘プログラムを持っていると仮定しろ。

「保有していないプログラムのシミュレーションはできません」

なら、同一で構わない。

「一〇〇キロ以上の距離を保った場合、双方の武器とも無効化されます。また一キロ以内で攻撃した場合は、互いに相手を粉砕することが可能です。それ以外の距離では相応の被害を与えることができますが、種々の条件により変動があります。正確な数値は一七次元グラフにより表示できます」

一七次元のグラフを頭の中にダウンロードされたら、即座に発狂してしまいそうだから、止めてくれよ。

「了解いたしました」

「どんな敵が襲ってくるか、そもそも敵がいるかどうかすらわからねぇのに、ぐずぐず心配してもしようがねぇんじゃねぇか？」ナタが投げやりに言った。

「しかし、ただ漫然と待っているだけでは……」

「お話し中ですが、磁気レーダに反応があります」システムが言った。

新手の空賊船か？

「今までの敵とは違うようです」

どう違う？

「形状です。全長九七〇メートルあります」

緊張が走る。

位置と速度は？

「一八〇キロメートル南方から時速三六〇〇キロでこちらに向かっています」

「あと三分しかねぇじゃねぇか」ナタが叫んだ。

なぜ接近するまで気付かなかった。

「なんらかの偽装手段を使用した模様です」

アマツミカボシと同等の機能を持つ兵器か？

「現状では判断材料がありません」

ヨシュア、ナタ、聞いての通り緊急事態だ。

「そうは言っても、俺たちにはどうしようもないぜ。戦うのはおまえとアマツミカボシだ」

ヨシュアが言った。

今度は空賊たちとは違う。

「そのようだな」

アマツミカボシは全力を出す必要があるだろう。

「そうかもな」

おまえたちが内部にいては全力を出せない。

「どういうことだ？」ナタが言った。

「怪物同士の総力戦がどんなものか想像はできないが、双方の機動力を最大限活用する可能性があるってことだ」ヨシュアがカムロギに代わって答えた。

「俺たちは別に邪魔をする気はないぜ」

「だが、もしアマツミカボシが一〇〇Gで加速したらどうなる？」

「俺たちはぐちゃっと潰れて、床にぶちまけられたゲロみたいになっちまうだろうよ」

「だとすると、アマツミカボシは全力で戦えない」

「だったら、どうしろってんだよ？　今から怪物同士の世にも恐ろしい戦いが始まるのに、外に出てろってか？」

その必要はない。ただし、安全策はとってもらう。

「どういうことだ？」

俺と同じような状態ってことだ。

「つまり、それって、肺や腸の中に詰め物をするってことか!?」

それで潰れなくて済む。

「こんな訳のわからないぶよぶよした肉の塊を突っ込まれるのなんて、まっぴらごめ……ぅわっ！　何をするやめ……」

　突如、肉の塊がナタとヨシュアを縛《いまし》めた。顔面にぺたりと貼り付く。同時に二人は窒息し、反射的に肉を剝がそうともがいた。しかし、肉は破壊的かつ強引な力で鼻孔と口から進入してくる。強靭な肉が次から次へと流れ込んでくるため、歯を食いしばることすらできない。食道と気管の両方に同時に入り込む。強烈な咳と嘔吐《おうと》の発作が起きたが、肉で塞《ふさ》がれ隙間がないため何も出ない。苦しそうに体をびくびくと折り曲げるだけだ。直腸と尿道への侵入も始まっている。まさに生き地獄だ。

「やめろ！　死んじまう!!」

　ん？　おまえ、ナタか？

「何だ？　俺、声出てるのか？」

　声は出ていない。神経を伝わる信号を解析して、音声に変換しているだけだ。俺と同じだな。

「苦しい。死んじまう」

　それは錯覚だ。気管支に詰まった肉塊から酸素が供給されているから死ぬ訳がない。

「でも、息ができない」

　だから、喉にも肺にも肉が詰まってるから息なんかできないんだよ。

「これはちょっとした拷問だぞ」ヨシュアらしき声が言った。

　俺はもう半年も耐えてるんだぞ。

「外の様子を見せてもらえるか？　ちょっとは気晴らしになるだろう」

システム、アマツミカボシの視覚情報を二人に送ってくれ。

「うわっ。こんな感じだったのか！　モニタを通して見るのとは全然違うぜ」

「宇宙空間に裸で浮かんでるってのはなんだか頼りないもんだな」ヨシュアが感慨深げに言った。

「敵はどこにいるんだ？」ナタが尋ねた。

あそこだ。地平線のちょっと下。

「あの丸っこいのか？」

こちらから見ると、丸く見えるが実際はかなり細長い。システム、磁気レーダから構築した全体像を見せてくれ。

その姿は紡錘型を極端に引き伸ばしたものだった。体長は九七〇メートル。幅は最も太いところで一二〇メートル。先端には爬虫類を思わせる頭部がついていた。体の周囲には数十メートル規模の突起物が無数に付いていて、不規則に蠢《うごめ》いている。

「あの突起物は何かな？」ヨシュアが言った。

武器か、もしくはセンサか。

「攻撃しようぜ」

ナタ、さっきの話を聞いてなかったのか？　ここからでは、攻撃は効かない。

「それは向こうもこっちと同じ防御力を持っていた場合だろ。やってみなくちゃわからないじゃねぇか」

その前にやるべきことがある。相手に攻撃意図があるかどうか確認するんだ。

「そんなの意味ねぇだろ。相手がやる気がないって答えたって信じる理由がねぇ」

少なくとも、こっちに攻撃意図がないことを伝えておく必要があるだろう。

「俺はやる気満々なんだが」

「ナタ、向こうは一瞬でこちらを焼き尽くすことだって可能かもしれんのだぞ」

「逆に、こっちに指一本触れることすらできないかもしれない」

システム、近寄ってくる飛行体に、こちらに戦闘意思がないことと、そちらの正体を明かすように伝えてくれ。我々の素性については、たまたまこのアマツミカボシという怪物を発見した通りすがりの探検隊だと言ってくれ。

「使用言語はいかがいたしましょう？」

データベースにあるあらゆる言語で。

「了解いたしました。すでに送信しています」

「このまま、ただ相手の返信を待つつもりか？　どんどん近付いてくるぞ」

システム、防御機能は作動しているか？

「すでに作動しております」

「向こうが攻撃してきた場合、反撃するんだろ？」ナタが勢い付いた調子で言った。

明確な攻撃の意図がない場合でもなんらかのミスにより、攻撃ととれるような行動をとってしまうことがある。無闇に反撃すると、無駄な争いを起こしてしまう可能性がある。

「だからって、やられっぱなしでいいのか？」

わかった。一度目の攻撃は見逃そう。二度攻撃があった場合は反撃する。システム、今言った通りだ。いいな。

「『二度』の意味が不明確です。切れ目のない連続攻撃の場合、区別が付きません」

わかった俺が判断する。その時が来たら、アマツミカボシの制御を俺に渡せ。

「了解しました」

「そんなんで大丈夫か？　咄嗟《とっさ》に判断するにしても、それを言葉で発するのは何秒かかかるだろう。その何秒かの間にとんでもないことになるかもしれねぇぞ」ナタが苛立《いらだ》たしげに言った。

「あと五〇秒です」

返事はないか？

「ありません」

「攻撃しようぜ」

いや。まだだ。システム、相手に速度の変化はあるか？

「いいえ。等速で近付いてきます」

攻撃の兆候は？

「明確に攻撃準備と判断できるものはありません」

「体当たりするつもりなのか？」ヨシュアが言った。

体当たりしたら、両者とも跡形もないだろう。それにアマツミカボシは自動的に退避行動をとる。

そうだ。今のうちにさっさと逃げればいいんだ。

「それはお勧めできません」

なぜだ？

「形態から考えて、向こうの機動性能の方が高いと考えられます。今からでは逃げ切れません」

そんなことはもっと早く言え。

「あと二〇秒です」

システム、向こうに警告を出せ。当方の半径一〇キロメートルに侵入した場合、理由に関わらず攻撃すると。

「警告しましたが、反応はありません」

「こちらの言語が理解できないのか？」ヨシュアが言った。

その可能性は低い。少なくとも、俺たちの言語はそれほどマイナーではないはずだ。

「飛行体に変化が見られました」

何だ？

「突起の一つが変形しています」

「攻撃する気だ！」ナタは叫んだ。

そう決め付けるのは早い。

「先手必勝だ」

今はまだ待つ時だ、ナタ。システム、アマツミカボシの制御を俺に譲れ。

「了解しました。飛行物体は一〇キロメートル圏に到達しました」

「カムロギ、デッドラインを超えた」ヨシュアが言った。「これ以上は危険だ」

アマツミカボシからプラズマ光弾が放たれた。

ほぼ同時に、未知の飛行体からも数千本のレーザと数十発のミサイルが放たれた。

次の瞬間、プラズマは磁場に弾かれ、レーザはミラーで散乱し、ミサイルは爆破された。

双方とも、被害は受けていない。

カムロギは触手を使うか、衝撃波を使うか、一瞬迷った。

飛行体はアマツミカボシへの衝突コースからやや進路をずらした。同時に突起が発射される。しかし、アマツミカボシの方向ではない。

いったい何の意味がある？

カムロギは激しい胸騒ぎを感じた。

何か来る。逃げなくては。でも、どっちの方に？

ええい！　ままよ！

カムロギは上方へと二〇Gで加速した。

飛行体はアマツミカボシの右側を擦り抜け、左側を発射された突起物が通った。

どちらにも触れずに済んだ。

突然、加速度がさらに増えた。三〇Gを超えている。

システム、どうした？ 制御できてないぞ。

「変化分の修正ができていなかったためです。ただ今、修正が終わりました」

変化分？ 何のことだ？

「質量の変化分です」

発射したプラズマの質量は知れているだろう。

「はい。しかし、質量の変化はプラズマによるものだけではありませんので」

早急に原因を究明せよ。

「すでに原因は解明しております」

いったい何だ？

「アマツミカボシの下方部分――人間でいうところの下半身が切断されたからです」

ワイバーンは極めて高い戦闘能力を持っているが、それには二つの条件が必要だった。

一つは目標物にぎりぎりまで接近すること。そして、充分な相対速度を持っていること。

だから、戦闘はできるだけ最初の接触で終わらせる必要があった。一度擦れ違うと、もう一度攻撃するのにかなりのタイムラグが必要になる上、兵器の正体が敵にわかってしまうと、かわされる可能性が出てくるからだ。

もちろん、相手が通常の磁気推進船なら、そのような心配はない。ワイバーンの機動力に対抗できる船は存在しないからだ。

ワイバーンを操縦するエゼキエルは協定によりザビタンとビコウ王に戦闘の映像を送ってきていた。ザビタンはそれを固唾《かたず》を呑んで見つめていた。

もちろん、ザビタンは秘密裏に無数の不可視探査機も投入していた。だから、ワイバーンの主観以外にも戦闘を観察することも可能だった。きっと、ビコウ王も同じような方法で観察しているに違いない。マナー違反かもしれないが、明確なルール違反ではない。防ぐ手立てがないのだから、ルールにしようがないのだ。

エゼキエルは慎重にアマツミカボシに近付き、最初の一撃で勝負をつけなければならない。それに失敗した場合、第二波は極めて困難になる可能性がある。

アマツミカボシは警告を発した。一〇キロメートル以内に近付けば攻撃をするという。もっともな主張だ。ワイバーンのような怪物に近付かれて心穏やかでいられる訳がない。しかし、これはあまり嬉しくない情報だ。ワイバーンが完全に無傷でいられる可能性は少なくなった。エゼキエルの舌打ちが聞こえるようだ。

あともう少し。

アマツミカボシが攻撃を開始した。

単なるプラズマ弾だ。

ザビタンはほっとした。

もし敵の武器がこの程度のものなら勝てる。もちろん、これ以上の武器を隠し持ってないとしてだが。未知の敵が迫ってきているのに武器を出し惜しみする理由がない。もし理由があるとするなら、ワイバーンと同じ理由だろう。

ワイバーンはプラズマ弾を無効化するとともに、レーザ照射とミサイルを発射した。

これは必要な措置だろうか？

ザビタンは眉を顰《ひそ》めた。

アマツミカボシもまたワイバーンの攻撃をすべて無効化した。

いよいよだ。次の数秒で勝敗が決まる。

ザビタンはごくりと唾を飲み込んだ。

ワイバーンが突起状の錘を発射した。あきらかに不自然な方向に飛んでいく。

アマツミカボシは気付くだろうか？　不自然な挙動に気付くとして、その意図まで推測できるだろうか？

大丈夫。ほんの二、三秒ではそんな余裕はない。

が、アマツミカボシは突然移動を開始した。高加速で上昇している。間に合うか？

スライサはアマツミカボシの触手の何本かと本体を通過した。重心部分よりやや下だ。おそらく中枢部分ではないだろう。しかし、ある程度の被害は与えたはずだ。果たして、それが効果的かどうか。

アマツミカボシの上半身はバランスを崩して、高加速で上昇している。まだ気付いていない。

下半身は回転しながら、落下していく。

切断面からは夥《おびただ》しい物質が吹き出した。大部分は蛋白質《たんぱくしつ》をベースとする有機物だ。やつは生体型の天使だ。


「うわっ！ どうなってるんだ!?」ナタが叫んでいる。「急に無重力になっちまったぜ！」

下半身が切断されて、今落っこちていくところだ。

「俺たちがいる方が下半身か？」ヨシュアが尋ねる。

どうやら、そのようだ。

「そりゃ運がいい」

「なんで真っ逆さまに落ちていくのに運がいいんだ？」ナタが喚いた。

「俺たちがいるのは人間でいうと臍《へそ》の上あたりだ。ちょうどここを切られなかったのはかなり運がいい」ヨシュアは平然と言った。

「下半身だけで飛べないのか!?」ナタが尋ねる。

「飛行する機能は付いてるようだが、制御ができない。

「無線でなんとかならないのか？」

それは試しているんだが、あの怪物が飛び回ってるのとさっきの撃ち合いの影響で、電磁波ノイズのレベルが高くなり過ぎてるんだ。もう少し時間をかければなんとかなるかもしれんが……。

「時間ならたっぷりある」ヨシュアが言った。「少なくとも、あと二、三秒ぐらいなら」

待ってろ。すぐ助けにいく。

カムロギはアマツミカボシを墜落するよりも早く降下させた。追いつくと同時に触手を伸ばし、下半身を絡めとった。

磁場でブレーキを掛けながら、切断面の検査を行う。

「どんな感じだ？」ヨシュアが訊いた。「再接合手術はできそうか？」

アマツミカボシが電磁的に咆哮《ほうこう》した。

「今のは何だ？」ナタが言った。

さあ？　下半身を切られて怒ったんじゃないのかな？

「吼えている暇があったら、反撃しろよ」

これから始める。

アマツミカボシの全身からさまざまな攻撃が飛び出した。真空が灼熱するのではないかと思うほどの攻撃だ。

「エネルギー大丈夫か？」ヨシュアが心配そうに言った。

エネルギーを温存して、敵に殺されては洒落にもならない。

「あの怪物、急減速してるぞ」ナタが言った。「引き返す気だ。うわ。あいつも吼えてるぞ」

　ということはもう一度攻撃するつもりか。

「そもそもどんな攻撃だったんだ？」ヨシュアが尋ねた。「ビーム系の兵器か？」

　電荷を持つビームなら弾けるはずだ。

「じゃあ、電荷がないのか？」

　電荷を持たない粒子はビームにすることが難しい。システム、アマツミカボシの胴体を切断した武器の種類を分析しろ。

「物理的な接触による破壊――つまり、刃物です」

　見えない刃物か？

「やや不正確な表現ですが、そういうことになります」

　どういう原理だ？

「推測になりますが、よろしいですか？」

　構わない。

「カーボンナノチューブです。あの飛行物体が発射する突起物と本体の間にカーボンナノチューブを撚り合わせた糸が張られているのです。さらに超振動波を随時流すことにより、耐衝撃性を確保しています」

　探知できるか？

「原理的にはX線レーダで探知可能ですが、激しい戦闘中では殆《ほとん》ど不可能です」

しかし、あの突起物と敵の間に張られているのは間違いないんだな。

「はい。ところで、あの飛行物体を敵と認識してよろしいのですか？」

構わない。あいつは敵だ。

「そんなことより俺たち大丈夫なのか？」ナタが話に割って入った。「本体から離れても生命維持装置とかちゃんと働いてるのか？」

「まだ、死んでないところをみると、大丈夫そうだぞ」ヨシュアが答えた。

システム、下半身だけでも自律は可能なのか？

「はい。ただし、エネルギーの供給が途絶えているので、数分後には機能を停止します」

「なんとかしてくれ!!」

再接合は可能か？

「約五〇時間で再接合できます」

それでは、下半身にいる乗組員が死んでしまう。

「戦闘中でなければ、カプセルを使用して人間だけを上半身に移送することは可能です」

上半身に影響はないのか？

「戦闘力は五三パーセント、防御力は三三パーセントまで低下しています」

勝てるのか？

「情報が少な過ぎて信頼性は低いですが、この戦闘に勝利する可能性は五パーセント程度です」

触手で下半身をぶら下げているだけでかなり不利な気がするな。それに切断面剥き出しは無用心過ぎる。

「さっきの数値は下半身を放棄した場合のものです」

「俺たちを見殺しにするのが前提かよ！」ナタが突っ込んだ。

下半身は放棄しない。仮接合は可能か？

「可能です」

まず仮接合を行え。

「なんだかホッチキスみたいなもので、くっ付けられたけど、大丈夫か？」さすがにヨシュアも不安そうだ。

「もちろん大丈夫ではありません。あくまで仮接合です」

とにかくこれで少しは動きやすくなった。

「早く生命維持装置にエネルギーを送ってくれ」ナタが焦って言った。

「仮接合なので、エネルギーラインも物質伝達ラインも復旧していません」

つまり本当にただ押し当ててホッチキスで留めただけなのか？　神経も血管も繋がってないと。

「やや不正確な表現ですが、その通りです」

「ということは是が非でも数分以内に戦闘を終わらせなきゃならんということだな」

アマツミカボシは敵に向けてミサイルを発射した。

とりあえずの威嚇はしておいたが、さて、どうする？

「大きく二つの選択肢がある」ヨシュアが言った。「戦うか、逃げるかだ」

「もう一つあるぜ」ナタが追加する。「このままじっとして死を受け入れる」

システム、逃げ切れる可能性は？

「先程も申し上げましたが、相手は機動力で勝っています。その上、こちらは何ら機能しない荷物をぶら下げているので、さらに不利です。逃げ切れる確率は有意ではありません」

「つまり、逃げるのはじっと死を待つのと同じだということだな」ナタが言った。

「可能性がどんなに小さくたって、ただじっと死を待つのよりかはいいだろう。逃げるか、戦うかしよう」ヨシュアが言った。

戦うにしても、少しでも勝つ蓋然《がいぜん》性を高めるんだ。システム、カーボンナノチューブは熱に弱いのではないか？　レーザやプラズマで攻撃してみてはどうだ？

「はい。しかし、撚り合わされた糸状になっているとはいえ、レーザの波長オーダレベルの太さなので、命中はかなり難しいと考えられます。磁場による防御があるため、プラズマ直撃も困難でしょう」

カーボンナノチューブでも切れない物質はないか？

「条件によってはダイヤモンドなら耐えられるかもしれません。しかし、残念ながら盾を造るだけのダイヤモンドの手持ちがありません」

よし。逃げるぞ。

敵は停止した。アマツミカボシは敵の方を向いたまま、後退を始めた。

「おい。正気か？　あっという間に追いつかれるぜ」

承知の上だ。

アマツミカボシは後退しながらも、激しく敵を攻撃し始めた。

「おい。そんなことをしたって無駄だって。接近しなけりゃ武器は通用しない」ナタが叫んだ。

しかし、接近すれば切り刻まれる。

「だから、頭を使って、なんとかするんだよ」

今、使ってるところだ。この闇雲な攻撃で敵もこっちにはもう打つ手がないと考えるはずだ。

「その通りなんだろ？」

やつはある程度接近すると、必ずどちらかの方にコースをずらすはずだ。だから、こっちもコースをずらす。

「その瞬間、逆方向に逃げてやり過ごすというのか？　しかし、そんな手は何度も通用しないぞ」ヨシュアが異議を唱えた。

コースをずらしたぞ。そろそろ突起を飛ばすはずだ。

「ぎゃっ！　あいつ全部の突起を飛ばしやがった」ナタが言う。

全部じゃない。まだ何個か残っている。

「どうするんだ？　これで逃げ場はなくなったぞ。カーボンナノチューブはあいつから放射状に広がっているんだ。どっちに逃げても切り刻まれる」

想定内だ。あいつの突起は最初から見えていた。

カムロギは加速方向を瞬時に反転した。敵に向けて突っ込んでいく。

突起がアマツミカボシを包み込むように移動する。

アマツミカボシはプラズマを周囲の空間に撒き散らしながら、突進する。

触手はすべて格納する。

左手と両足の付け根に閃光が走った。

ぽろりとはずれ落下していく。

アマツミカボシの進路は変化しない。

さらに突き進む。

敵はこちらの意図を察したらしい。急減速をして、回避しようとしている。

だが、もう手遅れだ。

アマツミカボシの唯一残った右腕が鋭く巨大な刃物に変化し、ワイバーンの頭部に突き刺さった。

爆発が起き、アマツミカボシの腕の刃物が飛び散った。

ワイバーンの頭部は大きく引き裂かれ、ガスと生体組織が傷口から吹き出した。

ワイバーンは咆哮した。まだ生きている。

アマツミカボシは触手を頭部の破壊場所から、ワイバーン内部へと侵入させた。内部を粉砕しながら、できるだけ多くの情報を集めようとしたのだ。

「アマツミカボシ、勝ったつもりか⁉」声が聞こえた。

おまえは何者だ？

「この邪神のことか？　それとも、操縦している人間のことか？」

どっちでもいい。本当に知りたいのはおまえの背後にある組織のことだ。空賊か？　どこかの村か？　それとも、まだ我々が知らない未知の存在か？

「邪神の名前はワイバーン、わたしの名前はエゼキエル。知ったところで、どうってことはないがな。我々の組織については、教える気はない。ただし、邪神はワイバーン一体でないことは教えておいてやろう」

「ついでに、そいつらの能力と弱点も教えてくれると助かるぜ」ナタが言った。

「残念ながら、他の邪神の能力はわたしもよく知らんのでね」エゼキエルが答えた。

「知らねぇ訳がねぇ。おまえ、嘘吐《つ》いてるだろ！」

「さあな。好きに解釈すればいいさ」

これ以上、おまえたちと無益な戦いを続けるつもりはない。停戦条約を結ぼう。

エゼキエルは笑った。「おまえたちが外殻を破ったため、わたしはすでに致死量の放射線を浴びてしまった。今、戦いを止めてもなんのメリットもない。それに、停戦するかどうか、わたしの一存で決められるものではない。まあ、アマツミカボシの手足を千切ったのが唯一の成果と言えるだろう」

アマツミカボシはワイバーンを絡めたまま、急速に降下した。

「何のつもりだ？」エゼキエルが言った。

落ちていった手足を回収するんだよ。あれがないと結構不便だ。

「そんなことはさせない」

ワイバーンはアマツミカボシに抵抗し、上昇しようとした。磁力エンジンの損傷は小さかったようで、アマツミカボシをじりじりと引き上げ始めた。

「拙《まず》いぞ」ヨシュアが言った。「手足はどんどん落下していく。ほっておくと回収不能になってしまう。こいつを説得している時間はない」

残念だが、そのようだ。

アマツミカボシは右手と触手群をワイバーンの頭部の亀裂に引っ掛け、いっきにワイバーンを縦に引き裂いた。大量の体液と臓物が真空中に撒き散らされ、沸騰し乾燥していく。

「畜生！　これで終わりと思うな！　我々には……」エゼキエルの声が途切れた。

アマツミカボシは核爆発に包まれた。

「エゼキエルは死んだ」ビコウ王は呟《つぶや》くように言った。

そう。あのエゼキエルは死んだ。どのような物質でも無残に切断する天使——ワイバーンとともに。

勝てるはずの戦いだった。敵である天使――アマツミカボシにはこれといって目新しい武器はなかった。ワイバーンはスライサを効果的に使用するだけでよかったはずだった。

だが、ワイバーンは敗北した。敵に甚大な被害を与えながらも、単純な肉弾戦に持ち込まれ、肉体を引き裂かれ、爆発四散した。

敗北がエゼキエルの油断と驕《おご》りに起因するものなのか、敵が持つなんらかの特性に由来するものなのかは、まだ分析ができていない。だが、アマツミカボシは決して侮《あなど》っていい存在ではない。これだけは確かだ。

そして、ンバンンバ村は守護者を失った。

ンバンンバ村は第四帝国ほど侵略傾向が強くはないが、周囲の村々に対し連合という形での搾取を行っていた。村々が作り出すエネルギーと再生困難な物質を受け取っていたのだった。もちろん軍事的な防衛の代償という大義名分はあった。だが、元々瀕死状態だった村にとって、それは深刻な負担だった。

ンバンンバ村がワイバーンを失ったことを自ら発表することはないだろう。周囲の村々ははるか彼方の決戦でワイバーンが失われたことを知るよしもない。

しかし、やがて村々はワイバーンがいつまで経っても戻ってこないことに気付くだろう。ンバンンバ村は何かの理由をでっち上げるかもしれない。しかし、騙《だま》し続けられなくなるのは時間の問題だ。村々は年貢を納めるのを止めるだろう。最悪の場合、ンバンンバ村に対し、軍事的な攻撃や略奪を行うかもしれない。

　介入できる者があるとするなら、それは別の天使を持つ勢力だけだが、遠く離れた二か所の領域を経営するのは並大抵ではない。ンバンバ村は自然崩壊に任せるのが最善の策だろう。

「そのようです」ザビタンは努めて冷静を装った。「まず今回の戦闘を分析し、敵の能力と意図を推定……」

「その必要はない」

「なぜ、必要がないと？」

「アマツミカボシはエクトプラズムが破壊する。そして、エクトプラズムは無敵であるから、相手を知る必要すらない」

「では、次はあなたが出撃されるのですか？」

「いかんか？」

　第四帝国の狙いは何だろうか？　本来なら、ウインナー村に出撃して欲しいはずだ。そして、ビコウ王は勝った方と戦えばいい。だが、ビコウ王は先に戦おうとしている。もちろん、これはザビタンにとっては好都合と言えるのだが。

　いや。本当にそうだろうか？　どちらの天使が出撃するにしても、今アマツミカボシと戦えばいずれは最終決戦が行われることになる。まずはアマツミカボシと戦う必要性を検討しなくてはならない。

「よく考えてください」ザビタンは言った。「アマツミカボシが現れる前、世界には三体の天使が存在しました」

「今更何を言う？」

「そして今、ワイバーンは破壊され、世界の天使の数はまた三体に戻りました」

「だからどうしたと？」

「もう一度以前のように均衡ある世界に戻せるということです」

「何をばかなことを言っておるのか？　アマツミカボシはワイバーンを破壊し、我らが盟友エゼキエルを殺したのだぞ」

「先に手を出したのはエゼキエルの方です」

「エゼキエルは死んでも仕方がなかったと申すのか？　アマツミカボシを攻撃したのは三者の同意に基づくものだったはず」

「しかし、アマツミカボシはそのことを知りません。エゼキエルの暴走だと言えば、良好な関係を築くのは難しくないのではありませんか？」

「恥を知れ、ザビタン！」ビコウ王は鼻息荒く言った。「そのような卑怯な真似ができるか!!」

「確かに卑怯です。しかし、これで双方の血が流れずに済みます」

「何を考えておる？　アマツミカボシと組んで、わが帝国と戦うつもりか？」

もちろん、それも選択肢の一つだ。ただし、今はまだ無理だ。仮にアマツミカボシと共に勝利を収めたとして、その後のアマツミカボシとの関係が明確に見えない。大人しくウインナー村に服従するなら問題はない。だが、戦いを挑んできたら？　現在知りうる限りでは、アマツミカボシの戦闘能力は限定的だ。だが、エゼキエルの失敗のこともある。慎重になって損はない。

「そんな賭けは到底できません。わたしはただ無駄な犠牲を好まないだけです」

「腰抜けには手出し無用だ。ただし、エクトプラズムがアマツミカボシを倒した暁《あかつき》にはウインナー村は第四帝国に服属してもらう。それでよいな」

そして、おそらく第四帝国は天使の引き渡しを要求してくることだろう。それに従わなければ戦争だ。苦しい決断をしなければならない。それはアマツミカボシがエクトプラズムを倒した場合も同じだ。

だが、思い悩むのはまだ早い。二体の天使の戦闘後、勝者も無傷ではない可能性が高い。それは千載一遇のチャンスにもなりうる。

しかし、まだ第四帝国の思惑がよくわからない。なぜ戦いを急ぐのか？

ビコウ王の目に一瞬かすかな焦りの光が見えた。

ザビタンはその時、気が付いた。

第四帝国は以前の三竦《すく》みの状態を快く思っていなかったのだ。なんとか第四帝国の一国支配に持ち込みたかった。しかし、同時に二体の天使と戦って勝つ自信はなかった。だが、ワイバーンが消滅した今なら、アマツミカボシとカルラを個別に倒すことができると考えているのだ。

今主導権を握るのは極めて困難な上、得策でもない。

とにかく戦局の推移を見守るしかない。

「もちろん異存ありません」

「よかろう」ビコウ王は鼻で笑った。「もちろん、その答えを信頼したりはせんがな」

「俺はもう死んだんだと思うんだ」ナタは力なく言った。

もう世迷言は止めろ。カムロギはほとほとうんざりしていた。あれからもう半年も経つんだ。

「だって、致死量の放射線を浴びちまったんだから、死んだも同然だ」

「だって、理屈に合わねえ。俺は致死量の放射線を浴びちまったんだ。目の前でワイバーンが核爆発起こしやがった」

現に生きてるぞ。

「俺たちはアマツミカボシの外壁と磁場に守られてただろ」

「ガンマ線や中性子線はがんがん貫通してたさ」

「そう。あれは面白い体験だったな。目の中が真っ青に光って……」

「自分の目の中のチェレンコフ光を見ちまったんだ」

「だからなんだよ?」

「俺は取り返しの付かない量の被曝をしちまったんだ」

おまえは何度説明すればわかるんだ？　システム、もう一度ナタに説明してやってくれ。

「ナタ様、カムロギ様より要請がありましたので、説明させていただきます」

「もういいよ」

「ワイバーンが爆発したときに大量の放射線が発生し、アマツミカボシを貫きました。また、その際アマツミカボシ内にいた三名の方々も被曝されました」

「致死量の被曝だ」

「致死量の定義によります。なんら医学的処置を施さないという前提の下なら致死量の放射線を被曝したと言ってもよい状態だっただけです」

「治療なんかできるわけない。全身を貫いたんだぞ」

現に生きてるんだから、治療できたんだよ。

「これは治ったんじゃねえ！　生かされてるんだ！　操り人形だ！　ゾンビだ！」

「被曝直後、皆様の体内に約一兆台のナノロボットを注入いたしました」システムは説明を続けた。「これらはワイバーンとの戦いで傷ついたアマツミカボシの擬似生態組織を修復したナノロボットと基本的に同一の機能を持っています。ナノロボットが損傷を受けた細胞の修復を行っているため、現在崩壊する細胞数より再生する細胞数が上回っております。したがいまして、皆様は致死性の状態にあるとは言えません」

「俺たちはただナノロボットに生かされているだけだ。こんなのは生きているとは言えねえ」

「現実を見据えろ！」ヨシュアが痺れを切らしたように言った。「致死量の放射線を浴びて生きてられるんだから、結構じゃないか。何が不満なんだ？」

「じゃあ、言わしてもらうが、ワイバーンに乗ってたエゼキエルってやつは死ぬ前に『致死量の放射線を浴びた』って言ってたぜ。あいつはどうして、生きるのを諦めたんだ？」

「細胞の修復にも限界があります」システムが説明を始めた。「エゼキエルはワイバーンの外殻が欠落した状態で被曝したため、細胞の崩壊の速度が急激で、修復が間に合わない状態だったと推測できます。真の意味での致死量と言えます」

「俺の中には一兆もの機械の虫が入り込んでいる。こんなのは人間とは言えねえ」

元々人間の体内には無数の細菌やウィルスが住み着いている。それどころか、細胞の一つ一つに元々異生物だったミトコンドリアが入り込んでるんだ。今更、ナノロボットの一兆や二兆を気にすることはない。

「システム、俺の体内からナノロボットを全部取り除け」

「それはお勧めできません」

「なぜだ？」

「ナタ様を構成する細胞の大部分が核の遺伝情報に損傷を受けて、機能不全を起こしており、ナノロボットなしでは再び組織の崩壊が始まります。また、現実問題として、大部分のナノロボットは組織深くに侵入するか、細胞と一体化しているため、回収できません」

ナタの哲学的な悩みについては、いつかそのうちゆっくり議論するということでいいか？

実は早急に相談すべきことがあるんだ。

「何だ？」ヨシュアが言った。「朗報があるのか？」

今のところ中立な情報だ。どうやら二匹目の怪物が現れたようだ。

「なんで、それが中立なんだ？」ナタがごねる。「完全に悪い知らせじゃねえか！」

そうと決まった訳ではないだろう。今度は友好的な相手かもしれない。

「それは楽観的過ぎるんじゃないか？」ヨシュアが言った。「こっちは相手を殺しちまってるんだし」

向こうから攻撃してきたんだ。あれは完全に正当防衛だった。それに最後はワイバーンが自爆したんだ。射出していたカーボンナノチューブ製のカッターなどは回収できたが、本体部分は殆ど残骸になってしまった。

「そんな理屈、通用するかってんだ」ナタがぼやいた。

「で、今度の敵はどんなやつなんだ？」ヨシュアが言った。

だから、敵とは決め付けないでくれ。まだ、地平線の上に隠れているから視覚的には捉えられていない。磁気レーダの影だけだ。システム、イメージを二人に見せてくれ。

「背の高い四角錐型だな。生物的なアマツミカボシやワイバーンとは全く違う設計だ。大きさは……底面の一辺が一キロ、高さが三・二キロ!!」

こうなると、アマツミカボシと同じカテゴリーに入れていいのかどうか疑問だな。

「敵が油断しているなら、先制攻撃を仕掛けたらどうだ？　でか過ぎて小回りは利かなそうだぜ！」

「向こうが油断している訳がないだろう」

「距離は？」

約三万キロだ。時速三〇〇〇キロで接近している。

「この巨体だと、そろそろ地平線の上に隠れていられなくなるな」ヨシュアが呟いた。

「だったら、狙い撃ちできるじゃねえか！」ナタが息巻いた。

それは向こうも同じだろ。

「こっちは向こうより小回りが利くし、岩の間に隠れることもできる」

システム、この距離でこちらの攻撃が有効である確率はいくらだ？

「有効の定義は？」

致命的なダメージを与えるか、もしくは戦力を二〇パーセント以上低下させることができるかどうかだ。

「敵の防御能力如何《いかん》に関わります」

「わからねえなら、期待を持たせるような返事するなよ！」

「どうする？　こちらから近付くか。逃げるか。それとも、じっと待つか」ヨシュアが言った。

まずは呼び掛けてみる。

「どうせ返事はないぜ。ワイバーンの時に懲りてるだろ」

今回はもっと物わかりのいいやつかもしれない。それに、ワイバーンのことで闇雲に戦うことが得策ではないことに気付いているだろう。

「カムロギ、おまえがリーダーだ。まずはおまえの判断を優先させよう」

システム、あの四角錐に通信を送れ。当方は善意の探検隊。この機体の名前はアマツミカボシ。そちらの正体を明かされたい。

「返事ねえだろ」

「四角錐より返事がきました」

「早っ！」

内容は？

「『こちらは第四帝国のギガントーーエクトプラズムである。即座に降伏せよ』」

「ギガントってのは何だよ？」

おそらくアマツミカボシやワイバーンの類《たぐい》のことだろ。システム、返信しろ。我々に敵意はない。まずは話し合いによる友好関係を築きたい。

「おまえたちはすでに我が方のギガントーーワイバーンを攻撃し、破壊している。そちらの申し出は受け入れられない」

あれは不幸な誤解だった。ワイバーンが先に攻撃し、我々は自衛しただけだ。最終的にワイバーンが自爆した。

「我々が把握している事実とまるで食い違う。ワイバーンは先制攻撃を受け、破壊された。

即座に降伏しなければ、攻撃を開始する」

降伏とは具体的にどのような手続きを想定しているのか？

「アマツミカボシの放棄だ。全員アマツミカボシから離れろ」

あいにく救命ボートの用意はない。

「おまえたちが探検隊だとしたら、乗ってきた船があるはずだ」

空賊との戦いで失ってしまった。そちらで我々のための船を用意してくれるか？

「おい、カムロギ、本当に向こうの要求を呑んで降伏するつもりか？」ヨシュアは慌てて言った。

エクトプラズムから返信があった。「我々は余分の船など持っていない。あくまでアマツミカボシを放棄できないというのなら、このまま破壊するしかない」

「もうすぐエクトプラズムが地平線の下に姿を現すぜ。どうする？　攻撃するか？」

「落ち着け、ナタ。こっからじゃ、まず命中しないってシステムが言ってただろ」

「そんなもん、やってみなきゃわからねえぜ」

ええと、エクトプラズムの操縦者殿。もしよかったら、名前を教えていただけないか？

こちらはカムロギだ。

「よかろう。我が名はビコウ王だ」

国王なのか？

「我が第四帝国の元首はチョゴノウ皇帝陛下であらせられる。わたしは皇族の一人に過ぎぬ」

「そんなたいそうな国家が存在するなんて聞いたことあるか？」ナタが言った。

「村間の移動だって大変なんだ。あったとしてもせいぜいたまたま近くにある村が一つ二つ組織化されるぐらいだろう。ただ……」ヨシュアが言った。

怪物があれば国家を作ることも可能だということか？

「それは断言できない。怪物を持った村は周囲の村々からエネルギーや物質を搾取することは可能だが、果たしてそれを国家と呼べるかどうかだ」

ビコウ王、我々から提案があるんだが、これからは相互不干渉ということでどうだろうか？

「意味がわからん」

我々の目的は辺境の探検だ。

「では、なぜこの辺りをうろうろしておる？」

探検の準備だ。準備が終わり次第、出発する。そちらの目的は何だ？

「帝国の安泰に決まっておろう」

この世界が滅びつつあることには同意できるだろう。

「世界という括りで申せば、確かに衰退の一途を辿っておる」

滅びつつある世界に帝国を建設してどうなるというのか？

「生き延びるためだ」

帝国を作ってどうして生き延びられるのだ？

「帝国の存在意義は富の再配分だ。生き延びる価値のない集団から物質とエネルギーを集め、生き延びる価値のある集団へと配分する」

村の数は無限ではない。いつかは征服する村がなくなる。その時はどうするのか？

「だから、おまえたちは辺境地域の探検に出るというのか？　馬鹿馬鹿しい。辺境にどれほどの村があるというのか？」

我々は新たな世界を見付けに行くのだ。いや。むしろ、本来の世界というべきか。

「そんなものがどこにある？」

我々の頭の上だ。

「おまえは夢か何かの話をしているのか？　岩盤の中の空隙に村を作る例はいくつかあるが、得られるメリットは僅《わず》かなものだ」

そうではない。この世界は本来人類が住むべき場所ではないんだ。人類は元々地国《じごく》に住んでいたんだ。

「それはなんの例え話だ？」

地国は実在する。俺は証拠を持っている。必要なら、実験データを送るので、検証して欲しい。

「世迷言で時間稼ぎか？　狙いは何だ？」

カムロギは通信を切った。

これは難しいな。前提となる価値観が俺たちと全く違う。あいつらは地国が信じられないらしい。

「言っとくが、俺だって信じちゃいねぇぜ」ナタが言った。

じゃあ、なぜここにいる？

「確かめるためだ。俺はカリティをみすみす死なせたあんたを許していねぇ。だけど、万一あんたの考えが正しかったら、それはカリティの意思を継ぐことになる。それがはっきりしないうちはあんたへの態度も保留するってことだ」

「仲間内の議論は後だ」ヨシュアが言った。「俺たちは俺たちの主張をし、それが相手に受け入れられなければ、降伏するか、戦うかだ」

「降伏して、何かいいことあるのか？」

なるほど。未知の相手に降伏するのは高リスクかもしれないな。

「じゃあ、応戦ってことでいいな！」ナタが意気込んだ。

応戦する場合も、ストレートにそう宣言するか、表面上服従の態度を見せて奇襲するか、方法は大きく二つあるぞ。

「今のところ、見せ掛けの服従に積極的な意味はない。はっきり撥《は》ねつければいいだろう」ヨシュアが言った。

威勢がいいのはいいが、実際どうやって戦うかだ。

「あの図体だ。小回りが利く訳ねえ。接近して相手の周りを飛び回りながら攻撃を続ければ、そのうち勝てるだろ」

　エゼキエルはこちらの呼び掛けに応答しなかった。しかし、ビコウ王は即座に応答した。これがどういうことかわかるか？

「びびったからじゃねえか？」

　自信があるからだ。エゼキエルは応答することで自分たちの情報が少しでも漏れることを恐れたんだ。だが、ビコウ王は正直にずけずけ本音で話しているように思える。つまり、これは自分の戦闘能力に充分な自信を持っているということだ。

「もしくは物凄く馬鹿だからかもしれねえ」

　馬鹿だという可能性はとりあえず置いておこう。相手に自信があるとして、どんな兵器を装備していると考えられる？

「長距離兵器だろう」ヨシュアが言った。「近距離に近付かれたら、明らかに向こうが不利だ。それなのに自信があるということは長距離で勝負が付けられると考えているからだ」

「ずっと地平線の上に隠れて近付いてくるところを見ると、そんなに超長距離では使えないんじゃないか？」

　システム、敵の兵器の射程を推測しろ。

「データ不足です」

「ざっくりとした推定でいいだろう。敵の長さはこちらのざっと数倍。ということは砲の長さも数倍。射程距離も数倍というところだろ。アマツミカボシの射程を最大一〇〇キロとすれば、エクトプラズムの射程は一〇〇〇キロはないんじゃないかな？」

いくらなんでも、そんなに単純なもんじゃないだろう。

「でも、これしか推定の方法はないぜ」

敵の動きから何か読み取れないか？

「回転運動をしている。二・五秒に一回だ。四角錐の頂点部分と底面部分が交互にこちらを向いている感じだ」

何のためにそんなことを？

「何かの理由で遠心力が必要なんじゃないか？」

「そうかもしれない。しかし、ありえそうなのは武器発射のタイミングを悟らせないためだ」

ヨシュア、おそらくおまえの言う通りだ。そして、射程が推測できないのなら、最悪の場合を想定するしかない。

「間もなく、エクトプラズムが地平線の下に現れます」

カムロギは急上昇し、岩盤に張り付いた。

「殿下、アマツミカボシは依然位置を変えておりません」ビコウ王の部下の一人が言った。

逃げることもしない、近付いてもこない。敵は馬鹿なのか、それとも慎重過ぎるのか。

ザビタンは考えた。

ワイバーンとの戦闘記録を見る限り、目ぼしい兵器は持っていない。おそらく、エクトプラズムの出方を見てから戦略を立てるつもりなのだろう。

「ザビタン、聞こえるか？」突然、ビコウ王が言った。

もちろんザビタンは返事をしない。仮に返事をしても向こうに届くのは数十秒後だ。そんな悠長な会話をしている状況ではない。

「こちらをモニタしておるのは気付いているぞ。覗きを妨害するのは簡単だが、わたしはわざと放置している。我々の見事な戦いっぷりをじっくりと鑑賞するがよい」

モニタはエクトプラズムの内外の数十チャンネルを介して行っている。簡単な操作ですべてを切ることは恐らく不可能だろう。だが、そのことをわざわざ教えてやる必要はない。

エクトプラズムの操縦室は一〇〇〇立方メートル以上の大きさがあり、その中にビコウ王を含め、一〇〇名の乗組員が犇《ひし》めき合っていた。それぞれが暗闇の中で仮想ディスプレイを見詰め、激しくコマンドを打ち込んでいる。エクトプラズムは人型ではないため、このような大規模な制御チームが必要になるのだ。情報処理は一人の人間の脳内で収まらないため、絶望的なまでに反応は遅い。だが、エクトプラズムの破壊力はそれを補ってあまりあった。この操縦室全体が遥かに大きい液体緩衝材のタンクに浮かんでおり、ある程度の衝撃は吸収するようになっている。

ザビタンは息を殺して、両陣営の出方を待っていた。おそらく自分はこの戦いの勝者と決戦しなければならない。今はできる限りのデータを集めるのだ。

「アマツミカボシが視界内に入りました」部下が言った。

「照準を合わせろ」

「照準を合わせましたが、発射には問題があります」

「何だ⁉」ビコウ王は苛立たしげに言った。

「アマツミカボシは地面に接しているため、現在の位置から発射すると、岩盤にも命中してしまいます」

ビコウ王はしばし考え込んだ。「あやつらは我々が岩盤破壊を躊躇することを見越して、岩盤に張り付いているのか？　だとしたら、ある程度の戦略は立てられるようだ」

「殿下」部下の一人が言った。「わたしに考えがございます」

「申してみよ」

「岩盤に当たらないように、アマツミカボシの下側ぎりぎりを砲撃するのです。ビームはアマツミカボシが展開している磁場と相互作用いたします。そして、相互作用により発生した力はアマツミカボシに伝わります」

「つまり、アマツミカボシを強制的に岩盤から引き剥がせるということか？」

「御意」

「では、ハイパービーム砲の設定を行え」

「準備完了いたしました」

「次の同期タイミングで撃て」

画像が霞《かす》む。バーストノイズだ。

「発射しました」

画像の乱れが酷《ひど》い。声はなんとか聞き取れる。

「剝がれたか？」

「電磁嵐が収まるまで、もう少しお待ちください。……画像出ます」

「何だ、これは!?」ビコウ王はがなりたてた。

ディスプレイには振り子のように揺れる物体が映っていた。

「アマツミカボシです。岩盤からぶら下がっているようです」

「どういうことだ？」

「触手を岩盤の亀裂に食い込ませて、自らを固定しているようです」

アマツミカボシはするすると触手を手繰り寄せ、再び岩盤に密着した。

「おそらく彼らの習慣なのでしょう。不安定な磁場エンジンを使う場合、そのような固定方法をとることが推定できます」

「では、アマツミカボシの磁場エンジンは元々不安定であったということか？」

「そうかもしれません。ただし、今のところ、そのような証拠は見当たりません」

ザビタンには答えがわかっていた。

彼らは「落穂拾い」なのだ。空賊よりもさらに切羽詰まった存在。今の今まで、生きる望みのない人々が自分たちよりさらに惨めな存在を夢想することで気を紛らわせるために創作された伝説や噂話の中だけの存在だと思っていた。

村々には生き延びるための様々な設備があり、枯れ果てていく資源をなんとか有効活用して、縮小再生産を繰り返し、人口を減少させることで均衡を保ってきた。それでも、常に餓死や凍死ぎりぎりの状態にあり、村人同士の諍《いさか》いも絶えない。人々は常に飢えに苦しみ、やり場のない怒りを持て余している。

伝説の中の落穂拾いはそんな村人よりも遥かに悲惨な環境下に暮らしている。彼らは固定した村や飛び地に住まず、磁気推進船の中で生活をするのだ。空賊が襲った村の残骸を漁り、自分たちが生き延びるための資源を採集する。見付からなければ即、死に繋がる。常識的に考えてそのような生活が長続きするはずがない。早晩死に絶えてしまうはずだ。だが、彼らは実在した。

安全な停泊地を持たないため、彼らは船を直接地面に繋ぎとめる。その際、磁場エンジンを少しでも長持ちさせるため、磁場エンジンを停止し、磁場の代わりに力学的な錨《いかり》を使用するのだ。

アマツミカボシに乗り込んでいるのが「落穂拾い」だとすると、いろいろと腑に落ちることがある。

彼らは村人ではなく、かつ空賊でもありえない。岩盤を破壊するような危険なことは自分の村が近くに存在する村人なら決して行わない。空賊であったなら、その出撃を我々が探知していたはずだ。通りすがりの「落穂拾い」なら、岩盤破壊への禁忌も弱いだろうし、空賊のように明確な出撃は存在しない。

彼らは何者にも所属しない最下層の民であり、また自由の民でもある。

これは面白い。

空賊の荒らした後をこそこそと這い回るだけの存在である彼らが世界最大級の兵器を手に入れたのだ。

その行動原理は村に定住する我々には全く予想できないだろう。「落穂拾い」は固定した本拠地を持たない。だから、領土には固執しない。天使を手に入れても、それで帝国建設をするなどという発想はそもそもないのだろう。

また、それは集団戦闘民である空賊にも理解できないものだろう。空賊の社会についてはまだまだ謎が多いが、彼らが天使を手に入れたなら、まず大規模な略奪を行い、自らの共同体の生存を図るはずだ。だが、「落穂拾い」は他者への攻撃の文化を持たない。彼らはただ逃げ隠れして、生き延びることだけを考えている。

彼らは特殊なのだ。彼らと戦う――もしくは付き合うためには、彼らを観察し、研究するしかないのだ。研究しながら、反応を確認しつつ、慎重に対応するしかない。もちろんビコウ王のように高圧的な態度で接するのも一つの方法だろうが、そもそも財産もなく、常に死と隣り合わせの彼らには、そのような手法は全く通用しないのかもしれない。

「もう一度ハイパービーム砲を発射して、あの触手を引きちぎることはできぬか?」

「彼らはすでにハイパービーム砲の存在を認知いたしました。不要な磁場の展開は停止すると思われます」

「ならば」ビコウ王は考え込んだ。「このまま岩盤ごと吹き飛ばすか？　もしくは……岩盤の凹凸が障害にならない距離まで近付き、地面すれすれまで上昇して、低角度からビームを撃ち込むかだ。戦略解析班、今の戦略について評価せよ」

「適切な方向から充分な距離に近付けば可能です。しかし、アマツミカボシはじっと待っていてはくれないでしょう」

「きゃつを倒すのは不可能だと申すのか？」

「いいえ。アマツミカボシを倒せる可能性は非常に高いと考えられます。磁力推進を使えば、こちらの思う壺です。しかし、触手を使った移動方法では高速度は出せません。機械的な運動が必要になるため、エネルギー損失が大きいのです。発生する熱を放射する必要もあるので、時速一〇〇〇キロが限界でしょう」

「つまり、エクトプラズムは必ずアマツミカボシに追いつけるということだな」

「ただし、充分に近付くと今度はハイパービームの照準を合わせる速度が問題になってまいります。近距離で素早く動かれた場合は照準を合わせるのは極めて困難です」

「それはさほど問題ではないな」ビコウ王は不敵な笑いを浮かべた。「さあ、獲物を追い詰めにかかるとしよう」

「何だったんだ、今のは？」ヨシュアが呻《うめ》いた。

荷電粒子ビームだ。

「アマツミカボシの磁場を吹き飛ばしたぞ。それに金属部分から一斉に火花が飛び散った。全身大火傷だ」

「火傷をしているのは熱のせいだけじゃないと思うぜ」ナタが言った。「鼻血がどくどく溢れてきた。嫌な予感がするぜ」

飛び切りハイパワーのビームなんだろう。システム、分析しろ。

「エクトプラズムの内部で一ギガトン級の核爆発が発生したと考えられます。その爆発で発生した大量の高速荷電粒子を爆発エネルギーそのもので発生させた電磁場で加速収束させたものです」

「一ギガトン級だと!」ナタが叫んだ。「俺たちまた被曝しちまったのか⁉」

「すでにナノロボットによる細胞の修復を開始しています。今回は全身の組織にナノロボットが侵入していたため、タイムロスがなく回復が可能です。もし予《あらかじ》めナノロボットが侵入していなかったら、致死量と判断するところでした」

「おい、ナタ、喜べ。俺たちはかなり幸運らしいぞ」

一ギガトン級の爆発のエネルギーがそのままビームになったのか?

「ビームのエネルギーはその二〇パーセントです」

「一ギガトンも二〇〇メガトンも変わりない。そんなビームが命中したら、いったい何が起こる?」

「ビームのエネルギーが高過ぎて、大部分はアマツミカボシを貫通します。しかし、衝突時に散乱した粒子が発生する熱量だけでも全身がプラズマ化するのに充分です」

命中しなくても、磁場が吹き飛んでしまうので、飛行時に狙われるのは極めて危険だ。

「つまり、磁気推進は使えないという訳か？」

ああ。しかし、触手を使って移動することは可能だ。

「じゃあ、ひとまず逃げよう」

逃げ切るのは無理だろう。

「エクトプラズムは図体がでかく、そんなに速くなさそうだぜ」

機械的な方法で移動するのは限界がある。システム、触手を使った場合の移動速度はどの程度になる？

「岩盤の状況によりますが、およそ時速五〇〇キロから二〇〇〇キロの間です」

エクトプラズムは現在時速三〇〇〇キロで移動している。

「追いつかれたらどうなる？」ナタが尋ねた。

岩にじゃまされずに狙い撃ちされるだろう。

「じゃあ、万事休すか!?」

そうとは限らない。システム、発射の瞬間の映像を出してくれ。

「なるほど。ビームは四角錐の頂点から発射されているのか」

底面からは反動を抑えるために、大量のプラズマが噴出されている。つまり、ビームの発射方向は固定されていると考えられるって訳だ。

「回転周期は二・五秒だったな。もっと早く回転できる可能性は？」

システム、推定しろ。

「力学的に考えて回転周期は一秒程度が限界です。それより短くなると、歪《ひず》みが制御しきれなくなります」

「充分に近付けば、照準を避けることができるってことだな」

その通り、触手ではなく、磁場での移動も可能になる。

「システム、アマツミカボシの通常兵器でエクトプラズムを破壊できる可能性は？」

「一キロ以内で攻撃すれば外壁を破壊することが可能である確率は九七パーセントです」

「だったら、こっちから近付いて、いっきに片を付けようぜ！」ナタが張り切り始めた。

「待て。とりあえず逃げた方が追いつかれるにしても時間が稼げるぞ」ヨシュアが言った。

「今更、時間を稼いでどうするつもりだ？」

「時間をかければ、いろいろいい考えも出てくる」

「それは敵側にだって言えることだぜ。それに触手移動は無駄にエネルギーを消費しねえか？」

ナタの言うことには一理ある。時間稼ぎにはあまり意味はない。

「じゃあ、こちらからも近付くってのか？　どうも気に入らないな」ヨシュアは拘《こだわ》った。

「近付くことで、こちらの意図が向こうに伝わるんじゃないか？」

それは仕方がないだろう。戦闘においてこちらの戦略を完全に隠すことは不可能だ。たとえ気付いたにしても、対策をたてる余裕を与えなければいいんだ。

「ナタに感化されたんじゃないだろうな。……いいだろう。カムロギ、おまえの作戦に乗ってみるさ」

「アマツミカボシとの距離は二〇〇キロにまで近付きました」

すでに触手で岩盤を這い回るのは止めて、磁場推進に切り替えている。素早くランダムにコースを変えることにより、ハイパービームの照準をはずそうとしている。

ビコウ王の予想通りだ。

アマツミカボシのリーダー、カムロギとはこの程度の底の浅い人物だったのか。エゼキエルに勝てたのはやはりまぐれだったのか？　このままことが進めば、ビコウ王は戦いに勝つことになる。次はわたしとビコウ王の一騎打ちだ。

ザビタンはエクトプラズムの操縦室の様子を見ながら考えた。

わたしがビコウ王に負けるような事態は想定しがたい。ハイパービーム砲は強力だが、当たらなければ何ほどのこともない。

だが、その考えは確かだろうか？　カムロギもまたビコウ王に勝てると踏んで近付いてきているのではないのか？　だとしたら、わたしもとんだ見落としをしているのではないか？

何かビコウ王が不利になる条件を。

「確かに、ハイパービーム砲を使って勝った方が見栄えはよいが、それに拘る必要はない」ビコウ王が言った。「むしろ通常の兵器の方がエネルギーの無駄が少なくて済むであろう。アマツミカボシを仕留めるためにはどの程度の距離にまで引き付ければよいのか？」

「ハイパービーム砲を除くと兵器の性能自体は彼我《ひが》の差は殆どないと考えられます。しかし、我が方の兵器数は敵の一〇倍以上に達します。二〇キロ以内での攻撃であれば、九九パーセント以上の確率で破壊できます」

「ならば一〇キロまで引き寄せろ」

ビコウ王は冷静だ。全く焦りがない。仮令《たとえ》、一パーセントの確率であったとしても、攻撃に失敗すると、後が面倒だ。アマツミカボシの燃料が底を突くまで追い回さなければならないだろう。もちろん、そうなったら、そうなったで、ビコウ王は着実に追い詰めるだろうが。

「確かにでかいが、すかすかだな」ヨシュアが言った。「外壁に大きな窓がいくつも開いてる」

あれは圧力を逃がすための措置だろ。何しろ内部で一ギガトン級の爆発があるんだから。

「中で光ってる青白い光は何だ？」

核反応の種火だろうな。

「さて、どのタイミングで作戦を開始するかだが」ヨシュアが言った。

難しいところだ。相手に対策をとる余裕を与えないためには充分近付きたいが……。

「近付き過ぎるのはやばいってか？」ナタが言った。

「ビーム兵器は避けられるだろ」

とは言っても、ビームを発射されたら、逃げるので精一杯で全く余裕はなくなるだろう。

「どんなタイミングでも構わないぜ。カムロギ、おまえの山勘で行ってくれ」

「俺もそれでいい。おそらく正解は存在しない」

よし、じゃあ、二人ともうまくやってくれ。今から作戦開始だ。


「アマツミカボシ、二五キロまで近付きました」

敵はほぼ真っ直ぐに正面から突っ込んでくる。これなら、通常兵器ではなく、ハイパービーム砲も使えそうだ。

ビコウ王は躊躇しているようだった。

「まもなく、一〇キロです。どの武器を使用いたしましょう？　ハイパービーム砲ですか？　それとも、プラズマ弾かミサイルでしょうか？」

ビコウ王は部下に促され、ようやく決心がついたようだ。「ハイパービーム砲を使用するまでもない。プラズマ弾とレーザ砲発射用意」

「了解いたしました」

一五キロ。

「照準を合わせろ」

一二キロ。

「はっ……」ビコウ王はディスプレイを見て、呆気《あっけ》にとられた。

アマツミカボシの上半身と下半身が分離したのだ。

「勝手に攻撃したのは誰だ⁉」ビコウ王は怒り狂った。

部下たちは顔を見合わせる。

ザビタンは気付いた。

アマツミカボシは自力で分離したのだ。ワイバーンによって切断されたことを逆手にとって、分離型の天使に改造したのだろう。なかなか斬新だ。まず突然分離されると、驚いて一瞬行動が停止する。さらに二手に分かれることにより、敵の攻撃を分散することができる。

だが、それだけだ。圧倒的な火力差がある場合、そんなこけおどしは一〇秒かそこらしか長続きしない。エクトプラズムには二体を相手にたたかう充分な戦力がある。それにアマツミカボシの方は一体ずつの戦力は低下せざるを得ない。特に下半身の方は殆ど使いものにならないだろう。

まあ、最後に見所があったことは認めてもいいだろう。天晴《あっぱ》れだ、カムロギ。君のことは今後何週間かは時たま思い出すことだろう。ただ、その後はエクトプラズムとの一騎打ちが控えてるので、そんな暇はないと思うが。

「きゃつは自力で分離したのか！」

「どうされますか、殿下？　二体を同時に攻撃しますか？　それとも一体ずつですか？」

「距離は？」

「両者とも約二〇キロです」

「離れつつあるのか？」

「二体は距離を広げながら、エクトプラズムの両脇を通り抜けようとしています」

「くだらない。そういうことか」

「はっ？」

「わからぬのか？　やつらはエクトプラズムが一体に構っている間にもう一体を逃がそうとしているのだ。無力な者が考えたぎりぎりの作戦だ。だが、その作戦には何の意味もない。なぜなら、エクトプラズムは二体同時に相手ができるからだ」ビコウ王は笑いを漏らした。「ハイパービーム砲を下半身に向けろ。下半身単独では機動力が低下するので、狙い撃ちができる。そして、仲間が蒸発するのを見せ付けてから、プラズマ弾で上半身を粉砕だ」

ぶん。

ザビタンがエクトプラズム内部に仕掛けた盗聴装置は微《かす》かな音を捉えた。

「今、アマツミカボシの上半身と下半身がそれぞれ二〇キロの距離を保ったまま本艦の両脇を通り過ぎまし……」

「どうした？」

「いえ。反応が……妙です」

「正確に話せ」

「磁気レーダから消えました」

「アマツミカボシがか？」

「いいえ。すべてです」

悲鳴が上がった。

最初ザビタンはカメラの故障かと思った。操縦室全体がずれているような気がしたのだ。上側と下側が僅かに。

いや。はっきりと。

約一センチ……二センチ……五センチ。

壁が切断されている。壁だけではない。すべての装置に切れ目が入っている。

壁から液体が噴き出した。部屋を包んでいる緩衝液だ。

拙《まず》いな。あれは有毒だったはずだ。

がしゃんがしゃんと大きな音を立てて操縦室全体が崩壊を始めた。

全員が逃げ出そうとしたが、装置や座席が潰れてしまい、殆どの者が身動きをとれない状態だった。

そして、散乱する機械類の残骸の中に綺麗に切り取られた人体の一部もあった。

ザビタンはようやく事態を理解した。

これはカーボンナノチューブのワイヤだ。アマツミカボシの上半身と下半身の間にカーボンナノチューブのワイヤが張られていたのだ。半年前、アマツミカボシはワイバーンと戦い、その残骸を取り込んだ。そして、分析し、自らの武器として再生したのだ。

凄まじい金属音が鳴り響き、操縦室ではもう誰の声も聞こえていないようだった。壁の亀裂が少しずつ広がる。闇の中へすべてが吸い出されていく。

では、アマツミカボシが勝ったのか？　わたしはビコウ王ではなく、カムロギと戦うのか？

そうだ。ビコウ王は――彼は何か次の手を打とうとしているのか？

だが、ディスプレイに映ったビコウ王は遥か彼方に離れつつある自らの下半身の真っ平らな切断面から噴き上がる体液を呆然と眺めるだけで手一杯のようだった。


「成功だぜ！」アマツミカボシの下半身からナタが叫んでいる。

そのようだな。

「おお。中身が吹き出ている。思ってたよりも水っぽいようだ」ヨシュアが言った。

「げっ。人間も切っちまってるぜ」

「まあ。真空に放り出されるのと、ひと思いに切断されるのとどっちがいいかって話だ」

切断した下側は浮遊状態を保てないようだな。

「上側はまだ浮かんでいる。磁場の発生源は機能しているようだ」

「でも、かなり不安定だ。きっと中枢を失ったせいだぜ」

ワイバーンからカーボンナノチューブのカッターを手に入れたように、あのビーム砲を手に入れることはできないだろうか？

「そいつはどうかな。砲自体は本体と一体化している。不要な部分を切り離すにしてもでか過ぎる。アマツミカボシの推力で支えきれるかどうか？」

システム、推測しろ。

「不可能です」

エクトプラズムの磁気エンジンを温存すればどうだ？

「そもそもエクトプラズムは自力移動できるビーム砲です。砲とエンジンを温存するということはつまりエクトプラズムを乗っ取るということです」

可能か？

「不可能です。我々が中枢を破壊したため、エクトプラズムは制御を失い、間もなく失速します」

あとどのぐらいもつ？

「八・二秒です」

アマツミカボシの展開する磁場でエクトプラズムの磁場を補強して、安定させることは可能か？

「安定させることはできませんが、失速までの時間を数分程度延ばすことは可能です」

実行しろ。

激しい衝撃が三人を襲った。

今まで殆どその存在に気付かなかった磁気エンジンが激しい唸《うな》りを上げ、みるみる温度が上昇し始めた。

「なんでいきなりこんなに熱くなるんだよ!?」

「冷却システムが追いつかないんだ。我々を冷やすのを諦めて、全力でエンジンを冷やしている」

システム、アマツミカボシは大丈夫なのか？

「先程、申し上げたように数分間はこの状態のままです。その後、エンジンが崩壊し、エクトプラズム諸共《もろとも》失速します」

「数分間てのはアマツミカボシの寿命だったのかよ！」ナタが喚いた。「カムロギ、とっとと捨てろよ」

いや。少し待て。システム、直接触手でエクトプラズムを摑んだらどうだ？

「質量差があり過ぎます。落下を始めたら、どうしようもありません」

「カムロギ、そろそろ拙いような気がする」珍しくヨシュアが音《ね》を上げた。「磁気エンジンより、俺たちの方が先にやられそうだ。頭がぼうっとしてきた」

ナタ、おまえは我慢できそうか？……ナタ？　ナタ？　返事をしろ。ナタ！……システム、なぜナタと通信できない？

「ナタ様は意識を失っています」

いったい何があった？

「体温上昇のためです。ただいま、摂氏四一・六度です」

俺はそれほどでもないようだが。

「カムロギ様はアマツミカボシの操縦者ですから、その生存は最優先いたします。ナタ様、ヨシュア様の生存はエンジンより劣後されます」

緊急命令だ。ヨシュアとナタの体温を摂氏三七度以下に下げろ。

「了解いたしました」

エンジンが金切り声を上げる。

ヨシュア、ナタ、目は覚めたか？

「俺はなんとか……ナタはまだ話せる状態ではないようだ」

大丈夫だ。脳細胞はかなり死滅しただろうが、ナノロボットが代わりをしてくれる。

「んんがぁぁぁとぅるるっとぅ」ナタの言葉にならない抗議の悲鳴だ。

ヨシュア、下半身の操縦を頼む。

「何をする気だ？」

エクトプラズムをさらに切断するんだ。アマツミカボシで持ち運べる程度に。

「そりゃかなり細切れにしなくちゃならんぞ。どの部分でもいいのか？」

できれば、砲の主要部分が欲しい。

「どの部分が主要なんだ？」

システム、ビーム砲の主要箇所を推測しろ。

「この部分です」

エクトプラズムの透視図が表示され、該当箇所が点滅した。

これはエクトプラズムの大部分じゃないか。しかも、すでにかなりの部分が切断して落下している。

「その通りです」

「おい、カムロギ、また熱くなってきたぞ」

システム、体温調節はどうなった？

「すでに余力はありません。磁気エンジン崩壊まであと七秒です」

磁場補強停止。エクトプラズムの切断実行。正確でなくてもいいから、機能別に一〇分割しろ。

エクトプラズムが落下を始める。

アマツミカボシはそれを追いながら切断を開始する。

「カムロギ、あまり落ちると、やばいぜ。復帰できなくなる」

システム、ぎりぎりまで作業を続ける。ただし、復帰不能ポイントは越えなくていい。その場合、俺の操縦は無視して、強制的に上昇しろ。

「了解しました」

アマツミカボシの上半身と下半身はくるくると飛び回り、エクトプラズムの切断を開始した。エクトプラズムは一〇個の破片に分断されたが、そのうち六個は爆発を起こし、四散した。

「切りどころが悪かったのか？　それとも、自爆か？」

四つの破片を全て回収しろ。

「この位置ではすでに不可能です。すでに前失速状態です」

では、できるだけ多くの破片を回収して上昇しろ。

アマツミカボシは最も小さい破片を絡めとり、上昇を開始した。


ザビタンはエクトプラズムとアマツミカボシの戦いを再生していた。もう何百回目だろうか。食い入るように見詰め、何かを摑もうとしていた。

エクトプラズムの敗北の原因は何か？　ビコウ王の慢心か？　それとも、カムロギの卓越した戦闘センスか？

ワイバーンが敗北したのは、エゼキエルのミスだと考えていた。なぜなら、戦闘能力の差は歴然としていたから。そして、今回はさらに戦闘能力の差は桁違いだった。

これは単純に立て続けに二人の司令官がミスをしたと考えてよいものだろうか？　それとも、アマツミカボシの側に原因があるのか？　ビコウ王はどこでミスをしたのか？　それはザビタンなら避けえたのか？

アマツミカボシはワイバーンのスライサを回収し、それを自らに組み込んでいた。だからと言って、アマツミカボシの戦闘能力がワイバーンを上回ったとは言えない。ワイバーンの切断に特化した兇悪なシステムと比較して、アマツミカボシのそれは劣化コピーに過ぎない。

ザビタンはエクトプラズムとワイバーンがもし戦っていたとしたら、エクトプラズムが勝つ蓋然性が九五パーセント、ワイバーンが勝つ蓋然性が四パーセント、相討ちの蓋然性が一パーセントと推測していた。ワイバーンの劣化コピーであるアマツミカボシがエクトプラズムに勝つ蓋然性は一パーセント未満のはずだ。

だが、現にエクトプラズムは敗北し、細切れに切断された。

すでに決着がついているのに細切れにした理由は何だろう？　エクトプラズムが生きている可能性があると思ったのか？　あるいは、敗者を甚振《いたぶ》るためだったのか？　いや。おそらくは、エクトプラズムの核となる部分を回収するためだろう。

ビコウ王の敗北はカムロギの能力を過小評価したことだ。カムロギがワイバーンの残骸を武器として利用することを想定できなかった。

同じ轍《てつ》を踏む訳にはいかない。

アマツミカボシがスライサの他にハイパービーム砲を装備する可能性を考慮すべきだろうか？

エクトプラズムの特異性はそのスケールだ。他の天使の数百倍の体積を持ち、ハイパービームを発生させ、それを制御するための充分なフィールドを確保することができた。より高度なテクノロジーを持ちながらもワイバーンやカルラがハイパービームを発射できないのは単にスケール上の問題なのだ。

したがって、仮にアマツミカボシがエクトプラズムの残骸を回収していたとしても、ハイパービームを利用できるようになることはないと断定できる。つまりアマツミカボシは劣化したワイバーン程度の戦闘能力しかないということになる。

ワイバーンとの戦いは過去に何度もシミュレーションしている。カルラが敗北する蓋然性は有意なものではなかった。したがって、それより数段劣るアマツミカボシなら、倒すのは容易いはずだ。

ザビタンは首を振った。

いけない。いけない。エゼキエルも、そしてビコウ王も同じように考えたはずだ。そして敗北した。決して油断してはならない。しかし、何に気をつければいいというのか？

「第四帝国からメッセージが届いています」人造秘書が言った。

「内容はいつもと同じか？」

「はい」

「返事をする必要はない。放置だ」

「かしこまりました」

エクトプラズムが破壊されてから、毎日のようにチョゴノウ帝からメッセージが届いている。内容は、「親第四帝国ンバンバ国王並びに征賊大将軍に任ずる。早急に帝都警備に出動せよ」というものだった。

ザビタンは第四帝国に対し、臣下の礼をとったつもりはなかった。いや。ひょっとすると、過去のメッセージのやり取りの中で、そのようにとられるような書き方をしたかもしれない。ただ、そうであったとしても、それは高飛車に出ている第四帝国との間の諸々の面倒な手続きをぶっ飛ばしてショートカットするための方便に過ぎない。

いちいち答えるのも面倒なので、ザビタンはずっと無視し続けている。

メッセージの内容はだんだんと切羽詰まったものになり、最近はヒステリックに脅したり賺《すか》したりを繰り返している。哀れだが、ザビタンは第四帝国に関わる気は全くなかった。もし関わるなら、服属ではなく、征服だろうが、遠く離れた二か所の領域を経営するのは並大抵ではない。

しかも、第四帝国は必要以上に拡張し続けている。エクトプラズムを以《もっ》てしても危うい綱渡りで帝国を維持してきたのだ。エクトプラズムの敗北が伝われば服属していた村々はいっせいに叛旗《はんき》を翻《ひるがえ》すだろう。攻撃されれば一溜《た》まりもないだろうが、単に年貢を中止するだけでも大変なダメージを負うはずだ。第四帝国は一〇〇近い村々から搾取を続けていたため、国民は極めて高い生活水準を保っていた。明るく暖かい部屋で寝転がって飽食の日々を過ごしていた者がいきなり、極寒で真っ暗な水にさえこと欠く生活になったら、社会全体が崩壊してしまうことだろう。

もちろんそんなことはザビタンの知ったことではない。

まずは戦闘回避の可能性から検討すべきだ。

ザビタンは考えを整理することにした。

確実に勝てるのなら、早目に決着を付けるのが最も望ましいだろう。しかし、負ける可能性を排除できないのなら、戦闘回避も検討する必要がある。

カムロギはエゼキエルにもビコウ王にも戦闘を停止するように呼び掛けている。つまり、これはカムロギが非好戦的であることを示すのではないか？　だとすれば、講和条約を結んでしまうのが得策かもしれない。

しかし、やつはそれまでに空賊と戦い、勝利しているし、エゼキエルもビコウ王も結局は撃破されてしまっている。戦いを望まないという言葉はどの程度信用の置けるものなのだろうか？　また、最初はそのつもりでも、天使の持つ超越的なパワーに魅せられ、突然攻撃的になる可能性も捨てきれない。アマツミカボシが存在する限り、常に潜在的な脅威であり続けることになる。そもそも戦闘を好まないという言葉自体、相手の油断を引き出すための虚偽である可能性すらある。

やはり、潰しておくのに越したことはない。だが、どう戦うのが最も危険性が少ないだろうか？

まずはこちら側の態度だ。エゼキエルのように全く無視を決め込むか、もしくはビコウ王のように相手との対話を試みるか。対話する場合でも、正直に敵対的な態度をとるか、もしくはうわべは友好的な態度を見せ、油断したところで奇襲を行うべきか？

いずれにせよ、あまりに情報が少なく、正しくシミュレーションすることができない。

考えた挙句、相手との対話は行うことにした。対話を行うことにより、相手側の情報を引き出すことができるかもしれないからだ。ただし、これは両刃の剣だ。逆にこちらの情報を相手に与えてしまう危険もある。相手からの通信に対し、即答せずに充分な検討を行ってから回答すべきだろう。

次に正直に敵対的態度をとるか、偽りの友好的態度をとるかだ。後者の場合、常に嘘を吐き続けることになる。辻褄《つじつま》を合わせるのはこちらの負担になる。そもそも、今まで散々攻撃をしておきながら、今更友好的だと言って素直に信じてくれるものか疑問だ。余計に不信感を増すことになり、こちらが予期できない行動を起こさせてしまう危険すらある。カムロギは落穂拾いだ。空賊や村とは全く違う価値観を持っていると考えた方がいい。今までのように、正攻法でぶつかった方がまだ予測しやすいと言える。

これでこちら側の態度は決まった。次に戦略だ。

カルラは近距離かつ速度差の小さい状況での戦闘を最も得意とする。アマツミカボシの場合、ワイバーンの能力を持っているため、近距離かつ速度差の大きい状況での戦闘を得意とするはずだ。

つまり、常に彼我の速度差を大きくしないように調整しながら近付けば、カルラに有利な戦いが展開できることになる。機動力はほぼ同程度なので、一度速度差を小さくしてしまえば、よほどのことがない限り速度差を大きくすることはできないだろう。

また、仮に速度差が開いてしまったとしても、カルラに打つ手がなくなる訳ではない。もちろん理想的には速度差は小さいに越したことはないが、速度差が大きくてもカルラはアマツミカボシ以上の戦闘力を発揮することができるはずだ。
これで戦略も決まった。後は実行するのみだ。

三体目が現れたようだ。
カムロギはうんざりしていた。
いったいいつまでこんなことが続くのか？
「今度はどんな格好だ？」ヨシュアが尋ねた。
何と言うか、嫌な姿だ。
「見せてくれよ」ナタが意気込んだ。
システム、二人に見せてくれ。
「何だこりゃ⁉」
ディスプレイには全長八〇〇メートルの赤ん坊の姿が映っていた。
「俺には全長八〇〇メートルの赤ん坊に見えるが」ヨシュアが唸った。
俺にもそう見えるよ。
「ハイハイしてるな」ナタが呟いた。
ああ。ハイハイしている。それも空中をだ。

「バランス的には頭がでか過ぎる。ひしゃげてぶよぶよしているし」ヨシュアが続けた。「色合いもおかしいな。赤ん坊はあんなに灰色じゃない」

どういうことだと思う？　今までの怪物の姿は全部違っているが、少なくとも合理性はあった。

「そうなのか？」

例えば、エクトプラズムは移動型の巨大砲筒としては必要最小限の姿をしていた。

「エクトプラズムはな」

ワイバーンは兵器としての形状はそれほど先鋭化していないが、生物ベースであることを考えると、一定の合理性がある。

「そう言われりゃそうだな。でも、アマツミカボシは？」

アマツミカボシが有翼・有触手の巨人の姿をしているのは汎用性の面から理解できる。それぞれの器官を自由に動かすことによって、様々な事態に柔軟に対応できる。

「じゃあ、今回のやつも同じじゃねぇか？　人型ってのは汎用性を考えてのことだろ」

だが、赤ん坊なのは納得できない。人が誕生時に赤ん坊の形態をとっているのは、それが機能的だからではない。胎児として母体内に存在するのに最適化された状態から成体へと成長する過渡的な段階における姿なんだ。兵器があのような形態をとる必然性がない。

「我々の戦意を喪失させるためじゃないかな」

赤ん坊を殺すのは気が咎《とが》めるから？

「馬鹿馬鹿しい！　あれが人間の子供のわきゃねぇだろ！」

「確かにそうだが、頭ではわかっていても赤ん坊の形をしたものを攻撃するのは一瞬の躊躇があるだろ」

それはどうかな？　システマチックにプログラムされた攻撃なら、心理的な抵抗はあまり関係ない。それにあの形態では機能面では大幅に不利になるんじゃないか？

「そう。機能面では不利になるはずだ。しかし、それでもなおあの形態をとっているからには、あいつの攻撃方法は極めて特殊なのかもしれない」

「ワイバーンやエクトプラズムも結構特殊だったぜ」

「だからこそ、あいつの攻撃方法は全く想像できないということだ。それから、向こうはこっちの攻撃手段はすべて把握していると心しておくべきだ」

カーボンナノチューブ・カッターは対策済みだということか？

「可能性があるということだ」ヨシュアが言った。

じゃあ、どうすればいい？

「できれば戦わないことが望ましい」

「いや。先制攻撃だ！」ナタが言った。

戦いたくないのは俺も同じだ。できるだけ努力はしてみる。しかし、今までの敵の対応を考えると、望み薄だ。戦闘に入ると考えて対策はしておいた方がいい。

「対策など立てようがないさ。今までの二回の戦いも相手が攻撃してきて初めて対策が立ったんだ」

もし、相手の武器が一撃必殺のものだったら？

「そうでないことを祈るばかりだ」ヨシュアが言った。

「今までだって、結構一撃必殺系の武器ばかりだったように思うけどな。一撃でやられなかったのは俺たちの底力のおかげじゃねぇか？」ナタが言った。

いや。単に運がよかっただけだ。それもとびきりにな。自分たちを過信してはいけない。過信は即、死に繋がる。

「適度な自信がなけりゃ、勝てるものも勝てないぜ」

おまえの意見は参考にさせてもらうよ、ナタ。では、とりあえず友好的な通信を始めようか。


アマツミカボシからの通信だ。

「第四帝国に告ぐ。当方は探検隊であり、敵意はない。不要な争いは避けたい。怪物の名前はアマツミカボシ。当方のリーダーはカムロギである。返信を請う」

ほぼ予想通りだ。ただ、カルラを第四帝国の天使だと勘違いしているようだ。ひょっとして、ワイバーンも第四帝国に所属していたと思ってるのか？　まあ、今までの展開なら、無理もない。

さて、何と返そうか？

ザビタンはたっぷり五分は考えた後、返信した。

「当方はウインナー村の天使——カルラである。指揮官はウインナー村の長老ザビタンである。我々は第四帝国と同盟関係にあるが服属はしていない。友好関係を築くための条件は即時にアマツミカボシを放棄することだ。それ以外にない」

相手に対する返事としては一応体裁は整っている。しかも、不要な情報はいっさいない。固有名詞は実質記号なので問題はないだろう。

「申し訳ないが、我々はこの船を放棄することはできない。退避すべき船がないのだ。できれば、このまま見逃して欲しい」

アマツミカボシまでの距離は九〇〇キロメートル。時速三六〇〇キロメートルで近付いているので、あと一五分ほど。もう少し、時間稼ぎをすべきだ。

「そちらの主張を信ずるのはあまりにリスクが高いと考える。充分に検討するための情報を要求する。こちらの対応については、そちらの提示した情報の分析を行った後知らせる」

さて。カムロギ、どう出る？

「退避ができない以上、物理的にそちらの要求は飲めない。代案を提案して欲しい」

かなり切羽詰まっている。これも予想通りだ。そして、こちらの答えも決まっている。許せ、カムロギ。

「代案はない。そちらで対応策をさらに検討せよ」

距離は五〇〇キロ。

「現在、対応策を検討中だ。それ以上、近付かず、停止して待って欲しい」

ザビタンは少し考えて、返信しないことにした。停止しない理由をでっち上げるのが難しかったからだ。

「当方に戦闘の意志はない」カムロギは焦っているようだ。「即時停止せよ」

ザビタンはさらに沈黙を続けた。

残念だ、カムロギ。やはりたいした指揮官ではなかったようだ。

「警告する。一〇〇キロメートル以内に近付いた場合、遺憾ながら敵対行動と看做《みな》す。今すぐ停止せよ」

ついにきたか。

ザビタンは緊張した。できれば、すばやく静かに片を付けたい。それが双方にとって最も幸せな結末だ。カムロギが下手に抵抗して梃子《てこ》摺《ず》れば、双方共に不幸なことになる。カムロギたちは苦しんで死ぬことになるし、ザビタンはその様子を見なければならなくなる。

「アマツミカボシは武器を展開しました」人造秘書が伝えた。

「エリー、特殊な武器はあるか？」

「いいえ。全て通常の砲、ミサイルの類です」

単なる脅しか？　それとも本当に撃つ気か？

面白い。どちらの場合でも、カルラは対応できる。負けはない。

一〇〇キロメートルを切った。

「どうするんだ？　一〇〇キロを切っちまったぜ！」ナタが喚いた。「これは事実上宣戦布告だろ！」

まだ駄目だ。もう少し様子を見る。

「でも、一〇〇キロ以内に近付くなって警告は出しただろ」

それに対する返事は来ていない。

「それは言い訳が面倒なんで、わざと返信してないだけだ」

「いずれにしても、まだ距離が遠過ぎる。こちらの武器は数キロ以内でないと通用しないだろう」ヨシュアが言った。

「カーボンナノチューブを使おうぜ」

「あれこそ近接戦でしか通用しない。一〇〇キロを切ったのは向こうも気付いているはずだ。あとは神経戦だ」

「まさか、先に攻撃するのを怖がっている訳じゃないよな、カムロギ」

今までの経験から、怖れが無意味なのはわかっている。だが、まだ攻撃するには早い。この距離だとこちらの攻撃はすべて無効化される。

「じゃあ、何キロになったら、始めるんだ？」

元々、アマツミカボシが持っていたような兵器は向こうも持っていると考えた方がいい。ワイバーンもエクトプラズムもそうだった。数キロの時点で撃ち合いになる可能性が高いが、相手の防御力がこちらと同程度だと仮定するなら、勝負は五分五分だろう。

「そりゃ、そういう仮定をすれば、そうなるわな」

だから、我々はカーボンナノチューブ・カッターを使わざるを得ないだろう。

「敵の秘密兵器は？」

あるのかもしれないし、ないのかもしれん。まあ、たぶんあるだろうが、それについては何の情報もないんだ。考えても仕方がない。

「で、カーボンナノチューブ・カッターはいつ使うんだ？」

距離がゼロになる直前だ。上半身と下半身を分離するだけで発動できるが、あまり早いと避けられてしまう。一〇〇メートル以下になってからでいいと思う。

「微妙な距離だな。その距離で相手の秘密兵器ぶっ放されたら、どうするんだ？」

それについては考慮しない。情報がないのだから、考えても無駄だ。

「二〇キロメートルまで接近しました」システムが言った。

「もう撃ってもいいんじゃないか？」

先に撃つ意味は殆どない。システム、最大防御態勢に入れ。

「了解いたしました」

敵の動きは？

「意味不明の振動以外は特に動きはありません」

「意味不明の振動とは？」

「カルラの全身が波打っています。特に肥大した頭部の揺れが大きくなっています」

攻撃の兆候か？

「不明です」

「やっちまおうぜ」ナタが言った。

まだだ。敵が攻撃を開始してからでもいい。

「あと一〇キロメートルです」

「驚いた。やつらまだ攻撃してこないぞ」ヨシュアが唸った。「本当に攻撃意図はないのかもしれない」

「騙されるな、カムロギ」ナタが反論する。「これは罠だ。こっちが油断した途端、秘密兵器が飛んでくるぞ」

焦る必要はない。カーボンナノチューブを展開するのは一秒もかからない。

「あと三キロメートルです」

まさか体当たりする気か？

カルラが減速を開始した。五秒後にちょうどアマツミカボシの位置で停止する。

拙い！

カムロギは上半身と下半身を分離しながら、カルラへと向けて加速を始めた。これなら、約四秒後に時速二千数百キロメートルでカーボンナノチューブ・カッターをぶつけることができる。

不気味な赤ん坊の姿がみるみる拡大する。

カーボンナノチューブの糸がカルラの内部をすっと擦り抜けていく。ちょうど額から顎に向けての線に沿って、縦に真っ二つになる軌道だ。

「やったぜ！」ナタが歓声を上げる。

「まだだ。油断するな！」ヨシュアがたしなめる。

「どんな化け物だって、縦に引き裂かれりゃあ終わりだよ」

いや。どうやら終わりではないらしい。

カルラには何の変化もなかった。頭部は相変わらずぶよぶよと波打っている。

「どういうことだ？　はずしたのか？」ヨシュアが尋ねる。

いや。確かに切断したはずだ。記録を再生しても確認できる。

「なら、どういうことだ？　瞬時にくっついちまったのか？」ナタが言った。「それがあいつの能力なのか？　超再生能力なのか？」

「断言するのは早い」ヨシュアが言った。「ただ一つ言えるのは、カーボンナノチューブ・カッターは効かないということだ」

「カムロギ、どうするんだ？」

どうしたものかな？

「おい。カルラがこっちを振り向いたぞ」ヨシュアが言った。

口からプラズマ弾を吐いた。

「うわっ！　避けろ」ナタが叫ぶ。

間に合わない。磁場で押し返す。

プラズマ弾が直撃した磁場は激しく歪み、振動した。アマツミカボシはなんとか耐え抜いた。

アマツミカボシは一斉にレーザとプラズマ弾とミサイルと電磁投射銃と衝撃波を浴びせかけた。

赤ん坊はすべてを受け止め、ぐにゃりと変形した。

敵はカルラが停止するのを待たずにスライサを発動したようだ。懸命な行動だ。だが、残念ながら無効だ。

ザビタンはほくそ笑んだ。

ガンマ線バースト・レーダにより、糸の大まかな位置はわかっていたため、自動的にカルラ内部の微調整は行われていた。

スライサはカルラの内部を通り過ぎた。

カルラを切るのは水を切断するのに等しい。やつらがそれに気付き絶望するまでにどのぐらいかかるか？

アマツミカボシはスライサを格納すると、そのまま空間を突き進んでいく。

逃げるつもりか？　そうはいくか！

ザビタンはカルラにプラズマ弾を吐かせた。エネルギー的にはたいしたことはないが、不意を突かれたアマツミカボシはようやくのことで弾き返すことができた。

次の瞬間、一斉に様々な武器をカルラに向かって放った。

ザビタンは防御システムを作動させた。

すでに数キロの彼方に離れたアマツミカボシからの攻撃を弾き返すことは極めて容易だ。

ザビタンはさらにカルラの皮膚の下に隠していた様々な武器を起動した。

激しい相互の撃ち合いが始まる。

カルラはアマツミカボシを追って加速する。

アマツミカボシに追いつけば、カルラの勝利だ。だが、アマツミカボシは逃げ続けるつもりだろう。つまり、このままでは、双方のエネルギーの残量に勝負の行方が掛かっていることになる。

もちろん、ザビタンはそんな賭けをするつもりはなかった。

「カムロギ、一度じっくり話をしてみたかったよ。とても残念だ」

カルラの頭部の一部が千切れ、直径五〇メートル程の球状になった。そして、磁場推進により、一〇〇Gでアマツミカボシへと加速を始めた。

「カムロギ、赤ん坊の頭が千切れた」ヨシュアが言った。

ああ。見えている。

「こっちに向かって飛んでくるぞ！」ナタがパニック気味に言った。「あれが秘密兵器なのか？」

おそらくな。とりあえず、撃破する。

アマツミカボシはプラズマ弾を球体に向けて発射した。

球体は四散した。

「なんだ。たいしたことねぇじゃねぇか。プラズマに弱いのかよ」

違う！　爆発したんじゃない。自発的に飛び散ったんだ。

破片は超高速で再収束しながら、アマツミカボシへと突っ込んでくる。

「拙いな」ヨシュアが呟く。

カムロギはアマツミカボシの上半身と下半身を分離した。カーボンナノチューブの刃が出現する。刃は球体を貫通するが、球体は何事もなかったように戻ってくる。

「ありゃなんだ？　機械じゃなくて、液体か何かか？」ヨシュアが言った。

確かに流体のように見える。しかし、どうみても制御された動きだ。

「畜生、下半身の方に向かってくるぜ」ナタが喚いた。「武器の制御を渡してくれ」

了解した。なんとか粉砕してくれ。

ナタはありったけのビームを撃ち込んだ。だが、表面が赤く光ったと思った次の瞬間、球体は高速で回転し、遠心力で四散した。

「くそっ！」

画像分析によると、少しは効果があったようだ。灼熱した時、表面が僅かに気化したようだ。

「一度気化した部分は、再収束はしねぇのか？」

今のところは、そのようだ。

「つまり、気化によって機能を失うわけだ」ヨシュアが言った。「単なる液体とは思えないな」

「どっちにしても気化したのはほんの一部だ。残りはまた集まってきたぜ」

「拙い。近過ぎる」

「蹴り飛ばす！」

球体に下半身の蹴りが炸裂した。

球体はぐにゃりと変形し、そのまま下半身の表面に沿って広がり始めた。

「なんだこりゃ、気持ち悪いぜ」

システム、直接接触している間に分析しろ。

「ただ今、分析中です」

分析途中でもいいから、わかったところまで報告しろ。

「この物体はナノロボットの集合体です」

なるほど。流体の動きをするようにプログラムすれば流体になり、固体のように振舞うようにプログラムすれば固体になるという訳か。

「そして、ナノロボットの一つ一つは機械なので、高熱で破壊できる」ヨシュアが言った。

だが、熱しようとしても、すぐに飛び散ってしまう。熱だけじゃない。細かい粒子になったら、あらゆる攻撃が命中しなくなる。

「我々の治療用に使っているナノロボットと同程度の技術レベルか？」ヨシュアが尋ねる。

「アマツミカボシが使用しているナノロボットはこれほど高速かつ高精度に制御することはできません。ハードもしくはソフトにおいて、大きな飛躍があるものと推定されます」

攻撃力はどうだ？たいして高くないような様子だが。

「一つ一つの破壊力は限定的です。しかし、ナノロボットの集団がアマツミカボシの内部に侵入した場合、致命的な影響を及ぼす可能性が高いと推測できます」

「拙いぜ」ナタが言った。「このべとべとの野郎、内部へ入る入り口を探して、アマツミカボシの表面を這いずり回っている」

システム、すべての入り口を封鎖しろ。

「すでに封鎖しております。しかし、侵入は時間の問題です」

なぜだ？

「ナノロボットは集団として、様々な形態をとることができます。例えばドリルの形になって、アマツミカボシの表面に穴を穿《うが》つことも可能です」

様々な防衛機能があるだろう。

「ナノロボットの何割かは破壊できますが、次々と補充されて、外観上破壊されていない状態で機能し続けます」

侵入まであとどのぐらいだ？

「およそ三二秒です」

逃げるのは止めだ。

アマツミカボシはカルラの本体へと向かった。

「よし。そうこなくっちゃ！」ナタが叫んだ。

「カムロギ、何をするつもりだ？　闇雲に突っ込んでも、カルラには勝てはしないぞ」

もはや逃げることはできない。あと三〇秒以内に決着を付けなくては我々は死ぬしかない。

「いいえ。あと二四秒です」

アマツミカボシはカーボンナノチューブ・カッターを繰り出し、カルラを切りつける。

刃は貫通する。

さらにもう一度。さらに一度。

「もういい。カムロギ、悪足掻《あが》きは止めよう。安らかに運命を受け止めるんだ」

必ず方法はあるはずだ。なんとか見つけ出すんだ。

アマツミカボシはカルラの頭部や腹部、その他あらゆる場所に腕と触手を突っ込んだ。そして、掻き混ぜ、引き裂いた。

ナノロボット同士の接合強度はさほど大きくないようだった。だが、すぐに再接合してしまうため、アマツミカボシの周囲には無数の不定形の塊が蠢き、アマツミカボシを取り込むように再成長していった。

全身から、ミサイルとプラズマ弾を発射する。カルラの断片には穴が開くが、すぐに塞がってしまう。

警報が鳴った。

「アマツミカボシの内部にカルラが侵入しました」

くい止めろ。

「すでに対策中ですが、感染部位の拡大は止まりません」

「感染した部分を切断しちまったらどうだ？」ナタが提案した。

「一時的には回復しますが、傷口からさらに大量のナノロボットが侵入します」

警報の音が変わった。

「物質伝送路に侵入しました。数秒でアマツミカボシの全身に感染が拡大します」

我々の体内にも入ってくるのか？

「それは全力で阻止しています。しかし、アマツミカボシの機能自体が停止した場合はどうしようもありません」

ザビタン！　聞こえるか？　我々は降伏する。今すぐ、ナノロボットの侵入を止めて回収してくれ！

「返信はありません。また、ナノロボットの侵攻も止まりません。すでに情報伝達系への感染も始まりました。あと二七秒でアマツミカボシは機能を停止いたします」

「もう終わりだ！」ナタがべそをかいた。

いや。まだだ。

「無駄だ。カルラはナノロボットの集合体だ。急所など存在しない」ヨシュアは言った。

そんな訳はない。特別な部位は必ず存在する。なぜなら、ザビタンはナノロボットに入り込めないからだ。

「遠隔操作しているのかもしれない」

数万キロのかなたからはこれほど素早く制御できない。かならずこの近くにいるはずだ。

ナノロボットと共にやってきたと考えるのが自然だ。

「このナノロボットの海の中からどうやって探すつもりだ？　向こうはナノロボットの中を自由に逃げられるんだぞ」

俺たちには切り札がある。通常なら決して使用しないはずの切り札が。

アマツミカボシの胸が変形を始めた。激しい振動と共に骨格が飛び出す。

それは内圧で胸腔が破裂したかのようだった。

夥しい数の金属破片と血と肉が飛び散った。

内部には黒光りする装置群と赤黒い内臓と筋肉が蠢いていた。

アマツミカボシを取り巻いていたナノロボット群の動きが変わった。

それは激流となって、アマツミカボシの胸の穴に向かって突入してきた。

アマツミカボシは腕と触手で流れを遮《さえぎ》ろうとした。

だが、ナノロボット群は圧倒的だった。

まるで、昆虫の死体に群がる軍隊蟻のように、アマツミカボシの組織を見る見る侵食する。

触手が細切れとなり、散っていく。

四肢は骨格が露出し、さらに粉砕されていく。

アマツミカボシは抵抗を止めた。

全身の動力が機能停止したかのように脱力する。

ナノロボットの激流の中、アマツミカボシはただ翻弄《ほんろう》され続けていた。

表皮からの凄まじい侵入は止め処《ど》もなかった。

その時、胸の穴の中から何かが盛り上がってきた。

それはナノロボットの塊のようにも見えたが、ナノロボットに塗《まみ》れた何かだった。

ナノロボット群はその物体にも容赦なく襲い掛かる。

点火。

物体を取り囲んでいたナノロボット群の動きが止まった。

次の瞬間、強烈な光と共にナノロボットは一瞬で白熱し、気化しながら吹き飛んでいった。

物体は核融合の種火入れだったのだ。

強烈な光と熱線と放射線がアマツミカボシとカルラを貫く。

「ぐっ！」ナタが悲鳴を上げる。「自殺するんなら、もっと楽な方法があるだろ！　骨が焦げるのがわかるぜ」

アマツミカボシの表面が焦げ、気化していく。生体ハイブリッド組織が剝き出しになる。だが、その死の光はナノロボットもまた焼き尽くそうとしていた。ぼろぼろと崩れ落ちていく。

「無理だ、カムロギ！」ヨシュアが呻いた。「確かに、一つ一つのナノロボットは小さいので、アマツミカボシよりは早く焼失する。だが、数が多過ぎる。この方法でナノロボットをすべて焼き切る頃には、こっちも全滅だ」

ナノロボットを全部破壊するつもりはない。見ろ。

ナノロボットは数を減らしながらも、集合体を作ろうとしていた。だが、集まる端からじゅうじゅうとした煙を立てながら消滅していく。

ナノロボットたちは何かを守ろうとしている。

アマツミカボシはナノロボットの塊に向かって、種火を突き出した。

塊の表面が気化し、ガスが噴出する。残りのナノロボットがさらに集まり、塊を大きくしようとする。

「あと一〇秒で機能を停止します」

アマツミカボシは塊の中心部に手を突っ込んだ。

確かな手ごたえがあった。

種火を消すと共に、口からプラズマ噴流を吹きかける。

アマツミカボシが摑んでいるのは奇妙な形をしたカプセルだった。

　これが本当のカルラだ。

「あと三秒です」

　カムロギはアマツミカボシの手に力を込めた。

　カプセルがひしゃげる。

「待て、カムロギ。わたしは降伏する。即座にレギオンの侵攻を停止し、アマツミカボシの体外に排出する」

　アマツミカボシから黒い霧のようなものが噴き出した。レギオンと呼ばれたナノロボットたちはカルラの周囲に集結した。

　降伏の条件は何だ、ザビタン？

「無条件だ。わたしは降伏の見返りに何も要求しない」

「信じるな、カムロギ」ナタが言った。「どう見ても罠だ」

「カムロギ、おまえが降伏すると言った時、ザビタンは聞く耳を持たなかった。おまえがこいつを助ける理由はない」ヨシュアも同調した。

　俺はザビタンを助けることにした。

「おまえの独断か？」ヨシュアが尋ねた。

　そうだ。俺はリーダーだ。違うか？　そして、アマツミカボシの操縦者でもある。

「ザビタンを信用するのか？」

　ああ。信用しようと思う。

「根拠は何だよ!?　まさか、勘だとか言わねぇでくれよ」ナタが言った。

勘だと言ってもいいが、少しは根拠がある。

「何だ、そりゃ？」

カルラの圧倒的な強さだ。

「意味わからねぇぜ。強いからって信頼するのか？　それにカルラはアマツミカボシに負けた。たいして強くもねぇんじゃねぇか？」

カルラは強い。……もしくは強かった。アマツミカボシが勝ったのは、様々な偶然が積み重なったからだ。それに、ザビタンはその気になれば、この勝負を相討ちにすることもできたんだ。自分が潰されても、ナノロボット群——レギオンを撤退させないという選択肢もあった。

「単に自分の命が惜しかったんだろ」

自分の命を惜しまない者が他人の命を尊重するだろうか？

「よし、カルラがアマツミカボシに負けたのは、様々な偶然とザビタンの人命尊重主義のおかげだとしよう。だから、どうだと言うんだ？」ヨシュアが促した。

カルラはワイバーンに勝つことができた。

「それはそうだろう。カーボンナノチューブ・カッターはレギオンに効き目はねぇ」

カルラはエクトプラズムに勝つこともできた。

「それはどうかな？　ビーム兵器は強力だぞ」ヨシュアが言った。

エクトプラズムは近接戦を不得手とする。我々がとったのと同じ戦法で近付けば、あとはレギオンを侵入させれば、簡単に破壊できる。

「それも認めよう。それで？」

三体の怪物どもは同盟関係にあった。しかし、ザビタンがその気になれば、残り二体を破壊することもできたんだ。そうしなかったのはなぜだ？　ザビタンは無駄な争いを極力避けたということにならないか？

「それで、今回も平和的な交渉ができると言いたいのか？」

「全くめでたいぜ」

「だが、そうしたいなら、俺は反対しない。いつまでもこんな戦いを続けるのはごめんだ。おまえの勘に賭けてみよう」

「ちっ。俺だけ反対しても仕方ねぇってか？　いいよ。ザビタンを助けてやる」

ザビタン、無条件降伏は受け入れる。ついては、カルラを回収したい。アマツミカボシの体内に入ってくれるか？

「おい！　あんな怪物を内部に入れたら、あっという間にナノロボットに汚染されちまうぜ」

内部なら、瞬時にしてカルラを破壊することもできる。野放しにするより遥かに安全だ。

「了解した」ザビタンが答えた。「入り口はどこだ？　さっき核融合炉を出した胸の辺りか？」

あれは単なる格納庫だ。入り口はここだ。

「くだらん冗談はよせ。肛門から入れと言うのか？」

残念ながら、冗談ではない。

「なぜ、そんな馬鹿な真似をする？」

できれば、俺もやりたくはない。さあ、早く突入してくれ。

小さくなったとはいえ、カルラの直径は一〇〇メートル近くあった。それがアマツミカボシにずぶりと侵入してくる。

「ぎゃあ！」ナタが叫んだ。

「何のつもりだ、カムロギ！」ヨシュアも悲鳴を上げた。

毎回、俺だけ嫌な思いするのは不公平だと思ってな。感覚を共有してもらった。

「ザビタン、もっとスムースインできるようカルラを変形させろ」ナタが懇願した。

よし。システム、カルラの周辺に空間を作れ。ザビタン、まずは顔見せといこう。外に出てくれ。多少臭いが人間の生存に適した環境になっている。

カルラの表面でレギオンが移動し、ハッチが現れた。鈍い音を立てながら開く。アマツミカボシ内部との気温と湿度の違いからか、もうもうと霧が発生した。

霧の中から全裸の人物が現れた。

「わたしがウインナー村の長老・ザビタンだ」

透き通るような肌と長い黒髪と茶色の目を持つ少女は氷のような笑みを浮かべた。

「思ったより若いな」ナタが言った。

「むしろ若過ぎる」ヨシュアが言った。「本当にあの娘が操縦していたのか？」尋ねてみるか？

カムロギは二人に言った。

「ああ。訊いてみてくれ」

君は本当にザビタンなのか？

「ああ。そうだ」全裸の少女は言った。

ウインナー村の長老だというのも確かか？

「ああ。そうだ」

無条件降伏するというのは信じていいのだな？

「わたしは進んでアマツミカボシの内部に入った。おまえたちはいつでもわたしを殺すことができる。この事実が無条件降伏の証拠になるのではないか？」

「なんか、この女むかつくぜ」ナタが言った。

「まあ。もう少し、話を聞いてみようぜ」ヨシュアが宥《なだ》めた。

逆に、君はまんまとアマツミカボシに入り込んだとも言える。今ナノロボット群を解放すれば、アマツミカボシは崩壊する。

「わたしがそんなことをすれば、瞬時にしてプラズマで焼き払われるだろう」

少なくとも相討ちにはできる。

「相討ちにするつもりだったら、さっきやっている」

なるほど。完璧な解答だ。

「わたしを受け入れてくれるか？」

もう少し時間をくれ。仲間と相談する。

「果てしなく怪しいぜ」ナタが言った。「拘束すべきだと思う」

「しかし、投降してきた者を無体《むたい》に扱うのはどんなものだろうか？」ヨシュアは同情的な態度を崩さない。

カルラにアマツミカボシと対抗できるだけの力が残っていると思うか？

「カルラの大部分は消失した。現時点で残っているのは元の十数パーセント程度だろう」ヨシュアが答えた。

「だからと言って、戦力が不十分だとは言えねぇ。あのナノロボット群体は不気味だ」

システム、現時点でカルラはアマツミカボシを破壊するだけの力を持っているか？

「先ほどのカムロギ様とザビタンの会話の通りです。相討ちに持ち込むことは可能です」

「引き分けじゃなくて相討ちだぜ」ナタは強調した。「死なばもろともだ」

だが、彼女はそれを望んではいないようだ。

「彼女に真意を質《ただ》してみるしかないな」

よし。やってみよう。

「騙されねぇように注意しろよ」

ザビタン、いくつか質問がある。

「よろしい」

何が望みだ。

「無条件降伏だと言っている」

君の命を奪うのも可能だということか？

ザビタンの顔に緊張の色が走った。「殺すつもりなのか？」

今のところ、そのつもりはない。降伏の条件ではなく、現時点での君の望みを答えてくれ。

「わたしの望みはおまえたちと行動を共にすることだ」

自分が何を言っているのか理解しているのか？

「そのつもりだ」

君はウインナー村の指導者ではないのか？

「少なくともさっきまではそうだった」

ウインナー村は指導者がいなくなってもやっていけるのか？

「わたしの代わりはすぐに選出されるだろう」

カルラはどうする？

「当然、カルラも持っていく。もはや村にはカルラの存在意義はない」

どういうことだ？

「ウインナー村は第四帝国のように他の村を支配下に置くための道具として天使を使ってはいない。カルラの存在意義は他の天使たちとのパワーバランスの維持のためだ」

もう他に怪物は存在しないから、カルラの存在意義はなくなったということか？

「ウインナー村にとっての存在意義に関してはそうだ。ただし、天使はもう一体存在しているが」

最後の一体であるアマツミカボシはウインナー村の脅威にはならないと確信が持てるのか？

「おまえたちはウインナー村に対して野心を持っているのか？」

いいや。

「現時点でおまえたちは嘘を吐く必要はない。つまり、ウインナー村を支配する意思はないということだ」

君は我々と共にきて何をするつもりだ？

「おまえたちと同じだ。わたしは冒険をするのだ」

我々を信頼するのか？

「おまえたちは常にフェアな行動をとってきた。信ずる価値はあると考える」

＊

「長老が亡くなって一年が過ぎようとしています」筆頭家老の女性が言った。「あなたたち

「二人には次の長老候補になってもらいます」

　ザビにとって、それは寝耳に水のことだった。自分が長老になるだなんて夢にも思わなかったのだ。

「ちょっと待ってください。いきなり言われてもどうしていいかわかりません」

「あら。あなたって、随分暢気《のんき》だこと」シャヘラザードは鼻で笑った。「この期《ご》に及んで、何をしていいかわからないですって？　あなたみたいなお子ちゃまがどうして、長老候補になんかなれたのかしら、ザビちゃん？」

「ちゃん付けなんかしないで」

『ちゃん』は駄目なの？　じゃあ、これからはザビたんと呼ぶわ」

　筆頭家老はぱんぱんと手を叩いた。「おやめなさい。あなた方には口喧嘩をしている暇はないのです。すぐさま長老修行を始めてもらわなければなりません」

「かしこまりました」シャヘラザードは深々と頭を下げた。

「修行ってなんですか？」ザビは尋ねた。

「修行とは長老の仕事を知り、そしてマスターすることです。長老の仕事を知っていますか、ザビ？」

「ええと。はい。村人の揉めごとを調整したり、それから一人一人の食べ物の分量を決めたりもします」

「もちろん、それも重要な仕事です。しかし、最も重要な仕事は……」

「カルラの操縦です」シャヘラザードが口を挟んだ。

「カルラを知っていますか、ザビ？」筆頭家老はザビへの質問を続けた。

「はい。ウィンナー村を守護する天使です」

「カルラは何からウィンナー村を守護していますか？」

「ええと……」

「シャヘラザード、あなたは知っていますか？」

「……敵ですか？」

「敵とは何者ですか？」

「申し訳ありません。わかりません」

「わからなくて当然です。これは一般の村人には知られていないことです。カルラは他の天使からウィンナー村を守護しています」

「他にも天使がいるんですか？」

「カルラを含めて世界には三体の天使がいることがわかっています」筆頭家老は二人に鋭い視線を向けた。「あなた方二人にはまずカルラの操縦を学んでもらいます」

「はい、筆頭家老様」

「操縦を学んでもらった後には一つの任務を与えます。村の南側に新たな鉱山が見つかったのは知っていますか？」

「はい」シャヘラザードが答えた。

「あの鉱山に妖怪が現れました」

「妖怪？」シャヘラザードは眉を顰《ひそ》めた。

「家老たちは妖怪の正体を未知の天使ではないかと考えています」

「まだ新しい天使がいるのですか？」ザビはまた目を丸くした。

「レギオン――妖怪はそう名付けられました」

「カルラで勝てるのですか」シャヘラザードが尋ねた。

「わかりません。ただし、ウインナー村の脅威となるなら、排除しなければなりません。それがあなたたち長老候補の最初の任務です」

「わたしは長老の独身の誓いのことを思い出したの。だから、言い寄る男は全部振ったわ」

シャヘラザードは言い放った。

ザビには片思い程度しか恋愛経験はなかった。だから、シャヘラザードを羨《うらや》ましく思った。

「じゃあ、シャヘラザードは元々長老になるつもりだったの？」

「当たり前じゃないの！　わたしにはそれだけの価値があるもの」

「どうして、長老になりたいの？」

「長老になって見返すのよ」

「誰を見返すの？」

「あいつにわたしの凄さをわからせて後悔させてやるのよ」

「あいつって？」

「わたしを……わたしが振った男よ」

「その男の人はもう後悔してるんじゃないの？　振られたんだもの」

「煩《うるさ》いわね。あんたはどうなの？」

「わたし？」

「あんたはどうしても長老になりたいの？」

ザビは考え込んだ。

わたしは何になりたいのだろう？

ザビは餓死した母親と弟のことを思い出した。

物心が付いた時、ザビたち親子三人は毎日薄暗く冷たい部屋の中で過ごしていた。食事は少なく、ザビも弟もいつも腹を空かせ、目をぎょろぎょろさせていたけれど、それは当たり前のことだと思っていた。父のことは知らなかった、最期まで母は父のことを話さなかったし、ザビには父親のことを尋ねるという発想もなかった。

親子三人は殆ど一日床の上に寝て過ごしていた。立ち上がるだけで体力が消耗するからだ。一日に一度母親は二人の子供をつれて、部屋から出た。細く真っ黒な通路には、彼らと同じような鼠色の人たちがいて、薄汚れた食器を持って一列に並んでいた。

列の先頭には、少しだけ綺麗な服を着て、少しだけ元気そうな職員たちがいた。彼らは人々の食器に白湯《さゆ》のような「食べ物」を注いでいた。食べ物を注ぐ時に人々に何かを囁き、そうすると人々はただ無言で首を振るのだった。

　母の番になった。

「今日は働けそうか?」職員が尋ねた。

　母は項垂《うなだ》れたまま首を振った。

「では、かわいそうだが、これだけだ」職員は食器に半分ほど「食べ物」を注いだ。

「お願いです。わたしには子供たちがいるのです」

「全員に充分な食事はいきわたらない」職員は顔を背けた。「許してほしい」

「だったら、せめて人工母乳をください。下の子はまだ『食べ物』が食べられないのです」

「人工母乳の製造は終了した。あなたの母乳を与えなさい」

「母乳などどうして出るというのですか?」母は干からびた野菜くずのようにやせ細った腕を見せた。

「あなたが『食べ物』を食べれば、少しは母乳が出るはずだ」

「では、娘はどうなるのですか?」

「あなた自身がそれを食べるか、もしくは娘に与えるか。あなたには完全な選択の自由がある」

　母は何か言おうとしたが、後ろに並んでいる人が溜め息を吐いたのを聞き、諦めて列を離れた。

　部屋に戻ると、母はザビに「食べ物」を与え、そして床に仰向きに寝て、自分の顔を覆《おお》うと弟に乳首を含ませた。弟は泣くこともなく力なく乳首を吸った。

次の日の朝、母と弟は冷たくなっていた。

ザビはなすすべもなく、干からびていく二人を何日も見つめ続けていた。

やがて、聖職者たちが部屋を訪れ、ザビにあなたは長老の一族であることが判明したと伝えた。

ザビはその言葉の意味を理解しないまま、彼らにつれられていった。

わたしはあの時、何も望みを持っていなかった。母と弟を失ってなお何を望めばいいというのだろう？

でも、長老にさえなれば何かの望みを、誰かの望みを叶えられるかもしれない。

「わたしは長老になる理由を探すために修行をするの」ザビは漸《ようや》く答えた。

「どうどう巡りみたいな話ね。でも、あなたにはそれがぴったりだわ、ザビたん」

「ザビ、どうして呼び出したのにすぐ来なかったのですか？」

「申し訳ありません、家老様。シャヘラザードが見付からなかったのです」

「シャヘラザードはもうこの訓練所にはいません。わたしはそのことを伝えるためにあなたを呼んだのですよ、ザビ」

「シャヘラザードがどうかしたのですか？」

「彼女は長老の資格を失ったのです」

「シャヘラザードは懸命に修行を積んでいました。資格を失うようなことは何一つしていません」

「いいえ。シャヘラザードに長老の資格はなかったのです。なぜなら、彼女は家族を作ったからです」

シャヘラザードは妊娠していた。赤ん坊の父親である人物はすでに村にいなかった。彼は探検隊に志願し、今後一〇年以上村には戻ってこないのだ。探検隊に志願する時にシャヘラザードに別れを告げたのだという。

「緊急事態です」家老たちがザビの前に現れた。「あなたの決断を必要としています」

「何が起こったのですか？」

「レギオンが暴走しています」

「レギオンに何があったのですか？」

「レギオンは鉱山の奥深くに眠るナノロボット集合体だと判明しました」第七家老が話し始めた。「人間や機械が触れると、汚染し、深部に侵入し、崩壊させますが、坑道から這い出すことはありませんし、感染が拡大することもありません。宿主が死んだ後は速やかに坑道に戻ろうとしますし、それがかなわない場合は機能を停止し、自然の酸化作用や微生物により分解されます。したがって、鉱山に近付かない限り、レギオンから被害を受けることはなかったのです。我々は対策のため坑道を封鎖し、誰も入ることができないよう措置をとって参りました。しかし、昨日禁を破って坑道に突入した者がおりました。……シャヘラザードが無断でカルラを動かし、坑道に突入したのです。カルラは坑道の外で岩盤に吸着しているのを発見されました。すでに回収され、ドック入りしています」

「シャヘラザードは？」

「彼女はレギオンの内部に留まりました。おそらく彼女自身の意志で」

「もったいぶらずに教えてください。シャヘラザードに何があったのですか？」

「もったいぶっているつもりはありません。彼女の状態を説明することができないのです。わたしたちが言葉を弄《ろう》するよりもまずは実際に見た方が理解が早いでしょう」

ディスプレイにレギオンの姿が映し出された。

鉱山から這い出し、大地を摑んで這い回っていた。

「何、これは？」ザビは激しい吐き気を覚えた。

灰色のレギオンは人間の姿をしていた。

それは途方もなく巨大な妊婦の姿だった。

見開かれた目はどこも見ておらず、ただ怒りとも恐怖ともつかない激しい表情を見せながら、こちらへと向かってきていた。

カルラは直径五〇メートル程のほぼ球形の天使だった。

ザビは服を脱ぎ捨てると中に入れるようにと、カルラに命じた。

入り口が開くと同時に糸を引く舌のようなものが飛び出し、ザビを絡め取ると、内部に連れ込んだ。

べとべとの肉塊が穴という穴からザビの体内に侵入してくる。

ザビは何も考えないようにして、カルラの仕打ちに耐えた。

わたしはカルラの一部だ。何も感じない。

ザビの中がカルラの熱い肉で満たされた。

目を見開くと、ザビは自分の体が、黒い球体になっていることに気付いた。

シャヘラザードも同じ体験をしたのだ。彼女の体液はまだここにあって、わたしの粘膜にも纏《まと》わりついているのだろうか？

足元にぽっかりと黒い穴が開いた。

ザビはゆっくりと降下する。

頭上には岩盤に張り付くようにウィンナー村が広がっている。

そして、遥か彼方から迫り来る灰色の巨妊婦――シャヘラザード＝レギオン。

レギオンは電磁咆哮した。

それは強力なバーストだったが、ザビはカルラを通して、それを言語として認識できた。

「わたしは自由！　この子と一緒に冒険に出かけるの」

「シャヘラザード、わたしがわかる？　ザビよ」

「ザビ‼」レギオンの顔が憤怒のそれに変わった。「わたしから長老の座を奪い取った女！」

「シャヘラザード、それは誤った認識よ。わたしはあなたから長老の座を奪ってなんかいない。あなたが……」ザビは言葉に詰まったが、力ずくで押し出すように話し続けた。「……あなたが長老の資格を失ったのよ」

「酷い！　酷い！　あの人を失って、わたしにはもう長老の座しかなかったのに‼」

「シャヘラザード、聞いて。長老職は彼の代わりなんかになれない。長老になることであなたの心の穴を埋めることなんてできはしないの」

「許せない！　ザビもウインナー村もカルラもレギオンもあの人も何もかも壊してやる！　わたしはわたしとこの子のために新世界を築くの」

「シャヘラザード、馬鹿なことはやめるのよ。破壊はその子に何も残さない。廃墟の中でその子を育てるつもり？」

「わたしは長老に相応《ふさわ》しい女。あの人の妻に相応しい女。この子の母親に相応しい女」

会話が噛み合っていない。

ザビは残酷な状況を理解し始めていた。

あれはシャヘラザードではない。レギオンはシャヘラザードの人格を取り込んだわけではなく、彼女の激しい感情と姿のみをナノロボット群で再現しているに過ぎないのだ。レギオンはシャヘラザードの悲しみと怒りと憎しみを繰り返し増幅して周囲に発散し続けている。もしまだシャヘラザードに意識があるのならまさに天獄《てんごく》の苦しみだろう。

しかし、なぜこんなことになったのか？

わかっているのは彼女がこのまま進めば村を壊滅させるだろうということと、それを止められる可能性があるのは自分だけだということだった。

シャヘラザードの肘《ひじ》に相当する部分を目掛けてレーザを発射する。

肘は瞬時に白熱、蒸発した。手首から先の部分は霞《かすみ》のように拡散し、すぐさま腕と肘の再構成を始めた。

やはり効果はないようだ。

ザビは続けて小型核ミサイルを発射した。カルラの内部にはあまりスペースがないため、大型のミサイルは搭載できないが、破壊力は充分なはずだ。

ミサイルはシャヘラザード＝レギオンの胸の部分に突入した。

核爆弾は自動で起爆する。

シャヘラザード＝レギオンは閃光の中で破裂し、形態を失った。

ナノロボット群は巨大な渦巻きを形成しながら徐々に収束しシャヘラザードの姿に戻っていく。

ザビはカルラをシャヘラザード＝レギオンに向けて突進させた。

少なくとも坑道では、カルラはレギオンに吸収されることも汚染されることもなかった。

どういう原理かはわからないが、カルラ自身を武器にするのが最も合理的だ。

シャヘラザード＝レギオンはカルラに向かって腕を差し伸べた。掌から長大な槍が現れる。

おそらく本体と同じくナノロボットの集合体だ。

次の瞬間、槍は秒速一〇キロメートルで発進し、カルラに向かって突き進んだ。

カルラにぶつかったと思われた瞬間、槍はカルラを避けるように四散した。あとには霧のようなナノロボット群が漂うばかりだ。

何が起こったの？

まるで、ナノロボットが自分からカルラを避けたかのようだった。

しかし、なぜそんなことが起きたのか？

様々な証拠を付き合わせると、答えは一つしかなかった。

カルラはレギオンに物理的に対抗できるのではなく、レギオン自体を制御できる。ただ、そのことに誰も気付かなかっただけなのだ。

シャヘラザードはレギオンをカルラと同じように操縦者と一体化することによって操ろうとした。だが、そんなことは起こらなかった。レギオンはシャヘラザードを吸収し、その一部のみを再現した。彼女の残りの部分は永遠に失われてしまったのだ。

それは当然のことだった。そもそもレギオンには人間と一体化するような機能は備わっていなかったのだから。レギオンはただ与えられたサンプルを可能な範囲内においてコピーし、それを自らの形態として活用するだけなのだ。レギオンはシャヘラザードの怒りと憎しみを破壊衝動と解釈し、正直に実行している。

シャヘラザードはレギオンに自らのデータを書き込んだ。シャヘラザードにできるなら、ザビにもできるはずだ。

必要な条件は明らかだった。

カルラが鍵だ。カルラが接近することにより、レギオンは活性化し、書き込みが可能になる。カルラを介してレギオンはプログラム可能になる。

それが正しい使い方だったのだ。

シャヘラザードは本来プログラムを書き込むべき領域に自分の人格を書き込もうとして、失敗し、感情だけが残った。

メモリは飽和し、いまやカルラからのいっさいの制御コマンドを受け付けていない。やはりカルラを接近させ、シャヘラザードのパターンを崩壊させ続けるしかないのか？

あるいは……。

別の人格を上書きするかだ。

試す価値はあるかもしれない。

ザビがレギオンに取り込まれれば、シャヘラザードの残留思念は消失するかもしれない。だが、その後に残ったザビ＝レギオンがシャヘラザード＝レギオンと同じ行動を起こさないという保証はない。

リスクが高過ぎる賭けだ。だが、それ以外に手がないのなら、やるしかない。

カルラはシャヘラザード＝レギオンの進路を遮った。

ザビはシャヘラザードの頭部に向けてカルラを突入させた。

シャヘラザードの頭部が吹き飛び、周囲に霞のようにナノロボットが漂っている。

カルラがレギオンを拒絶した。

頭部を失ったシャヘラザード＝レギオンはぐったりと動かなくなった。

やはりレギオンはシャヘラザードの身体を馬鹿正直にコピーしているだけだったようだ。

中枢を頭部に持っているため、そこが崩壊されると、身体を動かすことすらできない。

カルラは頭部からゆっくりと降下を始めた。

シャヘラザード＝レギオンの喉が崩壊し、続いて胸部が剝き出しになる。

カルラは腹部に到達した。

このまま降下すれば、シャヘラザード＝レギオンの全身を塵《ちり》にすることができる。

そう思った矢先、頭部がうっすらと再生を始めた。

半透明のシャヘラザードの怒り狂った顔がカルラを睨み付けている。

カルラのレギオンへの影響力は半径数百メートルに限られているようだ。

レギオンはカルラを倒せないが、カルラもまたレギオンを倒せない。このままでは、膠着《こうちやく》状態を続けるしかないが、それはカルラの最終的な敗北を意味する。レギオンには生身の人間は乗っていないが、カルラを動かしているのは生身のザビだ。体力も気力も無限には持たない。

せめて、もう一つ別の中枢を構築することができれば……。

だが、どうすればシャヘラザード＝レギオンと戦いながら、別の中枢を構築すればいいのか、見当もつかない。

その時、ザビは信じられないものを目撃した。

レギオンの中にもう一つの頭部があったのだ。

なぜ腹部に頭部が埋没しているのかは、すぐに理解できた。

あれはシャヘラザード＝レギオンが身籠《みごも》っていた胎児だ。レギオンはシャヘラザードの外見だけではなく、内部まで正確に再現しようとしていたのだ。それは深い理由があったのではなく、単純なアルゴリズムでは複製の優先順位が付けられなかっただけに過ぎないのだろう。

しかし、そこにカルラの勝機が潜んでいた。

新しい中枢を構築する必要はなかった。なぜなら、そこに手付かずの中枢があるからだ。

カルラは再生しつつあるシャヘラザード＝レギオンの頭部を放置し、胎児＝レギオンの中枢への接続を試みた。

それは母親とは違い、複雑な感情は持ち合わせていなかった。あるのはただ原始的な本能に近い欲求だけだった。

カルラはすんなりと胎児の中枢を制御下に置いた。そして、子宮を胎盤ごと吹き飛ばすと、胎児をシャヘラザード＝レギオンから引き摺《ず》りだした。

「返して!!」シャヘラザード＝レギオンは絶叫した。「それはわたしの子なのよ！　一緒に、あの人を追って、冒険に出かけなくてはならないの」

「シャヘラザード、あなたにはこの子を連れていく資格はないの。なぜなら、シャヘラザードはもう死んでいて、あなたは彼女ではないから」

ザビはカルラをシャヘラザード＝レギオンに近付ける。

シャヘラザード＝レギオンの何割かが崩壊して、霧のようにナノロボットが漂う。

すかさず、胎児＝レギオンが吸収する。

単調な作業を繰り返すことにより、シャヘラザード＝レギオンはすっかり小さくなり、胎児＝レギオンは母親よりも大きくなった。

「止めて。わたしはまだ生きているの」シャヘラザード＝レギオンは叫んだ。「わたしはシャヘラザードなの」

ザビは返事をせずにシャヘラザード＝レギオンに近付いた。

「聞いているの、ザビたん？」

シャヘラザード＝レギオンは粉砕された。


「あなたは見事に使命を達成しました、ザビ」筆頭家老が村に戻ったザビを褒め称えた。

「使命？　わたしは何もしていない。可哀想なシャヘラザードを見捨てただけ。わたしはシャヘラザードを見捨てた償《つぐな》いとして、この子と共に歩むことにします」

「この子？」

「レギオンに宿ったシャヘラザードの子です。エリーと名付け、わたしの秘書として育てます」

家老たちは頭を垂れ、数歩下がった。「今よりあなたを正当な長老として認めます。どうか長老名をお決めください。もちろん、世俗の名を使い続けられても構いません」

聞いているの、ザビたん？

シャヘラザードの最後の声が胸の中に響いた。

「ザビ……タン」

「はっ？」

「わたしは今よりザビタンと名乗る」

「ザビタン長老に栄えあれ！」家老たちは平伏した。

＊

君の望みは冒険をすることだというのか？

カムロギはザビタンに確認した。

「そうだ」

我々の冒険の目的を理解しているのか？

「おまえたちは妄想の国を目指している」

地国だ。妄想ではない。

「妄想でないという根拠は？」

実験データがある。遠心力、コリオリ力とは別の成分があって……。

「それは地国の存在を示す根拠にはならない。地国は現象を説明する無数の解釈の一つに過ぎない」

おまえは地国を信じないと言うのか？

「信じる義務はない」

君は地国を妄想だと思っている。それなのに地国を探す冒険に加わるつもりなのか？　不毛だとは思わないのか？

「構わない。わたしはカルラと共に冒険をする」

なぜ、闇雲に冒険を求めるのだ？

「それが友の望みだったからだ」

しばし沈黙が流れる。

いいだろう。君を仲間として認めよう。

「カムロギ、何勝手に決めてるんだ!?」ナタが文句を言った。

カムロギ空賊団は民主的な組織ではない。最終決定は俺が下す。

「そんなことといつ決めたんだ？」

たった今だ。

「そのルールには反対だ」

ヨシュア、おまえの意見は？

「俺は賛成だ」

ナタ、残念ながら、二対一でおまえの意見は却下された。

「結局民主的じゃねぇかよ！」ナタは不服げに言った。

ようこそカムロギ空賊団へ、ザビタン。

「わたしも空賊の一員になったのか？」

そういうことだ。不満か？

「いいえ。冒険には長老よりも空賊が相応しい」

ザビタンは切れ長の澄んだ瞳を輝かせた。

磁場が安定してきた。カムロギが言った。そろそろ岩盤に直接ぶら下がるのは止めて、磁場飛行に切り替えるのはどうだろう？　一気に高速飛行で距離を稼げるんじゃないか？

ナタは各種センサの数値を読み取る。

確かに安定している。

ザビタンと合流した後、アマツミカボシは北へと進路をとった。

殆どの村々が存在する中原は世界の赤道を挟む僅か一〇万キロメートル程の帯状の領域に過ぎない。空賊たちが巣くう飛び地の軌道も殆どがこの中原の下空に位置している。理由はこの領域の世界磁場が極めて強力で変動幅が大きくかつ安定しているからだ。変動幅が大きくかつ安定しているというのは矛盾しているように聞こえるが、この場合の磁場の安定性とは、その変動が単純な数学モデルで容易に予測できることを示している。正確に予測できるなら、磁場の変動は厄介なものではなく、逆に望ましくある。変動とはつまり波であり、磁気推進船はその波に乗って、自在な航行が可能になるのだ。村々の船も海賊船もほぼ磁気推進船であるため、自然と中原に集中するのだ。

中原から外れる場合は、磁力推進だけでは航行に支障が現れるため、ロケット推進や岩盤直接接触移動を組み合わせることになるが、そのような移動方法は非効率であり、緊急時以外にそのような航行を行うことはまずないといってよかった。

アマツミカボシはあえてその中原領域から一〇〇万キロも北へと進んでいた。

カムロギは、この世界のどこかに必ず「内側」への入り口があり、そしておそらくそれは人々が容易に近付けない場所にある、と推測していた。その条件を満たす場所は船の航行が極めて困難な北限および南限だ。カムロギたちはまず北限への探検を行うことにしたのだ。

当初は僅かに不安定になるだけだった磁場はどんどん不安定性を増した。磁場とプラズマが相互作用を起こしながら増幅し、巨大な乱流の中でアマツミカボシはついに航行不能になり、岩盤に張り付きながら、じりじりと前進するしかなかったのだ。

そこにきて出し抜けに磁場が安定した。

理由はアマツミカボシのシステムですら解析できなかった。カムロギたちは単純に再び安定領域に入ったためだと解釈した。磁場が不安定になる領域は、人々と文明を中原に閉じ込めるための障壁として機能しているのであり、ここまでくればその必要はなくなるのだろうと推測したのだ。

「俺は賛成だ」ヨシュアが言った。「磁場が不安定な領域は脱したんじゃないか？　岩盤にぶら下がる方法だと、時速一〇〇〇キロが限界だ。エネルギー効率も悪い。北限までエネルギーが保つかどうか、かなり心許《こころもと》ない」

「わたしはもう少し慎重であるべきだと思う」ザビタンが言った。「わたしたちはこの北部領域について殆ど知識を持っていないのだから」

ナタ、おまえはどう思う？

どうだろう？　ナタは自問した。磁場は空間的にも時間的にも極めて安定していて、村々が多数存在している領域である中原と殆ど同じレベルに達している。アマツミカボシの飛行には全く差し支えないと言って構わない。また、エネルギーの温存が極めて重要であることも間違いなかった。磁場飛行と現状の岩盤直接接触移動とでは、エネルギー効率が二桁は違う。このまま岩盤にぶら下がっていては、北限に到達する頃にはすっかりエネルギーを失っている可能性が高い。

しかし……。

ナタは磁場飛行に入るのは反対だと喉まで出かかったが、なんとか飲み込んだ。

具体的な根拠のない単なる気分による意見は受け入れられないことはわかっている。そして、ナタは磁場飛行が危険であるという根拠を見出せないでいる。もちろん、ザビタンの言うように未知の領域であるからという理由を挙げることもできるが、それだと岩盤直接接触移動も同じ条件だ。磁場飛行に較べて岩盤の移動が安全だという根拠もまた存在しない。

「俺も磁場飛行に一票だ」ナタはぶっきらぼうに言った。

自分の発言がどうにも気に入らない。

多数決によって、磁場飛行を再開することにする。それで構わないか、ザビタン？

「多数決に従う。そもそも磁場飛行に反対したのも積極的な理由があった訳じゃないし」

では、磁場飛行を再開する。

アマツミカボシは岩盤から触手を引き抜いた。

自由落下が始まり、全員が無重量状態を体験する。

次の瞬間、アマツミカボシの磁気エンジンは唸りを上げ、広大な磁場の展開を始める。世界磁場との相互作用が始まり、落下速度がゆっくりと収まり、やがて停止する。同時に北へ向けての加速が始まった。

ナタは北領域の風景をモニタで観察した。

一見すると、岩だらけの風景は中原のそれと殆ど変わらないように見える。だが、ナタはその殺風景な風景の中にここだと言葉でははっきり表現できないが、何かしらの特徴を見出していた。それは苦々しくも懐かしかった。

「ナタ、どうだ？　少しは思い出したのか？」ヨシュアが尋ねた。

「いや。なんだか頭の中がむずむずするような気がするが、どうもはっきりしねぇ」

「おまえ、この近くで生まれたというのは本当なのか？」

そう。ここ、北限の地への入り口はナタの故郷なのだ。カムロギやヨシュアはここに来ればナタが何かを思い出すのではないかと期待していた。これからは今までの旅とは比べ物にならないぐらいの困難が予想される。ナタの記憶は未知の障害を乗り越えるヒントになるかもしれないのだ。

「ああ。物心が付いた頃に俺が乗っていた船の航行記録を見る限りそうだぜ」

「物心が付く前の子供が一人で生き延びるなんてことはとうてい信じられないんだが……」

「俺だって、自分のことじゃなかったら、信じられないだろうさ」

「親はどうなったんだ？」

「母親がいたことは間違いない」

「どんな母ちゃんだった？」

「やわらかくて温かくて……そうだ。……それから母ちゃんのにおいがした」

「母ちゃんのにおいって何だよ？」

「母ちゃんのにおいは母ちゃんのにおいだ。……いつも鼻先に母ちゃんの胸があって……」

「いつも、おっぱいをしゃぶってたのか？」ヨシュアは呆《あき》れたように言った。

「おっぱいをしゃぶってたわけじゃない。……ああ。……だけど、俺たちはいつもくっついてたんだ」

ああ。なんてことだ。俺は思い出したぞ。

「とんだ甘えた坊主だったんだな」

「そうじゃない」ナタは呟くように言った。

「何が違うんだ？」

「俺は甘えてたんじゃない。……母親から離れることができなかったんだ」

「それを甘えてたって……」

「母親から離れることは……物理的に不可能だったんだ」

激しい頭痛がナタを襲った。

＊

幼い頃のナタの記憶は母親で占められていた。見えるものはほぼ母親の肉体だけだったし、触れるものも同じだった。聞こえるものは母親の声と鼓動だけ。嗅げるのは母親の体臭だけだった。味わえるのは母親の乳房とそしてチューブから飲める僅かな栄養液だけ。そう。栄養液だけは母親とは別のものだった。

外を見るためには、母親の顔の前にある窓から覗くしかなかった。それにはかなり無理な体勢になる必要があったし、母親もナタも喉がつまって息ができなくなるので、せいぜい・〇秒かその程度の時間しかもたなかったが、ナタは船の中の様子はだいたい把握していた。

船はかなり老朽化していた。あちこちに細かな亀裂が無数に入っていて、ぼろぼろと崩れつつあった。モニタ群の半分は壊れて使い物にならず、磁気エンジンはスイッチを入れるたびに船が真っ二つに割れるのではないかと思うほど強烈に振動した。

母によると、船の中は「真空」で満ちているという。人間は真空の中ではあっと言う間に死んでしまう。だから、宇宙服に入っていなければならないのだという。

ナタは母親の宇宙服の中で生まれた。だから、生まれてからずっと母親にくっついている。それが当たり前だったし、それを不思議だとも思わなかった。

「いつまでもこうしてはいられないいんだけどね」母親は時々呟いた。

「母ちゃん、どういうこと？」

「この宇宙服は一人用なんだよ。ずっとこのままだと、そのうち空気のリサイクルができなくなってしまうかもしれない。気のせいか最近息苦しく感じることが増えたからね」

「俺は全然そんな気がしないよ」

「あと、廃熱の問題もある。温度調節がうまくいかなくなって体温が数度上昇するだけで神経細胞は死滅してしまうからね。そっちの方も心配だ。それから純粋にスペースの問題もある。このままだと、圧迫されて心臓に負担が掛かるかもしれない。もしうまく生き延びられても、成長に影響が出るかもしれない」

「母ちゃん、心配することはないさ。俺たち、いままでうまくやってきたんだ。これからだって、別に同じことだよ」

「ああ。そうだといいね」母親は悲しげな調子で言った。

ナタたち親子は落穂拾いだった。たった一隻で仲間はいなかった。ナタには記憶はなかったが、昔は何隻かで村の廃墟を巡っていたらしかった。一隻ずつ壊れては船団から脱落していったという。その中にナタの父親もいた。

本当は壊れかけていたのはナタの母親の船だったという。

父親は母親を説得して船を交換した。一人しか乗ってない船より、二人乗っている船の方が安全基準が厳しいのは当然だ、と言って。

その時、母親はナタを身籠っていたのだ。

それから数日後、父親の船は移動中に突然エンジンが止まり、天獄へと真っ逆さまに落ちていったという。

その話をする時、母親はいつも涙ぐんだ。だが、ナタは父親と言われてもぴんとこなかった。顔も声も知らなかったのだから仕方がない。だが、母親にとって大事な人間だったことだけはわかった。

父親から譲り受けた船もさほど正常な状態ではなかった。もちろん今ほど酷くはなかったが、空気の漏洩が激しく、常に宇宙服を着ていなければならなかった。一時的に空気で満たすことぐらいは可能だったが、落穂拾いにそんな無駄遣いをする余裕はなかった。空気はとても貴重なのだ。

母親は決して宇宙服を脱がなかった。宇宙服の中で生活し、宇宙服の中へナタを産み落とし、そして宇宙服の中で育て上げた。

排泄物は完璧ではないが、宇宙服自身が回収してくれる。そして、船内の再生装置に移送管を通じて送られ、そして複雑な処理工程を経て栄養液としてもう一度宇宙服に戻される。それは暖かくそして柔らかな生活だった。

母親はいつも磁気レーダや赤外線センサでの観測を怠らなかった。空賊と村の戦いを見逃すことは自分と子供の生死に関わることだった。

戦闘が起こらない間は船体をなるべく岩盤にぴったりくっつけて僅かな地熱を吸収しようとした。

物質はある程度なら再生装置で再利用できる（もちろん僅かずつ失われるのは仕方がない）。しかし、エネルギーだけは再利用という訳にはいかない。もちろんエネルギーは不滅なのだが、熱力学の第二法則のおかげでどんどん質が悪くなってしまうのだ。

落穂拾いたちが自由に使うことができるエネルギーは地熱と星々から届く僅かな光エネルギーだけだった。物質を再生するのにも、凍えないように身体を温めるのも、レーダやセンサを操作するのにも常にエネルギーは必要だった。エネルギーが枯渇すれば、すぐに死が訪れる。

センサで戦闘を確認すると母親は大急ぎで解析を始める。戦闘の規模を正確に判断し、落穂拾いするかどうか、そしてすると決めた場合、その時期を決定しなければいけないからだ。

戦闘があまりに小規模な場合、空賊の襲撃が失敗した公算が大きい。そんな村に出張っても単なる燃料の無駄だ。また、滅多にないが極端に規模が大きい戦闘の後も避けた方がいい。村を根こそぎ吹き飛ばすような戦闘があった場合、そこには何にも残っていないし、迂闊《うかつ》に近付くと岩盤崩落の危険すらある。もっとも、空賊たちも馬鹿ではないので、よっぽどのことがない限り、そこまでのことにはならない。彼らの目的は殺戮《さつりく》ではなく、あくまで簒奪《さんだつ》なのだ。

時期はかなり重要だった。あまり早く現場に到着すると、まだ空賊が残っている場合がある。やつらに遭遇したら、彼らの慈悲に縋《すが》るしかない。こっちには反撃する手段すらない。空賊が落穂拾いの船に積まれている燃料や装備を欲しいと思ったら、それを手に入れるのは赤子の手を捻《ひね》るよりも容易い。ただ、充分に略奪して満ち足りている状態なら、見逃してくれるかもしれない。もちろん、そのような確証がある訳ではない。ただの願望だ。空賊に遭遇する危険を冒す意義は全くない。

だからと言って、遅く着き過ぎると、今度は他の落穂拾いが獲物をあらかた持っていってしまっているかもしれない。

落穂拾いは長生きできないとされているが、いっこうに数が減らないところを見ると、どんどん補充されているのだろう。空賊に襲われて壊滅した村の生き残り、飛び地に戻れなくなった空賊、口減らしのために村から追放された者。落穂拾いに転落する者は少なくない。その中で、落穂拾いの両親から生まれたナタは特異な存在だった。

その日、母親は数千キロ離れた場所で、戦闘が起こっているのを探知した。彼女は迷った挙句、やや出遅れ気味だが、一日待ってから出発することにした。他の落穂拾いに先を越されるのは避けたかったが、空賊と鉢合わせする方が遥かに剣呑《けんのん》だったからだ。

高度をできるだけ高く保ち、地面すれすれをゆっくり飛ぶ。誰にも見付からないように、こっそりと廃墟に入り込み、残骸の中から使えるものを持ち出す。それが落穂拾いの生活なのだ。

あと一〇キロ。母親はさらに速度を落とし、慎重に接近する。

磁気レーダに反応があった。

母親は舌打ちをした。

「どうしたの?」ナタは不安になって尋ねた。

「なに。先客がいただけだよ。心配する程のことはないよ。……ただ、たちの悪いやつらじゃなきゃいいけどね」

船の数は三隻、おそらく落穂拾いだ。空賊はいつまでもぐずぐずしているはずがない。空賊が帰るまで隠れていた村人の可能性もゼロではないが、まず違うだろう。使えるような船を空賊が見逃すことはまずありえない。

三隻の船の間の距離はかなり近い。ということはおそらく同一のチームだろう。落穂拾いのチームは三人から四人が最も理想的な規模だと言われている。人数が多いほうが役割分担できるが、多過ぎると分け前が減ることになるからだ。

三対一だと競争をしても勝ち目がない。あいつらが自分たちの船に積めるだけ積んでから、残りをいただくしかない。

母親は溜め息をついた。

最悪、儲けがゼロの可能性もある。だが、それでも可能性があるだけましだと思わなければ。

さて。このままあいつらが離れるのを隠れて待つか、それともコンタクトをとるか。競争するつもりがないのなら、隠れているという手もある。しかし、挨拶しておけば、いくらか恵んでやろうという気になるかもしれないし、ひょっとすると仲間に入れてくれるかもしれない。

母親はとりあえずコンタクトをとることにした。

「母ちゃん、別のお船があるよ」ナタが気付いたようだ。「父ちゃんの船かな?」

「父ちゃんの船は下の世界に行っちまったから、もう戻っては来ないよ。ナタ、母ちゃんはこれからあの船の人たちとお話があるからしばらく黙ってるんだよ」

「うん」

たちのいい人たちでありますように。

「こんにちは」母親は通信回線を開いた。

「ああ。こんにちは」男の声が戻ってきた。「一人かい?」

「いいえ。二人よ」

「同じ船に二人か?」

「ええ」

「こいつは驚いた。二人で一つの船ってのは、おそろしく効率が悪い。よく生き延びてこれたもんだ」

　母親は溜め息をついた。「ええ。とてつもなく効率は悪いわよ。でも、今のところはなんとかやってるわ」

「あんた一人だったら、俺たちの仲間にならないかって誘おうと思ってたんだが、二人だとな……」

「いいわ。無理に仲間にならなくても、とにかくこの場だけでも、友好的に接してくれれば」

「俺たちが獲物を独り占めして、あんたに渡さないんじゃないかって心配してるんだろ？」

「端的に言うと、そうよ」

「なら心配無用だ。獲物は殆どない。少なくとも、俺たち三人が五時間捜索して何も見付からなかった。食料も水も空気も燃料も」

「それで、あなたたちはどうするの？」

「もう少し捜索するか、次の村を探すか悩んでいるところだ。ところで、あんたこの辺りは長いのか？」

「この辺りって？」

「この辺りさ。北限のことだ」

「ここいらはまだ北限じゃないわ」母親は笑った。「北部なのは間違いないけど」

「北に行けば、競争相手が少ないんじゃないかって、賭けたんだ。確かに落穂拾いの数は少ないが、村の数も少ないんであんまりメリットはなかった」

「そんな理由で来たんだ。だったら、帰った方がいいかもね。この辺りで落穂拾いしているやつは、それなりの理由があるの。競争力が低いんで、中央地帯じゃ食っていけない」

「確かに、一隻に二人乗っているようじゃ、競争力はないな」男は鼻で笑った。「でも、どうして村の密度が低いんだ？　村を作るのにそんなに不都合があるとは思えないが」

「まず、交易ルートからはずれているというデメリットがあるわ。わざわざ村が少ないところまでやってくる交易商人はいなかったってこと。もう一つは北限坊主よ」

「北限坊主？　なんだ、そりゃ？」

「巨大なプラズマの渦よ」

「なんでそんなものが発生する？」

「発生場所は北限よ。あそこでは、磁場とプラズマ流がせめぎ合っていて、時々その乱流の中から、弾き出されるようにプラズマ渦動が南下してくるのよ」

「ごく稀なことだろ？」

「そうでもないわ。週に何回かは遭遇するわ」

「北に行くと磁場が不安定になるという噂があったが、それのことだったんだな」

「北限坊主が来ると磁気推進は不可能になるの」

「その北限坊主の磁気嵐はどのぐらいの期間続くんだ？」

「いろいろよ。数時間で終わる時もあれば、何日も何週間も続く時もある。起きる時も予測できないし、終わる時も予測できない」

「そんなのが何週間も続いたら、日干しになっちまうぜ」

「なるべくなら、動かない方がいいけど、飢え死にしそうな時は仕方ないから、物資を求めて移動するのよ」

「でも、磁気推進は使えないんだろ。どうするんだ？　まさか、ロケットを使うのか？」

「推進剤は本当に緊急事態の時のためにとっておくに決まっているでしょ。北限坊主が来ている時には、岩盤直接接触移動するしかないわ。船ごとぶら下がっていくのよ」

「船みたいなでかいものを？　あり得ない」

「ええ。そう思うのは無理ないと思うわ。わたしたちもできればやりたくない。でも、それをしないと確実に死ぬとわかってたら、あんたたちもやるしかないでしょ」

「どうするんだ？　まさか、数本の錨を抜き差ししながら、徐々に進む訳じゃあるまい」

「それ以外に何かうまい方法がある？」

「まともじゃない。船を固定するときに錨を打つのだって、物凄く集中力が必要なんだ。それを連続してやるってのか？」

「そう」

「一度でも、錨の打ち所をミスったら、天獄に真っ逆さまだぞ」

「そうなった船を何度も見てるわ」

「あんたは大丈夫だったのか？」

「だからわたしはここにいる」

「なんで、そんな馬鹿げたことをしてまでここにいるんだ?」

「さっきから言ってるじゃない。わたしたちには競争力がないの」

男はしばらく黙っていた。

「その北限坊主の振舞いは本当に予測できないのか?」

「そもそもがカオティックな現象だから、さっきも言ったように厳密な予測は難しいわ。でも、確率的な予測なら、ある程度までできないこともない」

「ずばり訊く。次の北限坊主はいつ来る?」

「三時間以内に来る確率が五〇パーセント」

「待ってくれ。それは冗談か?」

「北限坊主の予測に関して冗談を言う落穂拾いはいない。少なくとも、この北部地帯では」

「どのぐらいの期間続く?」

「少なくとも三〇時間は続くわ。五〇時間以上続く確率は七〇パーセント、一〇〇時間以上続く可能性は三〇パーセント」

「三時間あれば、安全な地域まで逃げられるか?」

「真っ直ぐ真南に飛んでもぎりぎりかしら。わたしなら、無理な飛行はしない」

「この村にいて、凌《しの》げるか?」

「磁場飛行をしなければなんてことはないのよ。たぶん全然気付かないと思うわ」

「つまり、錨で船を固定すれば、問題ないということか？」

「そうよ」

「わかった。じゃあ、少なくとも三〇時間はここに足止めということになる。あんたも一緒だろ」

「ええ。岩盤直接接触移動する必要は特にないしね」

「期待はできないが、この村の調査を続けることにする。あんたらはどうする？」

「もしよかったら、わたしも一緒に落穂拾いをしたいんだけど、構わない？」

「ああ。いいだろう」

「これから船を出るわ。あなたたちはどこ？」

「村の地上倉庫だ。入り口は俺たちの船のすぐ近くだ。今から降りていく」

母親は頭上の岩盤に三本の錨を打ち込み、船を固定した。そして、ハッチを開け、ゆっくりと這い出すと、岩盤に手を伸ばした。

手首からしなやかな金属の爪が現れ、岩盤の隙間に自動的に食い込んだ。

奇跡的に宇宙服のサーボ機構は右肩だけ生きていた。だから、少しは労力が軽減できる。

モーター音がして、身体を持ち上げる。今度は左腕を上に伸ばす。左腕から爪が伸びて岩盤を掴む。同時に右腕の爪をはずす。

がくんと身体が垂れ下がる。

母親は呻き声を上げて、身体を前に揺らし、前に出た瞬間、右腕の爪で前方の岩を掴む。

これで次の一歩はまた楽になる。

男たちの船の近くで岩が開いた。宇宙服を着た男たちがゆっくりと梯子《はしご》を降りてくる。人数は三人。一人が一隻ずつ船を持っているということだ。

「こっちから、あんたの姿が見える」

「こっちも見えるわ」

「動きがぎくしゃくしてるな。宇宙服の関節がおかしいのか?」

「右肩のサーボ機構だけが生きているからよ」

「サーボ機構が生きてるのか!? そいつは凄い!」

「まあ、かなりがたはきてるけどね」

「もう一人は船の中か?」

「何のこと?」

「さっき、あんたは二人だと言っただろ」

「ああ。もう一人も一緒よ。わたしの宇宙服の中にいるの」

「二人用の宇宙服というものがあるのか?」

「そんなのがあったら、どんなにいいかといつも思ってるわ。残念ながら、これは一人用よ」

「一人用の宇宙服に二人入ってるってことか? 宇宙服には一人分の生命維持装置しか付いていない。二人が生きられるはずがない」

「なんとか生きてるわ。息も絶え絶えだけど」

「一人分の生命維持装置を二人で使っているから？」

「ええ」

「ここまでこれるのか？」

「黙ってて」

母親は普通の二倍以上の時間をかけて入り口まで辿り着いた。

そこには三人の男たちがいた。

「宇宙服の中を覗いていいか？」ずっと母親と話していたリーダーらしき男が言った。

「見たけりゃどうぞ」母親は苦しそうに言った。

「わっ！　本当だ。子供がいる」

「俺にも見せてくれ、セリヌンティウス」別の男も覗き込んだ。「こりゃ酷い。子供の頭で腹部が圧迫されている。このままだと、生命維持装置の能力以前に肺が潰れちまうぜ」

三人目の男も覗き込んだ。「うわ。子供の身体が半分あんたの身体に埋まっちまってるぜ。こんな状態で生きてるのが不思議だ」

「アンギラス、アブラム、しばらく黙っててくれ。俺が話す」セリヌンティウスが言った。

「なんでこんな無理なことをしてるんだ？　命が危険だぞ」

「宇宙服が一つしかないからに決まってるじゃない」母親はぶっきらぼうに答えた。「生まれてから一度も出してないのよ」

「つまり、あんたはその宇宙服の中で餓鬼を生んで、そのまま育ててるってのか？」

「それ以外にどうしろと言うの？」

「宇宙服から出して育てるだろ、普通」アンギラスが言った。「何も真空の中に子供を連れ出す必要はない。あんたが外で仕事をしている間は船の中で留守番させてりゃいいんだよ」

母親はアンギラスを睨み付けた。「あなたのボスが『黙ってろ』って言わなかった？」

「なんだと!?」アンギラスは母親に近付こうとした。

「止めろ、アンギラス」セリヌンティウスがアンギラスを遮った。「俺がちゃんと話をするから。ええと、どうして、子供を船の中で待たせておかないんだ？」

「リークしてるの。船の中は真空よ」

男たちは黙った。

「これでわかってくれた？　わたしたちはこうやって生きていくしかしようがないの。それとも、あなたたちの誰かが可哀想な母子に船を提供してくれるの？」

「わかってるだろうが」セリヌンティウスが言った。「ずっと、このままって訳にはいかない」

「今、言ったこと、聞いてなかったの？　できれば、わたしもこんな生活はしたくないわ。でも、こうやって生きていくしかないのよ」

「選択の問題じゃないんだ。これでは、生きていけない。二人ともだ」

「どうして、そんなことが断言できるの？」

「宇宙服は一人用だ。二人の命は維持できない」

「現にこうして生きているわ」

「わかっているはずだ。その子はどんどん大きくなる。水も酸素も足りなくなる。もうすでに影響は出ているはずだ。あんたは僅かな距離を移動するだけで、息も絶え絶えになっている」

「余計なお世話よ。そんなことはわかっている。だから、わたしは必死になって、物資を集めているのよ。エネルギーも材料も……」

「物資の問題じゃない。処理能力が足りないんだ。それにスペースも。これ以上、宇宙服の中の圧力が高まったら、血流が滞る。酷くすると、内臓が破裂する可能性もある」

「だから、どうだと言うの？　あなたたちは船を提供するつもりがないんでしょ？　あるなら、とっくに申し出てるはずよね。その気がないなら、もう口出ししないで。解決策も提示できないのに、人の心配をするふりは止めて」

「解決策はある」セリヌンティウスが思いつめたように言った。

「どんな方法？」

「その子を宇宙服から出すんだ」

「あら？　本気で船をくれる気があるんだ！」

「いや。それは無理だ。我々も余裕はない」

「だったら、この子が宇宙服の外で生きる方法も教えてよ」

「それは不可能だ」

「やっぱりからかってるのね」

「あんたのためを思って言ってるんだ。その子を宇宙服から出すんだ。苦しませずに死なせる方法はいくつもある」

「あなた、自分の言ってることがわかってるの？」

「選択の余地はない。このままだと二人とも死ぬ。酸素が欠乏するか、あんたの内臓が破裂するか、組織が壊死《えし》を起こすか。あるいは、その子はあんたよりしばらく生きながらえるかもしれない。でも、宇宙服の中で母親の死体と過ごすことになる。世話をしてくれる者もいない。あんたはやがて腐敗する。その子は腐乱死体に包まれて、餓死か窒息死だ。それよりは綺麗に死なせてやった方がいいんじゃないか？」

「母ちゃん、どうして泣いてるの？」

「その子が喋ってるのか？」セリヌンティウスは啞然《あぜん》とした様子で言った。

「この子が喋っておかしい？」

「いや。赤ん坊だとばかり思っていたから……」

「この子は赤ん坊じゃない。狭い宇宙服の中にいるから、肉体的な成長が抑制されているだけよ」

「それは酷いことだと思わないか？」

「ええ。酷いわ。でも、誰も助けてくれない。あなたたちもね」

「あんたは充分に頑張った。だから、もう終わりにしてもいいんじゃないか?」「もうやめろ、セリヌンティウス」アブラムが口を開いた。「その女はもう決心しているんだ。翻意させることはできないだろう」

「しかし……」セリヌンティウスは納得がいかないようだった。

「あんたは、もう自分の船に戻れ」アブラムは手で追い払うようなしぐさをした。

「それは無理だ。彼女は疲れている」セリヌンティウスは反論した。

「いいえ。わたしは自分たちの船に戻るわ。ここにいるのは我慢ならないから」母親は背中を向けると、苦しげに呼吸をしながら、岩盤にぶら下がり、三人から離れていった。

「いったいどういうつもりだ、アブラム⁉」

「死にたがってるやつを助けてもどうにもならんぞ。恨まれるだけで、決して感謝なんかしてくれない」

「感謝してもらいたいんじゃない。命が掛かってるんだぞ」

「なに。おまえを責めてるんじゃない。それより、いい考えが……。おっと。その前に無線を切れ、宇宙服同士をくっ付けて直接音で話そう」

「なぜ、わざわざそんなことを?」

「みすみす他の落穂拾いにうまい話を聞かせたくないからさ。いいから、無線を切れ。アブラム、おまえもだ」

突然の静寂が訪れた。

「あいつら、どうしてスイッチを切ったんだろう?」

「さあ。大方、わたしたちに聞かせたくない話なんだろ」

「俺はあいつらのこと、ひょっとしたらいいやつらかもって思ってたんだ。でも、間違ってた。あいつら、母ちゃんを悲しませた。もうあいつらとは一緒にいたくない」

「ああ。母ちゃんもそう思うよ」

「ねえ、母ちゃん、辛くないかい?」

「どうしてそんなことを言うんだい?」

「酷く汗をかいてる。それに、心臓がどきどきいってるし、息も速いし、顔色も真っ青だよ」

「久しぶりに身体を動かしたからだよ。おまえは何も心配せずに母ちゃんにくっ付いてりゃいいのさ」

「うん。母ちゃん」

母親は岩を摑み損ねた。

崩れた岩の破片がぼろぼろと真っ黒な星空へと落下していく。

母親はしばらく真下を見ていたが、またゆっくりと岩にぶら下がりながら、進み始めた。

「ねえ、母ちゃん」

「なんだい?」

「母ちゃんのおなか、とっても暖かいよ」

母親は船外活動の疲れでぐっすりと眠っていたが、ナタはなんとなく胸騒ぎがして、眠れずにいた。

その時、けたたましい警告音が宇宙服の中に鳴り響いた。

母親は飛び起き、コンソールのディスプレイ群をチェックした。

「人工的な振動が近付いてくる」

母親は猛烈な速度で解析を始めた。

船が三隻、岩盤直接接触移動で近寄ってきている。セリヌンティウスたちだ。

「あの方法を教えるんじゃなかった」母親は唇を噛んだ。

「母ちゃん、どうしたの？」

「おまえは何も心配しなくていいよ」母親は無線のスイッチを入れた。「セリヌンティウス、何の用だい？」

セリヌンティウスの船は岩盤をサーチライトで照らし、前方の岩盤に隙間を探すと、錨を一本打ち込んだ。ぎりぎりと鎖を巻き上げると船はやや前方に進む。同時に船の背後の錨を引き抜く。船はがくんと前に動いた。さらに前方に別の錨を打ち込み、同じ動作を繰り返す。

残りの二隻も同じ動きだった。

「それ以上、近付かないで。もし近寄ったら、攻撃するわ」

船は三隻とも停止した。

「嘘だ」セリヌンティウスからの通信が入った。「あんたの船には武器なぞ積んでいない」

「武器がなくても攻撃する方法はいくらでもあるわ」

「そうかもしれんな。だが、それはこっちも同じだ」

「何が欲しいの？」

「あんたの船だ」

「人でなし！」

「悪いとは思ってる。俺自身は全く気が進まない。だが、アブラムとアンギラスがどうしても欲しいって言うんだよ。リーダーとは言っても独裁はできない。そんなことをしたら、寝首をかかれてしまう」

「わたしを助けたそうなことを言ったのは嘘だったのね」

「嘘じゃない。その子を捨てるのなら、あんたを仲間にするように、こいつら二人を説得してもいい」

「殺人を犯して他人の持ち物を強奪するなんて、空賊と同じじゃない！」

「あんたたちはどうせ近いうちに死ぬんだ。そして、その船は天獄に落ちていくか、誰も知らない場所で放置されるんだ。そうなるぐらいなら、俺たちで有効利用しても許されるんじゃないか？」

「空賊だって、同じ理屈よ。あいつらは『どうせ村人たちはいつかは資源を使い果たして滅亡する運命だ』って思ってるんだわ。理論武装したって、強盗は強盗よ」

「悪いな。もう結論は出てるんだ」

　船は再び移動を開始した。

　母親は慌てて、装置類の調整を行った。「時間がなさ過ぎる！」

　セリヌンティウスたちの船は十数メートルの地点まで近付いた。

　赤く輝いていたコンソールの明かりがいっせいに緑に変わった。

「よし！　いくわよ!!」

　錨を一本引き抜き、鎖をがらがらと巻き上げる。前方の岩盤の亀裂に狙いを定め、錨を発射する。

　錨が突き刺さると同時に激しい振動が船を包む。

　またもう一本錨を引き抜き、前方に発射する。

　船体が激しく軋《きし》む。

「畜生！　モーターがいかれかけてる！」

「母ちゃん？」

「しばらく黙ってるんだよ！」母親は激しく、錨の手動操作を行った。「あともう少しだ。あと一分半逃げ切れば道は開ける」

　船を操るには両手を同時にしかもシンクロさせて動かさなければならない。僅かでもタイミングが狂えば、船はバランスを失い、岩盤から転落する。

「観念するんだ！」アンギラスが叫んだ。

敵の船はあと一〇メートルまで接近してきた。

「射程距離内に入ったぞ。このまま錨をその船にぶち込むことだってできるんだ。すぐに止まれ!!」アブラムが警告する。

「嫌なこった。止まっても、殺されるんだから、最後まで抵抗してみせるわ!」

「馬鹿な真似はよせ。俺の指示を聞けば、殺させはしない」セリヌンティウスは懸命に呼び掛けてきた。

「あと二〇秒で目が来る」母親は呟いた。

「聞いているのか!?」セリヌンティウスが悲痛な叫びを上げる。

「打てるもんなら打ってみな。錨がこの船に食い込んだら、あんたらの船も道連れだよ!」

「一隻なら、そうかもな。だが俺たちの船は三隻ある。周りを取り囲んで、同時に打ち込めばどうなるかわかるな」

「そう簡単に取り囲める?」

「そっちの船はもう限界だ。さっきから何度も錨の打ち込みに失敗してるじゃないか。それとも、あんたの肉体が限界なのか?」

セリヌンティウスの船は真後ろから迫り、アンギラスとアブラムの船は左右から追い抜こうとしている。

「セリヌンティウス、打ち込むタイミングはどうする?」アンギラスが尋ねた。「俺が合図を出そうか?」

「これが最後のチャンスだ」セリヌンティウスはまだ諦めていないようだった。「考えは変わらないか？」

「目に入ったわ！」母が歓声を上げた。

「セリヌンティウス、いくぜ！　俺の合図でいいんだな？」

「……ああ。準備はできている」

「それじゃあ、行くぜ。錨発射用意！　一、二、の……」

三隻の船は電磁衝撃を受けて、揺れ蠢いた。

「なんだ、こりゃ⁉」アンギラスが喚いた。「女のやつ。磁気エンジンを起動して飛んでいっちまったぞ！」

「どういうことだ⁉　磁場は安定しているぞ！　北限坊主はどうしたんだ？」アブラムが言った。

「畜生！　全部嘘っぱちだったんだ。俺たちを足止めするためにでたらめを言いやがった」

「いや。そうとは限らない」セリヌンティウスは冷静な口調で言った。「センサによると、プラズマ渦動が発生していたのは確かだ。だが、それが今ではすっかり収まっている」

「三〇時間は続くって言ってなかったか？　まだ磁気嵐が始まって十数時間だぞ」

「さばを読んだのか？」セリヌンティウスは考え込んだ。

「どうする？」アブラムが尋ねた。

「まず状況を分析して……」

「そんなことしてたら、あの女逃げ切っちまうぜ‼」アンギラスが口を挟んだ。

「今から、追いかけるつもりなのか⁉」セリヌンティウスは驚いたように言った。

「もちろんだ。あの船はもうかなりがたがきている。あれ以上の速度は無理だろう。余裕で追い付ける」

「深入りは禁物だ」

「あの女が反撃するとでも思ってるのか？　見ただろ。あいつは逃げるので精一杯だ。反撃しているのなら、とっくにしている」

「アンギラスの言うとおりだ」アブラムも賛同した。「おまえが反対なら、二人であの船を仕留める」

「どうやって攻撃する気だ？」

「手持ちの弾丸が二〇発はある」

「貴重な弾丸を使うのか？」

「無駄にはならない。あの船が手に入れば、お釣りがくる」

「待て。考えさせてくれ」

「もういい。俺たちはいくぞ」

「わかった」セリヌンティウスは根負けしたようだった。「あの船を攻撃しよう。だが、様子がおかしかったら、すぐに中止だ」

　アブラムとアンギラスはセリヌンティウスの言葉が終わる前に出撃していた。

「母ちゃん、あいつら追ってくるよ」

「そうだね」

「俺たち、死ぬの？」

母親は返事をせずに、別の話を始めた。「ナタ、ここは北限坊主の目なんだよ」

「どこにも目なんかないよ」

「見えない目さ。渦の中心近くでは、プラズマ渦動を引き寄せる磁場の力と遠心力が拮抗《きっこう》して、プラズマが筒状の壁になるんだよ。その内側では磁場が圧縮され、磁束密度が上がって、安定した状態になるの」

「よくわからないよ」

「わからなくても、よく聞いておくの。これから、とっても大事になるから」母親は苦痛の声を漏らした。

「どうしたの、母ちゃん？」

「何でもない。あんたは大きくなった。普通よりずっと遅いけど、それでも大きくなった。だから、もうそろそろ無理になったんだよ」

「何が無理になったの？……母ちゃん、俺、濡れちゃったよ。母ちゃん、口から血が出てる」

「あんたの足は大きくなったね。母ちゃんのおなかはもうはち切れたんだよ」

「母ちゃんが血を吐いたのは俺のせいなのか？」

「誰のせいでもない。母ちゃんの目論見《もくろみ》が甘過ぎただけさ」母親は苦しそうに船の操作を始めた。「プラズマは目に見えない。だけど、計器をみてりゃ、壁の位置はよくわかる」

母親は高度を上げ、地面すれすれを飛び始めた。

「母ちゃん、もう追い付かれるよ」

「そうだね」母親は減速を始めた。「だけど、もう少しだけ待たなきゃいけないんだよ」

「ついに観念したか！」アブラムの叫び声が無線装置から聞こえた。「あの女停船するぞ」

「わたしは降伏したりはしない」母親は錨の発射準備を始めた。

「馬鹿め。そんなもので応戦するつもりか？　こっちが射程距離まで近付かなけりゃ、全く効果はないぜ」

「銃撃してやる」アンギラスが言った。

「待てよ。撃ち落としたら、回収できなくなる」アブラムが懸念を示した。

「大丈夫だ。脅すだけだから」

ばらばらと弾丸が当たる音がした。いっせいに何百もの警報が鳴り始める。

「母ちゃん！」

「よし。今だ!!」母親は錨を岩盤に向けて発射した。

三本のうち、二本が突き刺さった。

「こりゃちょうどいいや」アンギラスが喜びの声を上げた。「これで安心して銃撃できる。中の人間を殺したり、エンジンを破壊しても落下することはない」

「アンギラス、よく狙えよ。操縦席を攻撃すれば、残りの船体はほぼ無傷で手に入る」アブラムも興奮状態だった。

「待て！」セリヌンティウスが制止した。「なぜ、女は急に逃げるのを止めたんだ？」

「そりゃ、観念したからだろ」アブラムが答えた。

「いや。あの女は諦めていない。何かがおかしい。攻撃は中止だ。すぐに撤退しよう」

「おまえ、血迷ったのか？　そこに宝があるってのにみすみす見逃せるかよ！」アンギラスが喚いた。「見てろよ！　一撃で決めてやる!!」

「アンギラス、落ち着くん……。うわっ!!」セリヌンティウスが絶叫した。

「なんだ、こりゃ!!」アンギラスも叫んだ。「磁場が……また、不安定に……」

「めちゃくちゃだ!!」アブラムの焦った声が聞こえた。「制御不能」

「撤退だ。早く逃げよう」セリヌンティウスが指示を出した。

「だめだ!!　もう失速する！」

「しまった！　まだ、北限坊主はここにいたんだ!!」

「あの、女、騙しやがったな！　撃ち殺してやる」

「やめろ、アンギラス！　まず船の体勢を立て直せ！」

アンギラスはセリヌンティウスの命令に構わず、銃撃を開始した。

弾はすべてあらぬ方へと飛んでいった。

そして、アンギラスの船もまたあらぬ彼方へと墜落していった。

残りの二隻はなんとか数秒間、持ちこたえたがふらふらと回転すると互いに干渉を始め、もつれるように落下していった。

一分程の間、男たちの言葉にならない咆哮が、無線装置から聞こえたが、やがてそれも消え去った。

「母ちゃん、俺たち勝ったんだよね」

「ああ、勝ったんだよ、ナタ」母親は激しく咳き込んだ。

＊

「ナタ、どうしたんだ？　しっかりしろ！」ヨシュアが呼びかけてきた。

今のは何だ？　夢？　いや、違う。記憶だ。幼い俺の記憶だ。

「駄目だ、カムロギ！」ナタは突然叫び出した。「磁場航行を今すぐ止めるんだ‼」

どうしたんだ？　磁場は充分に安定しているぞ。

「違うんだ。俺は思い出したんだ。磁気嵐が突然止むことはない」

しかし、現に磁場は安定しているぞ。

「回転するプラズマの壁の内側に入っただけだ。磁気嵐の中心だ。磁気嵐は移動し、やがてアマツミカボシは壁の外側に出てしまう」

アマツミカボシは上昇を開始した。そして、岩盤を掴んだその瞬間、プラズマの壁に激突した。

アマツミカボシが展開する磁場は激しく圧縮され、引き伸ばされ、捻じ曲げられた。

「磁場エンジンに過負荷がかかりました。緊急停止します」

磁場による激しい振動が弱まった。

「あと一〇秒、対応が遅かったら、間に合わないところだった」ザビタンが言った。「カルラも脱出できずに巻き込まれただろう。ありがとう、ナタ」

「いいや。俺はぼんくらだ。母ちゃんに教わったことをすっかり忘れちまってたんだから。礼を言うのなら、俺の母ちゃんに言ってくれ」

「母はどこにいるのか？」

「母ちゃんはここだ。俺の中にいる」

＊

「ナタ、よく聞くんだよ」母親は言った。「今から母ちゃんは宇宙服から出る」

「宇宙服を開けたら、二人とも死んじまうよ」

「大丈夫さ。今から船の中を空気で満たすから」

しゅうしゅうという音がだんだんと大きくなり、緑のランプが転倒すると共に止まった。

母親は浅い呼吸を何度も繰り返しながら、複雑な手続きを踏んで安全装置を順番に解除していく。本当は深呼吸をしたいのだが、ナタの身体で腹部を圧迫されているため、その余裕はない。

宇宙服が開いた。ナタは転がり出た。

錆《さび》臭い空気が肺の中に進入してくる。それは母親の体臭とは違う無機的な臭いだった。

母親が宇宙服から出てきた。全裸のその身体は酷く歪んでいた。胸から腹にかけてナタの身体を象《かたど》った凹みができていた。

「ナタ、立てるかい?」

ナタは立とうとしたが、そのままひっくり返った。「駄目だよ、母ちゃん」ナタはべそをかいた。

「泣くのはおよし。訓練すればすぐ歩けるようになる。あんたにはこれから宇宙服の使い方を教えるからしっかり覚えるんだよ」

「そんな大きなもの使えっこないよ」

「宇宙服よりでかい人間には使えないけど、小さい人間には使えるようにできているんだよ。ガス袋が隙間を充塡してくれるし、片腕はサーボ機構で動かせる。左腕と両足も動力はないけれど、伝達機関は生きているから、訓練すれば動かせるようになるはずだよ」

母親は数時間かけてナタに宇宙服の使用方法と磁気推進船の操縦方法を教えた。途中何度も咳き込み、血を吐いた。

「母ちゃん、もういいよ。また今度にしよう」

「ナタ、人生には無限の時間がある訳じゃないんだよ」母親は優しく言った。説明が終わった時、母親は尋ねた。「もう一人で使えるかい?」

「それは無理だよ。母ちゃんが使っているのを見てだんだんに覚えるよ」

「大丈夫。おまえはもう一人前の落穂拾いだよ」

ナタは母親の胸に飛び込んだ。

「だけど、今日はしばらくだけ母ちゃんの子供のままでいてくれるかい？　ほんのしばらくだけでいいから」

「もうこれからもずっと子供でいいよ」

心なしか母親からは熱が失われているような気がしたが、心地よい肌の柔らかさに包まれ、ナタはいつの間にか眠り込んでしまった。

目が覚めると、ナタは宇宙服の中にいた。母親はいない。ナタだけがガス充塡材の中に浮いていた。

右腕のサーボ機構を最大限に利用して、上半身を持ち上げる。すぐに母親は見付かった。僅かな出血を除いて、母親は真空の中でも奇跡的に美しい姿を保っていた。おそらく徐々に気圧が下がったため、急激な体液の沸騰が起こらず、徐々に蒸発乾燥したためだろう。その皮膚にはまだ弾力性が残っていた。たぶん、今でも微量の蒸発は続いているのだろう。

ナタはしばらく母親の美しい姿を眺めていたが、やがて決心した。

重い宇宙服を苦労して動かし、母親の身体を引き摺ると、食料生産用の再生装置に投げ込んだ。

Ⅲ　アルゴスの目

すでにアマツミカボシは中原から二〇〇万キロも北へと進んでいた。

地面の様子は相変わらずだった。

巨大な世界を覆《おお》いつくすごつごつとした巨大な岩盤。巨視的に見れば滑らかと言ってもよかったが、微視的には表面に数百メートルから数千メートルの凸凹があり、複雑な地形を形成していた。谷間のごくちいさな隙間の中には、礫《れき》や砂が僅《わず》かに存在していることもあったが、世界の大部分はほぼ一繋がりの岩に見えた。

ところどころ亀裂のようなものがあったが、ほんの数百メートルほどの高さしかない溝だと信じられていた。そうでなければ、巨大な岩は自らを支えることができず落下するはずだ。

しかし、カムロギはそのようなことは信じていなかった。幼い頃、そしてつい一年と数か月前、二度にわたって、「巨大で能動し生ける知能系」が世界から不安定要因を排除するのを目撃していたからだ。突発的な爆発などでクレータが発生すると、その周囲に幾何学的な境界が発生し、綺麗に切り取られ、落下してしまう。あの切断面は突然形成されたものではなく、元々存在していたとしか考えられない。つまり、世界は一辺数キロメートルの巨大なブロックの集合体であり、その最表面の一層だけが融けて繋がっているのに過ぎないのだ。

「とても信じられないわ」ザビタンが言った。「一辺数キロメートルの岩だとその重量は何十億トン、何百億トンになってしまうわ。そんなものが一〇〇メートルかそこらの表面の溶融領域で支持できるものかしら」

「なんだか、急に喋り方がくだけてきたな」ナタが言った。

翻訳機を微調整したんだ。前の外交交渉モードのままだと堅苦し過ぎる。

「いらないお世話よ。今、わたしの言葉はどう聞こえているの？　おかしかったら、元に戻して」

「いや。普通の友達口調だ」

「そう。じゃあ、好きにして。……それで、質問の答えは、カムロギ？」

岩は溶融領域で支えられているのではないんだ。いや。仮に岩が全部一繋がりの岩盤だとしても、とても自分自身を支えきれるものではない。岩は基本的にすべてが強磁性体なんだ。岩盤の中にはとてつもなく強力な磁場が存在して、それが全てを繋ぎ止めている。我々が飛行に利用しているのは、岩盤の微《かす》かな歪《いがみ》から僅かに漏れ出している磁場の残滓《ざんし》のようなものなんだ。

「それって、何か根拠はあるの？」

もちろん、ある。このシミュレーションを見てくれ、仮に歪の発生率を年間一ppmとすると……。

「それって机上の空論よね」

空論じゃない。現実を説明しうる唯一のモデルだ。

「それはあなたがそう思っているだけで、他にもっと現実的なモデルがあるのかもしれないわ」

しかし、これが考えうる中で、もっともシンプルなモデルだ。物理モデルは現実を説明しうるものの中でもっとも単純なものを採用すべきだ。

「それより、シンプルなモデルがないという根拠は？」

アマツミカボシの計算能力を使用しても現時点でそのようなモデルは見付かっていない。

これが根拠だ。

「それって、根拠としては薄弱過ぎない？」

そこまで厳密性を追求すると科学は発展できなくなるよ。当面思いつく限り、最も単純な仮説を採用する。矛盾点が出てきたら、また別のできるだけ単純な仮説を立てる。この繰り返しで、科学は徐々に精密になっていくんだ。つまり、仮説は近似でいい訳《わけ》だ。

「でも、その仮説って、本当に単純なの？　いくつか欠点があるように思えるけど」

どんな欠点？

「その強大な磁場の発生源は何なの？」

地中高くに埋まっている世界を取り巻く超磁力装置だ。

「そんなものを想定しなくてはならない理論が単純なの？」

だから、そんなものを想定しなくてもいい理論があるのなら、教えてくれ。

「つまり、現時点では情報が不足しているってことなのよ。無理に仮説を立てる必要はないわ」

しかし、世界の構造について仮説を立てないと、これからの行動計画が立てられない。

「そんな根拠薄弱な行動計画だったら、行き当たりばったりの方がよっぽどましだわ」

「おい。まだ不毛な議論を続けるつもりなのか」ヨシュアが口を挟んだ。「話がどんどんメタな方に進んでいって、収拾が付かなくなるぞ」

「机上の空論を弄《もてあそ》んでいるのはカムロギよ。わたしはそれが無駄だということを主張しているの」

行き当たりばったりを繰り返しているだけでは進歩がない。現実と仮説を比較検証して……。

「だから、もうそれはわかったよ」ナタは痺れを切らしたようだった。「俺が気になるのはいったいいつになったら、北の果てに到着するのかってことだ。カムロギ、あんたの理論でそれはわかるのか？」

現時点ではわからない。しかし……。

「了解だ。わかるようになったら、教えてくれ。それまでは一人で研究を続けるこった」

いったい、おまえたちときたら……。ああ。わかったよ。俺の理論がもう少し形になってきたら、みっちり講義してやるからな。

「前方に変化が現れました」突然システムが話し出した。「地平線の向こうに構造物が現れました」

どういうことだ？

「地平線は実在の地形ではありません。世界が丸いため、一定の距離以上遠くを観測できないゆえに、そこに地面と空の境界が見えるだけです。地平線の向こうのものが見えるというのはその構造物が低いから、地平線の下に頭を出しているということです」

「単なる山なんじゃないか？」ヨシュアが言った。

システム、映像で見せてくれ。

それは最初地平線下に見える小さな輝く点でしかなかった。しかし、近付くにつれ、ゆっくりと地平線から沈み丸みのある姿がはっきりと見え出した。曲率半径はおよそ一キロメートル。ほぼ完全な球面に近かった。材質は金属にもセラミックにも見えた。

材質の分析をしろ。

「なんらかの低反射素材でコーティングされているため、分析は困難です」

では、形状の分析を行え。

「球形部分は地面からおよそ二一六キロメートルの低さにあります。こちらからは少なくとも三か所の穴が観察できます。穴の直径は各々約二〇〇メートルです」

「直径一キロメートルの物体が地面からぶら下がってるって？　そんなことはあり得ないわ」

なぜそう言える？

「低さ二〇〇キロを超える山なんて力学的に不安定過ぎる」

「山とは限らないだろう」ヨシュアが言った。

「山でなかったら何？」

塔とか。

「低さ二〇〇キロの塔？　もっとあり得ないわ」

地平線から物体のさらに上部が現れ始めた。球形部分の上は地面に向かってなだらかに裾野を広げる円錐形の物体に繋がっていた。それは完全に幾何学的な円錐のように見えた。

システム、あの円錐があの角度で地面まで延長されているとすると、直径はどの程度になる？

「二〇〇キロメートルになります」

「確かに、それは山というよりは塔だ」ナタが呟《つぶや》いた。

「これは人工物なのか？」ヨシュアが尋ねた。

「その蓋然《がいぜん》性は九五パーセントです」

「何のための構造物だ？」

「不明です。ただし、頂下部の低さからすると、遠くを観測するため、もしくは遠くから観測させるための施設と考えられます」

「何だと思う、カムロギ？」ザビタンが尋ねた。

う〜ん。レーダの一種か、灯台かな？

「どちらにしても、なんらかのエネルギーを放射しているはずだわ。システム、あれは電磁波の類を放射している？」

「特に注目すべき放射は存在しません」

「そうかもね。でも、そうだという証拠はないわ」

間欠的な動作をしているのかもしれない。

「どうする？」ナタが言った。

「このまましばらく観察を続けるか、もしくはこちらから何らかの働きかけをするかだな」

ヨシュアが答えた。

「何らかの働きかけって何だ？」

「つまり、電波を使って呼び掛けるとか、積極的に接近してみるとか、あるいは気付いてもらえるようにこの辺りをうろうろするとか」

「あれが敵じゃないって根拠はあるのか？」

「なんでもかんでも敵だと考えるのはよい習慣じゃないぞ」

「アマツミカボシを見つけてからこっち敵でないやつに出会ったことあったか？」

ザビタンが咳払いをした。

「あんたは正真正銘の敵だったよ。なにしろ、俺たちと殺し合いをしたんだから」

ナタ、言い過ぎだ。

「本当のことだぜ」

「その通り。本当のことだわ」

だが、今では仲間だ。

「仲間？　単なるメンバーだよ」

同じことだ。

「全く違うさ。彼女と俺たちを結び付けているのは利害関係だ。俺とカムロギとヨシュアとは違う」

「もういい、ナタ」ヨシュアが言った。「彼女との関係はこれからゆっくり構築するとして、とりあえずはあの物体に集中しよう」

仮にあの物体が敵対的な存在だとして、我々はどう対処すべきだろう？

「先制攻撃《まず》あるのみだ」ナタが意気込んだ。

「それは拙い」

それは拙い。

「それは拙いわ」

三人が同時に答えた。

「あんたら示し合わせてるのか？」ナタが呆《あき》れて言った。

ちょっと考えればわかることだ。あれが敵でなかったとしても、こちらが攻撃した途端に敵になってしまう。

「もし、あいつがアマツミカボシやカルラのような怪物だとしたら、正々堂々とぶつかるのは得策じゃない。今までの戦いから何を学んできたんだ？　奇襲あるのみだ！」

「確かにあなたの言うことには一理あるわ、ナタ。でも、相手の能力を把握せずに戦うのもまた危険じゃないかしら？」

「相手の攻撃方法がわかった時点で、こっちは黒焦げさ」

回避した方がいいんだろうか？

「どれだけ、遠回りになるんだよ？」

ほんの二四万キロ程だ。たいした距離じゃない。

「時速一〇〇〇キロでのろのろ這いずっていったら、一〇日も余計にかかっちまうぜ」

他の二人の意見は？

「回避するのも一つの方法だと思う。ただし、回避した先にまた同じようなものがないとは言い切れない。様子を見ながら少しずつ近付いてはどうだろうか？　案外、何の反応もないかもしれない」ヨシュアが答えた。

「わたしは積極的に呼び掛けてみてもいいと考えている。もし相手から反応があれば、それが判断材料になる」ザビタンも答えた。

ナタ案は問題外として、ヨシュア案もザビタン案も決め手にかけるな。

「なんで、俺の案が問題外なんだよ⁉」

闇雲に攻撃を続けるような存在はいずれ排除される。ゲーム理論を学べ。

「それこそ机上の空論だぜ」

「呼び掛けることに拘《こだわ》ってはいないわ。慎重に近付いて反応を見るだけでも、なんらかの情報は得られるでしょう」

よし。では、ヨシュア案を採用する。少し目立つように、触手を伸ばして、地面から距離をおいてぶら下がる形にするのはどうだろうか？

「それでいいんじゃないか？」ヨシュアが言った。

システム、触手を伸ばして、アマツミカボシの身体を地面から離せ。およそ五キロ程度だ。

「了解しました」

アマツミカボシはするすると触手を伸ばして、自らを暗い深淵へと吊り下げる。

「向こうにはアピールできたかしら？」

あれがなんらかの知性を持っているのなら、すでに我々の動きを察知しているはずだが……。

「反応がありました」システムが言った。

通信してきたのか？

「おそらく違います」

どんな反応があった？

「遠赤外線の放射が確認されました」

「それはつまりあの物体の温度が上がったということか？」ヨシュアが尋ねた。

「そうです。現在、四〇〇ケルビンまで上昇しました」

「拙いんじゃない？」ザビタンの声が震えた。

そうだな。システム、触手を収縮して、アマツミカボシを吊り上げて地面に接触させろ。

温度が上昇したということは新たになんらかの動力が稼動した可能性が高い。タイミングからいって、アマツミカボシの動きに呼応するものであることはほぼ間違いない。そして、二〇〇キロを超える大きさの物体の温度をいっきに上昇させるほどの動力が必要なものがただの通信装置とは思えない。

「了解」システムが答えた。

その瞬間、激しい振動がアマツミカボシを襲った。

続いて、爆発音。

カムロギたちはそれぞれが緩衝剤に包まれているため、致命的な損傷は受けなかったが、一瞬前後不覚になる程の強烈さだった。

何があった？　システム、報告せよ。

「アマツミカボシの肩口から背中の一部にかけての部分がプラズマ化しました。急激な膨張のため、爆発が起き、全身に多大な損害を受けました。損害規模については現在精査中です」

乗組員は全員無事か？

「皆様、多少興奮されていますが、概《おおむ》ね無事です」

「そうとも言い切れないわ」ザビタンが答えた。「わたしの周囲は温度が急激に上昇しているわ」

システム、何が起こっている？

「ザビタン様はプラズマ化した箇所に近かったためです。まもなく温度は元の値まで復元します」

プラズマ化の原因は？

「あの物体から発射された高出力レーザです」

「ほら！　言わんこっちゃない!!」ナタが勝ち誇ったように言った。「すぐに反撃しろ！」

三六万キロも離れた敵にどうやって反撃するんだ？　システム、退避行動はとったのか？

「プラズマ化の兆候を察知してから一マイクロ秒後に触手を切り離すと共にロケットエンジンを点火して、後方へ退避しました。現在、敵から見てアマツミカボシは地平線の上に隠れている状態です」

三六万キロ離れた場所からで、あの攻撃力だったのか？　どの程度の出力だ？

「満足にデータをとれなかったので確度の低い推定ですが、一〇ギガトン級のエネルギーと考えられます」

「エクトプラズムのハイパービーム砲よりひと桁大きいわ」

「聞いたか、ナタ」ヨシュアが言った。「反撃は無謀だ」

「何か方法があるはずだぜ!!」

「じゃあ、その方法を思いついたら、教えてくれ」

システム、被害状況の分析は済んだか?

「はい」

報告しろ。

アマツミカボシの全体積の三〇パーセントが消失。また、消失部分を含めて五二パーセントが機能を停止しています。

「被害甚大じゃないか!」ヨシュアが呻《うめ》いた。「完全な敗北状態だ」

「そうとは言えないわ。相手からの追撃はないし、こちらは誰も死んでいない」

君の結論は?

「あの物体の目的は侵入者を追い払うこと」

自分のテリトリーを守っているだけってことか?

「そう考えるのが合理的だわ」

「そうだとしても、疑問は残るぜ」ナタが言った。「なぜテリトリーへの侵入を拒むんだ?それから、テリトリーを守りたいのなら追撃するのが確実だろう」

最初のは脅しで、次に進入したら、完全に叩き潰すつもりなのかもな。

「もしくは、追撃できない理由があるかだ」ヨシュアが補足した。

「何だよ、理由って？」ナタが訊いた。

「例えば武器がないというのはどうだ？」

「レーザがあるじゃないか」

「レーザは直進する。だから、地平線の上に隠れたものは狙えない」

「あれだけのパワーがあれば、岩盤を貫通して攻撃できるだろ」

「あの物体、もしくはあの物体を操作している者にも岩盤破壊に対するタブーがあるのだろう。そう考えるのが合理的だ」

「だったら、ミサイル攻撃をすればいいじゃねぇか？　あれだけのものを作る技術があるのにミサイルを作れねぇなんてことは考えられねぇ」

「逆じゃないかしら？」

逆って？

「あれの目的は自らのテリトリーへの侵入を防ぐことではなくて、我々が領域外へ出るのを防ぐことだとしたら？」

「何を言ってるのか、意味不明だぜ」ナタが言った。

いいや。興味深い意見だ。考慮に値する。

「つまり、今まで我々は自分たちが自由に動き回っていると思い込んでいただけで、本当は牢獄の中の自由だったということか？」

「その通り。そして、あの物体が看守という訳」

あれは死刑執行人ではなく、看守なので脱走を企《くわだ》てなければお咎《とが》めなしって訳か。しかし、なぜ我々は閉じ込められているんだ？

「何かとんでもない犯罪をしでかしたのかもね」

だとしても、それは俺たちの遥かな先祖のやったことだ。俺たちが閉じ込められる謂《いわ》れはない。

「わたしたちはそう思ってるけど、あいつはそう思っていない。もしくは何も考えていない自動機械なのかも」

システム、今の仮説を検証しろ。

「データが不足しています」

どうすればデータを補える？

「もう一度あの物体のテリトリーと想定される領域に侵入して反応をみるのが最適な方法と考えられます」

「よし。やってみようぜ！」ナタが言った。

直撃を食らったら、跡形もなく消滅しちまうぞ。もっと頭を使え。

「それにまずはアマツミカボシの修復が先だろう。今のままだと逃げるのもままならん」

システム、アマツミカボシの修復に必要な時間は？

「現状では、完全な修復は不可能ですが、九七パーセント程度なら回復可能です」

修復するのにどの程度の時間がかかる？

「約五二時間です」

「二日とちょっとだと？　本当か？」ヨシュアが驚きの声を上げた。「なんという速さだ！」

「はい。レギオンのナノロボット技術を入手したことにより、スピードアップが可能になりました」

「だったら、一〇〇パーセント修復もできそうじゃねぇか！」ナタが言った。

「岩盤から採取不能な物質もありますし、必要な加工技術が不足している部品もあります。完全復元は不可能です」

とりあえず、修復が済むのを待とう。それまではじっくりと計画を練るんだ。

「まさか三六万キロの彼方から攻撃できるなんて想定してなかったから、無防備に姿を曝《さら》してしまったけど、相手の攻撃力が判明した今となっては、まず探査機を地平線の向こうに送り込むのが適正な手順じゃない？」

反対の者は？

返事はない。

「こんなこと、いちいち多数決をとるのは非効率だわ」

我々は未知で、なおかつとてつもなく強力な存在と対峙しているんだ。見落としは極力避けたい。

「慎重過ぎては機会を逃すかも」

「ザビタン、君は我々と戦って敗れている」ヨシュアが言った。「自らの判断ではなく、カムロギのそれを信じてみてもいいのではないか?」

「あなたたちがわたしに勝てたのは運が味方をしてくれたから。……でも、運も実力のうちね。いいわ。カムロギに従うことにする」

システム、探査機を地平線の向こうに送り、あの物体を観察しろ。

「了解しました」

アマツミカボシの肩口から数十センチ程度の物体が飛び出し、ロケット噴射をしながら下降し、北へと向かって飛んでいく。

探査機からの映像をモニタに映せ。

アマツミカボシの周囲と大差ない荒涼とした世界の様子が映し出される。上部にはごつごつした岩塊、そして下には無限の闇とその中で輝く色とりどりの星々。

「あの物体が見えてきたぜ!」ナタが叫んだ。「まだ温度は高いまま……」

映像が途切れた。

「砲撃を受けたのか?」ヨシュアが言った。「前回より反応が速いな」

温度を見る限り、前回は攻撃の準備が整っていなかったと考えるべきだろう。今回はまだ臨戦態勢だった。

「じゃあ、待ってれば臨戦態勢は解除されるってことか?」ナタが言った。

そうだな。その可能性は高いな。解除されるのは、一分後かもしれないし、一〇〇世紀後かもしれないが。

「結局データは殆《ほとん》ど得られなかったか」ヨシュアが唇を噛んだ。

「そうでもないわ。当然推測してしかるべきことだけど、今の実験で再認識できた」ザビタンが坦々《たんたん》と言った。

何が認識できたんだ？

「タイムラグよ。探査機があの物体を確認してから攻撃を受けるまで二・四秒かかった」

ふむ。光の速度は有限だから当然の結果だな。こちらの光が向こうに届くまで、一・二秒、そしてレーザが届くまでさらに一・二秒だ。

「なるほど。このタイムラグを利用すれば、いくらでも長時間観測ができるという訳か」ヨシュアが感心した。

よし。二機目の探査機を投入しよう。

次の探査機は地平線ぎりぎりの高さをひょこひょこと上下して、観測を行った。

「おお。うまくいってるぜ！」ナタが歓声を上げた。

「敵は砲撃を繰り返しているわ。地面すれすれに存在する微量の分子がプラズマ化している」

だから、敵とは決まってないだろ。

「もう敵でいいんじゃないか？　攻撃してきたんだし。そんなことより、一定間隔で出たり入ったりを繰り返したら、周期を読まれちまうんじゃないか？」ナタが疑念を表明した。

そこはぬかりはない。周期は一定ではなく、ランダムに設定してある。……。ふむ。これは使えるかもしれない。

「カムロギ、何か思いついたのか？」ヨシュアが尋ねた。

あの物体は光速不変の法則により、一・二秒前の的に向かってレーザを発射するしかない。そして、そのレーザが的に到達するまでにさらに一・二秒かかる。

「それはもうみんな知っている」

つまり、往復二・四秒の余裕があるってことだ。

「それもさっき話に出ただろ」

その二・四秒の間に位置を変えてしまえばいいんだ。

「なるほど。しかし、位置を変えても、また照準を合わしてくるんじゃないか？」

それにはまた二・四秒かかる。その間にさらに位置をずらすんだ。

「うまくいきそうね」

「直感的には、うまくいきそうだな」ヨシュアが言った。「だが、実行する前にまずシミュレーションだ」

アマツミカボシの修復まで時間はたっぷりあるしな。……システム、アマツミカボシの体勢をあの物体から見て面積最小になるように保つとして、三六万キロ離れたレーザの砲撃を免《まぬが》れるのはどの程度の加速で動けばいい？

「それは難しい問題です。相手の戦略が明確でないので、算出は困難です」

単純に見える場所に撃ち込んでくると仮定してみろ。

「その場合、レーザの径をほぼ無視できると考えると、二・四秒で一〇〇メートル動けば充分です。その場合、加速度は三・五Gとなります」

「やったぜ、カムロギ！」ナタが叫んだ。「三・五Gなら耐えられるぜ!!」

「あの糞忌々《いまいま》しい肉塊を飲み込めばな」ヨシュアが苦々しげに言った。

「ちょっと待って。相手もそんなに馬鹿とは思えないわ。こちらが位置をずらすのは予測してくると考えるべきよ」

「だから予測できないようにランダムに動かすんだよ」ナタは勝ち誇ったように言った。

「確率の問題よ」ザビタンは馬鹿にするように言った。「わたしたちはどれぐらいの加速度に耐えることができるかしら？　短期的ではなく、数時間、数日間といった長期的なオーダーで」

数秒間なら、おそらく一〇〇Gまでは可能だ。長期的には一〇Gが限界だろう。

「仮に二〇Gまで耐えられたとするわ。二・四秒で五八〇メートル移動できる」

「ほら見ろ。充分だろう」ナタが言った。

「敵はどこにレーザを撃ち込むべきだと考えるかしら？」ザビタンはナタに構わず続けた。アマツミカボシの見掛けの位置を中心に半径五八〇メートルのどこかだ。

「敵がランダムに撃ち込んだ場合、命中する確率は〇・七五パーセントになるわ」

「ほぼゼロと言っても過言ではないぜ」

「一発だけならね」ザビタンは溜め息を吐《つ》いた。「一〇発なら七・二五パーセント、一〇〇発なら、五三パーセント。一〇〇〇発なら九二パーセント」

「砲撃のインターバルは結構あるんじゃねぇかな？　一時間に一発だったら一〇〇〇発撃つのに四〇日以上かかる」

「そうね。一秒間に一発だったら一七分かかるし、一マイクロ秒に一発だったら一〇〇〇分の一秒かかるわね」

「そんな数字何の意味もねぇ」

「じゃあ、もっと本番に近い形で実験してみたら、どうかしら？」

今みたいに、地平線すれすれを出たり入ったりするんじゃなくて、地平線の下に姿を見せたまま、ランダムに飛行させるということか？

「ええ。可能でしょ」

いいだろう。システム、探査機の加速度を二〇Gに制限して、あの物体の視界内をランダムに飛び回ってくれ。

「了解しました」

「これで、しばらく探査機がもってくれたら、いろいろと戦略が立てられるぜ」ナタが言った。

「探査機が消失しました」

「一〇秒もたなかったわ」

システム、砲撃のインターバルはどの程度だ?

「およそ〇・一二秒です」

「想像より遥かに速い」ヨシュアが悔しげに言った。「さて、どう対応する?」

いろいろある。まずあの物体に呼び掛けるのが一つ。それからあの物体を迂回するのも一つ。

「俺は呼び掛けに賛成だ、カムロギ」

「多数決とか気にしなくてもいいわ。あなたがリーダーなんだから、勝手に決めて」

「右に同じだ」ナタも譲歩した。

システム、あの物体に全言語で呼び掛けろ。我々に敵意はない。ただ、そちらの横を通りたいだけだ。

沈黙の中、数十秒が過ぎる。

返事はあったか?

「ありません」

「答える気なんかねぇんじゃねぇか?」

こっちに伝わってないだけかもしれない。

「探査機をもう一機飛ばして確認してみるか?」ヨシュアが提案した。

そうしてみよう。

みたび、探査機は発射した。そして、次の瞬間、吹き飛んだ。

「こちらの通信が伝わっていないか、もしくは伝わっていても無視しているようね」

回避するしかないか。

「まだ諦めるのは早いわ」

何か考えがあるのか？

「攻撃を避ける以外にも方法があるんじゃない？」

「そうだ！」ナタが賛同した。「攻撃は最大の防御だ!!」

「攻撃を受けてもダメージを最小限に抑えればいいのよ」

あれだけのパワーを反射することは不可能だ。プラズマでシールドを形成しても瞬時に吹き飛んでしまう。

「反射するんじゃなくて、あえて受け止めるのよ」

「死にたくなった時には役に立つ戦略かもな」ナタがちゃかした。

どういうことだ、ザビタン？　詳しく説明してくれ。

「難しい話じゃないわ。盾でレーザを遮《さえぎ》るのよ」

プラズマシールドは吹き飛ぶと言ったはずだ。

「プラズマじゃない。レギオンを盾にするのよ」

レギオンはレーザに耐えられるのか？

「レギオンを構成するナノロボットの構造を調整することで、反射率を九九・九九パーセントまで上げることができるわ」

凄い反射率だけど、あのレーザ砲には殆ど役に立たない。たとえ、〇・〇一パーセントでも吸収したら、あっという間にプラズマ化してしまう。

「そう。プラズマ化することでレーザのパワーを吸収し、散乱できるわ」

確かに、原理的には可能だ。しかし、その防御方法は非可逆的だ。レギオンを構成するナノロボットはどんどん崩壊し、失われていく。

「そこがこの防御の画期的な点よ。崩壊することによって、エネルギーを受け流すの。力技で反射するより、ずっと無理がないわ」

確かに、無理やり非破壊的な耐熱材料を使うよりも、融解・蒸発により熱を吸収する方が効率的な場合は多い。しかし、それは使い捨てが可能な用途に限っている。

「ここは柔軟な発想をすべきだわ。アマツミカボシを見て。崩壊してぼろぼろよ。これじゃあ、消耗品も同然じゃない。レギオンも同じよ。どうせ失われるのなら、使い捨てにしても構わないじゃない」

しかし、リスクが高過ぎる。まずはテストをしてみないと。

「テストの準備はできているわ」

アマツミカボシの体から黒い霧が放散し、それが黒い塊を形成した。

「こいつを探査機のように自動操縦にして、地平線の向こう側に送り込むんだな」ヨシュアが言った。

「ええ。でも、完全自動にはできない。レーザを受けると、プラズマ化と共に膨大な電磁バーストが発生するから、遠隔操作は難しいわ」

じゃあ、この計画は無理じゃないか。

「無理じゃないわ。近距離での通信は容易よ。わたしがカルラに乗り込んで直接操作すれば、何の問題もない」

君が危険を冒す必要はない。カルラをプログラムして、自動で動かせばいいだろう。

「残念だけど、それはできないわ。カルラは人の手でなければ動かせないよう設計されている。そもそもカルラやアマツミカボシのような超兵器を人間の制御下から解放するなんて危険なことは考えられないわ」

しかし、カルラでレーザ攻撃に曝されるのは、あまりに無謀過ぎる。それなら、アマツミカボシを実験台にしよう。仮に命中しても、なんとか耐えられることは実証済みだ。

「それは駄目だわ。万が一、母船であるアマツミカボシが修復不能なダメージを受けたら、もう冒険は続けられなくなる。それこそ元も子もないわ。カルラが再起不能になっても、アマツミカボシさえ無事ならいくらでも挽回できるけど、逆はあり得ない。カルラはアマツミカボシの母船になれないから、アマツミカボシを放棄せざるを得なくなるわ」

「もしザビタンの考えがうまくいくなら、あの物体を懼《おそ》れる理由はなくなる。この実験は是非ともやらなくてはならない」ヨシュアが言った。

「しかし、彼女を危険に曝すことになる」

「危険は覚悟の上よ。あなたたちだって、そうでしょ」

「しかし、わざわざ無謀な真似をする意味は……」

「カムロギ、彼女に任せたらどうだ？」ナタが言った。「ヨシュアが言ったように、この実験はどうせいつかやらなくっちゃならないんだ」

ザビタン一人を犠牲にするようなことはしたくない。

「何かっこつけてるんだ⁉」ナタは苛々《いらいら》とした口調で言った。「この女とはこの間まで、命の取り合いをしてたんだぜ！　本気でこいつの命の心配をしてるのか⁉」

「ナタ、陰口が過ぎるぞ」ヨシュアが言った。

「忘れたのか、ヨシュア！　カムロギはみすみすカリテイを……俺たちの大事な仲間を見殺しにしたんだぞ‼　それなのに、今は敵だった女のことを気に掛けてやがる！」

カリテイのことがあったからこそ、俺はリーダーとして、メンバーを誰一人犠牲にしたくないんだ。

「だったら、俺がいくぜ！　俺は絶対に死なねぇからな。リーダーの良心も咎《とが》めねぇだろ！　おい、ザビタン、カルラをちょっくら貸してくれねぇか？」

「それは駄目。カルラの支配権をわたし以外の人間に渡す気はないわ。あなたたちがわたしにアマツミカボシの操縦をさせてくれないのと同じよ」ザビタンは言った。「わたしを行かせて。それかリーダーとして最も合理的な判断よ」

カムロギは数分間考え込んだ後、結論を出した。

いいだろう。君が実験をしてくれ、ザビタン。ただし、一つ条件がある。少しでも危険を感じたら、ためらうことなく逃げ出してくれ。それから俺が逃げろと言った時も即逃げるんだ。約束できるな？

「そんな約束はしないわ」

だったら、実験はなしだ。

「カルラはいつでも、アマツミカボシから出ていけるわ」

そんなことはさせない。

「どうやって止めるの？　カルラと戦う？　そんなことをしたら、相討ちになるわよ。……。わかったわ。約束するわ。何か危険を感じたら、すぐ逃げる。それでいいのね」

約束は必ず守るんだぞ。さもなければ俺たちのチームから出ていってもらう。

「わかったわ」

カルラはアマツミカボシから分離し、レギオンがその周囲に集まり、円盤状の形態になった。くるくると回転し、遠心力でさらに広がっていく。やがて、金属光沢が現れ、鏡のように風景を映し出した。

あまり、薄くし過ぎると、防御効果が落ちるんじゃないか？

「ある程度面積がないと、カルラ本体を防御しきれないの。シミュレーションに基づいて、最適な形状を保つから心配しないで」

ザビタンはレギオンの形状とカルラからの位置の微調整を始めた。

数分後、ザビタンはついに宣言をした。「さあ、実験開始よ」

レギオンを伴ったカルラは垂直に降下し始める。

「まもなくあの物体の攻撃可能範囲に入ります」システムが言った。「ただ今、攻撃可能範囲に入りました」

永遠のような二・四秒が過ぎた。

「攻撃が始まりました」

命中したか？

「いいえ。まだ……。ただ今、命中しました」

被害は？

「レギオンの四〇パーセントが消失しました」

一撃でか？

「はい」

カルラ本体はどうだ？

「目だった被害はないようです。しかし、電磁バーストが激しく、詳しい状態は把握できません」

ザビタン、退避だ。今すぐ戻って来い。

「返事はありません」

カルラは動いているか？

「はい。予定通りランダムな退避行動をとっています」

どうして戻って来ないんだ？

「限界を探るつもりかもしれない」ヨシュアが言った。「あるいはレギオンの被害状況を把握していないのかも」

全チャンネルを使って最大出力でザビタンに連絡だ。今すぐ戻れと。

「呼び掛けています。ただ今、二発目がレギオンに命中しました。レギオンの六〇パーセントが消失しました」

限界だ。救出に向かう。

「諦めるんだ!!」ナタが叫んだ。「ザビタンも言っていた。アマツミカボシがやられたら、全てが終わる。俺たちの冒険も、あんたの馬鹿げた夢も、カリティの生きた証も。……畜生！　アマツミカボシは最後の希望なんだよ！」

「三発目が命中しました。レギオンの八五パーセントが消失しました。レーザの一部がレギオンを貫通し、カルラにまで到達しました。外殻が崩壊し、内部機構が丸見えになっています」システムが現状を報告した。「次にレーザが命中すれば、レギオン共々カルラは消滅します」

ザビタン!!

「バーストが大き過ぎるため、通信は困難です」

信号処理を施して、ノイズの中からカルラからの通信を抽出しろ！

「部分的にしか成功しませんでした」

構わない。再現しろ。

「退避行動……不能。……ランダムな動きを辛うじて……救出は不能……あなたたちは自分の冒険を続けて。わたしはわたしの冒険を完結させるから……」

ザビタン、レギオンを放棄しろ！　コンピュータの計算能力をカルラの飛行制御に振り分ければ、退避の成功確率を高めることができる。

「こちらの通信がザビタンに届く可能性は低いと考えられます。カルラの信号解析能力はレギオンの擬似人格システム——エリーの助力を得てなおアマツミカボシに劣りますし、ザビタンがそれを命じなければ、エリーが自ら実行することはありません」

カルラは赤く輝き始めていた。表面の物質がガスかプラズマとなり、真空の中に拡散していく。小さな爆発が連続して発生し、もはや形状を保てなくなりつつあった。

助けるんだ。俺はカリテイを助けられなかった。もうあんなことは御免だ!!

「カムロギ、落ち着くんだ！」ヨシュアが言った。「リーダーは時に冷徹な判断を下さなければならない。今こそ自分がリーダーであることを思い出すんだ！」

俺は……リーダー……。

「どうやら、おしまいらしいね」カリテイの静かな声が聞こえてきた。

カリテイ……。

俺は……リーダー……。

そして、もう誰も見殺しにはしない。

アマツミカボシは岩盤から触手を抜き去ると、空中で回転し、カルラへと向けて急加速を開始した。

「申し訳ありません。操縦者保護機能が働きました」システムが言った。「飛行を中断し、アマツミカボシを退避させます」

ヨシュアとナタが何か喚いたが、カムロギにとってはもうどうでもよかった。

操縦者保護機能停止。

「了解いたしました。今後六〇秒ごとに操縦者保護機能停止の延長の意志があるかどうかを確認いたします」

カルラは灼熱し、崩れ去ろうとしていた。

カムロギはアマツミカボシと神経を直結し、消えゆく命を摑み取ろうと腕を伸ばした。

伸ばした腕はプラズマとなり、吹き飛んだ。

全身のあらゆる場所に亀裂が入り、そこから細切れになった組織が真空中に噴き出し、天《てん》獄《ごく》へと落下していく。

「高度を維持できません。生命維持装置緊急停止します」

今度こそ、助けてやるぞ、カリティ。

「カムロギ、正気を取りもど……」ヨシュアの声が聞こえる。

触手の先にカルラが触れた。

ぼろぼろと小さく砕け散っていく。

摑んだぞ!!

「無理だ! 逃げ切れない」ナタが絶望の声を上げた。「推力が全然足りない」

カムロギはアマツミカボシの体内から核融合弾頭を低速で射出した。

それは胸のすぐ近くを漂っていた。

爆破。

核爆発とほぼ同時に、何かがアマツミカボシの胴体のど真ん中を貫いた。

カムロギたちは暗黒の中へと投げ出された。

そして、何もわからなくなった。


「カムロギ様、申し訳ありませんが、目を覚ましてください」システムが言った。

そうか。俺は眠っていたのか。いや。待てよ。何かおかしい。

「大丈夫でしょうか? 意識を失われるまでの状況の説明は必要でしょうか?」

そうだ。アマツミカボシは未知の物体からのレーザ攻撃を受けていたんだった。

アマツミカボシはカルラを救うためにレーザの射程内に飛び込んだのだが、カルラを回収した時にはもはや高度を維持するだけの推力もなかった。

だから、俺はあの時一か八か核融合弾頭を近距離で爆発させ、その力で射程外に飛び出そうとしたのだ。その後は覚えていない。

意識を失うまでの状況は把握している。知りたいのはその後の状況だ。核融合爆発の後、何があった？

「爆発とほぼ同時にレーザの直撃を受けました。アマツミカボシは胴体の大部分を失い、僅かに繊維状の組織で繋がっているだけの状態でした。操縦者保護機能が停止しているうえ、カムロギ様が意識を失われたため、完全に制御のはずれた状態になり、落下を始めた時、カムロギ様が設定した六〇秒が過ぎ、操縦者保護機能が再起動しました。システムはもう一度核弾頭を爆発させ、地面に近付くよう高度を上げると、触手を岩盤に撃ち込み、アマツミカボシを引き上げ、岩盤に固定したのです。現在、修復活動の効率化と防御のため、地面に固定したアマツミカボシをカーボンナノ合金チューブの繊維で形成したコクーンで覆っています」

他の乗組員は無事か？

「最終確認は済んでいませんが、他の三名もカムロギ様と同じく治療中で人工睡眠を続けています」

俺も人工睡眠処置を受けていたのか？

「はい」

ということは他の三人より、俺の回復が早かったということか？

「そうではありません。現在、治療を開始してから三日を経過していますが、カムロギ様は依然回復途上にあります。カムロギ様のご判断が必要な状況になったので覚醒していただいたのです」

ああ。またトラブルか。勘弁してくれ。

「ご説明してもよろしいですか？」

ちょっと待ってくれ。それは一〇ギガトン級のレーザ砲の射程に捉えられるよりもさらに絶望的な状況か？

『絶望的』の定義如何《いかん》ですが、少なくともあの時ほど逼迫《ひっぱく》した危機的状況にある訳ではありません」

だったら、構わない。説明を続けろ。

「現在、アマツミカボシは包囲されています」

何者だ？

「不明です」

敵の船の数は？

「一〇〇八隻です」

カムロギは心の中で口笛を吹いた。

アマツミカボシやカルラのような超兵器はあるか？

「そのようなものは見当たりません。大部分が通常の戦闘用の船か、通常の移動用の船を改造して武器を搭載したものです」

どの程度の火力を保有している？

「推定する根拠が不足しております」

仮に一隻の火力が空賊《パイレーツ》のそれと同程度だとすると、アマツミカボシに勝ち目はあるか？

「戦闘開始から三秒プラスマイナス二秒で船団を壊滅することができます。ただし、現在アマツミカボシの防御力はほぼゼロなので、相応の被害を受けます」

相応の被害とは、どの程度だ？

「恒久的に回復不能な損傷を受ける可能性が八〇パーセント以上あります。また、推進力を失い、落下してしまう可能性が四〇パーセント以上あります」

相討ちになる可能性が高いという訳か。戦いは避けた方が賢明だな。

「そのためには迅速なるご判断が必要です」

それほど逼迫していないのだろう？

「比較的逼迫していない状況です。ただし、時間と共に逼迫度は増しています」

何があった？

「船団から通信が入っています」

それを先に言え。内容は？

「オーパーツ、乗組員に告ぐ。早急にそのオーパーツを放棄して、我が軍に投降せよ」

通信が入ったのはいつだ？

「一時間前です。その後同じ内容の通信が継続して送られてきています」

時間を制限するような通信はないのだな？

「今のところありません」

敵の使用言語は？

「三二の言語で同じ内容の通信を送ってきています」

つまり、やつらはどうしても我々とコミュニケーションをとりたいということか？

「おそらくそうだと思われます」

船団への返信はしばらく待て。まず他の三人を覚醒させろ。

「覚醒手順は最短で五七分かかります」

構わない。

「優先順位を付ける必要はありますか？」

優先順位を付けると、どのぐらい時間差が発生するんだ？

「約五分です」

では、優先順位を付ける必要はない。今すぐ覚醒手順に入れ。

「了解いたしました」

三人の覚醒を待つ間、カムロギは船団の観察を行った。

船団は繭《まゆ》状のアマツミカボシを綺麗な円形に取り囲んでいた。円は三重になっていて、最前列のものが最も戦闘力が高そうだった。船団を構成する船はそれぞれ大きさも形状もばらばらだった。どうやら、軍隊のような組織のために一括して生産されたものではなく、すでに製造された船をあちらこちらから調達したといった印象を受けた。

船団からの通信にある「オーパーツ」というのは、どうやらアマツミカボシのような超兵器の怪物を指す言葉のようだ。ということは、彼らも怪物を知っていることになる。それがアマツミカボシ、ワイバーン、エクトプラズム、カルラ、レギオンのどれかのことなのか、あるいはそれ以外の怪物なのかで、船団の持つ情報の重要性は全く変わってくる。どちらなのか早く知りたいが、そのためには船団に対して返信しなくてはならない。返信するということは彼らの要請に対する回答も必要となる。

カムロギ自身はなんとか交渉を引き延ばし、アマツミカボシの修復を待つことはできないかと考えていた。アマツミカボシが修復されれば防御は完璧となり、船団の要求をはねのけたとしても、殆ど問題はないだろう。

だが、船団はそこまで甘くはなかった。

「ナタ様が覚醒されました」

では、ナタに現状の説明を行え。あとの二人が起きた時も同じ処置だ。

「了解いたしました。ところで、ただ今、船団からのメッセージの内容が変わりました」

翻訳しろ。

「即時オーパーツを放棄して投降せよ。猶予はあと一分とする」

仕方がない。こう返事をしろ。当方には敵意はない。敵と交戦してたまたまこの地点に不時着したまでだ。

「なぜ今まで返事をしなかったのか？」

大破した通信装置の復旧と言語の翻訳に時間がかかったからだ。

「このタイミングでちょうど装置が復旧し、翻訳が完了したのか。今のは質問ではないので答える必要はない。それよりも、まもなく猶予の一分が過ぎることに注意せよ」

現在、乗組員は負傷の治療中だ。あと数日待って欲しい。

「治療設備なら、我々の所有しているものを使用すればいい」

それにしても準備には時間がかかる。殆どの乗組員に意識がない状態だ。

「面倒だな。いっきに焼き払っちまえばいいんじゃねぇか？」ナタが言った。

システム、わかっているとは思うが、ナタの発言を翻訳するな。

「すでに翻訳を完了しております」システムが答えた。

何てことだ。こんな動作をするなんて致命的なバグだぞ。

「バグじゃねぇよ」ナタが言った。「俺は基本的に通信中の発言はすべて相手に伝えるようにシステムに指示しているんだ」

どうして、おまえにシステムに指示する権限があるんだ？

「カムロギ、あんたが俺に権限を与えてくれたからさ」ナタは朗らかに言った。

「そちらの秘密の会話が漏れてきた」船団からの通信が入った。「わざと盗聴したのではない」

ああ。こちらのミスだ。その内容は忘れてくれ。

「騙《だ》まし討ちをする気だったのだな」

攻撃を提案したのは一部……というよりも一人のメンバーに過ぎない。全体としての我々に攻撃の意図は全くない。

「判断は我々が行う。そのための時間が必要となったため、猶予はあと六〇分延長とする」

「なっ？　俺のおかげで時間稼ぎができたろう」

了解した。当方は延長時間を利用して投降反対派への説得を行う。通信終了。

「なんだよ？　もう降伏するのに決定しているのか？」

今、戦っても何もいいことはない。最悪、相討ちだ。

「運がよければ、無傷のまま敵を壊滅できるぜ」

敵って、この船団のことか？

「他にも敵がいるのか？」

彼らは敵ではない。ただ我々を警戒しているだけだ。

「警戒して包囲している時点で充分に脅威だ」

脅威イコール敵ではない。双方敵対する理由がないのだから無益な戦いは避けるべきだ。

「だからと言って、アマツミカボシを放棄するのは愚の骨頂だぜ！」

「わたしもナタに同意するわ」目覚めたザビタンが議論に加わった。

危険はとりあえず排除しようという方針か。しかし、ザビタン、君たちの同盟軍はその方針のおかげで怪物兵器を二体も失う羽目になってしまったことは覚えているだろう。

「今回の敵は天使を保有していない。状況が全く違うわ」

なぜ保有していないとわかるんだ？

「保有しているなら、ここに現れているはずよ。隠しておくメリットは全くない。アマツミカボシが酷《ひど》い損害を受けている時に天使の姿を見せ付ければ、こちらは間違いなく降伏するわ」

彼らの力を借りるのは、こちらにとっても有益かもしれない。

「こんな船団、殆ど戦力にならないわ。あのレーザ兵器に狙われたら、瞬く間に全滅よ」

力任せに立ち向かう以外にも戦術があるだろう。

「例えばどんな？」

「すまん。何の議論をしているんだ？」ヨシュアが割って入った。

悪いが、まずシステムの説明を聞いてから議論に参加してくれ。説明のための時間が惜しいんだ。

「わかった。とりあえず、これだけは言っておく。相手の正体もわからないのに闇雲に戦うのには反対だ」ヨシュアはシステムの説明を聞き始めた。

二対二で同数だな。

「ヨシュアは状況を把握していない。票には入らないぞ」

状況を把握してようがしてまいが、ヨシュアの意思での投票なら有効だ。

「フェアじゃないわ」

もちろん正式な回答はヨシュアが状況を把握してから行う予定だ。

「状況は把握した」ヨシュアが議論に復帰した。「もちろん戦いには反対だ」

「本当かよ!!」ナタが言った。「まだ一〇秒かそこらしかたってないぜ」

「だいたいのことがわかればいいんだ。アマツミカボシは何者かに包囲されている。それからナタがそいつらと戦いたがっている。あってるだろ?」

ああ。あっている。

「だったら、ナタに反対するのは論理的かつ倫理的だ。これに限らず、ナタには反対しておけばだいたい間違いない」

「平和的だと言っておきながら、喧嘩売ってるのはどこのどいつだよ!」

二対二なので、リーダーである俺が決断する。戦いはなしだ。

「じゃあ、無条件降伏するのか? ヨシュア、おまえだって、このままアマツミカボシをくれてやるのには納得できねぇだろ?」

「確かに、それは納得できないかもしれないな。カムロギ、どうするつもりだ?」

彼らに投降はするが、アマツミカボシを放棄するつもりはない。

「発言が矛盾しているわ」

正確に言うのなら、投降するジェスチャーをする。

「わかった! 敵の内部に侵入してから、反撃するんだな」

その可能性もゼロではない。しかし、可能なら、もっと平和的にやりたい。

「あと一分で時間切れだ」船団から通告があった。

結論は出た。今から、船外に全乗組員が出る。その前に君たちの標準言語を教えてくれないか？

「共通言語として使用しているのは主にこの三種類だ」船団から言語データが送られてきた。

了解した。システム、これらの言語データを俺たちに注入してくれ。

プログラムされたナノロボットを含んだ液体が脳内に注入される。カムロギは軽い吐《は》き気を覚えた。

「うわっ！　止めてくれ！」ナタが喚いた。「脳内回路を書き換えられたら、俺じゃなくなっちまう!!」

「今更、何言ってるんだ？」ヨシュアが呆れた。「おまえの脳内はとっくの昔に取り返しの付かないことになってるって」

カムロギたちは真新しい宇宙服の内部にいた。元々持っていたものとはまるで違っている。繋ぎ目が全く存在しない。着脱はアマツミカボシの内部でのみ可能だ。治療の残りはこの中で継続することになる。

「システム、射出しろ」

激しい加速度を感じたと思った瞬間、宇宙空間に漂っていた。宇宙服自体が強力な磁場を発生しており、アマツミカボシの発生するそれと相互作用して落下を防いでいるのだ。

「そのままじっとしていろ。少しでもおかしな動きを見せたら、集中砲撃を行う」船団から通信が入る。

「了解した」カムロギは久しぶりに自分の肉声を聞き、やや違和感を覚えた。

「残りの乗員はどうした？」船団からの質問が続く。

「これで全員だ」

「これだけの人数で、この化け物を動かしていたって？　馬鹿も休み休み言え」

「だが、実際にそうなんだ。嘘ならもっとうまく吐《つ》く」

「おまえら、実は怪物のことあんまり知らねぇな」ナタが言った。

「おまえは静かにしていろ、ナタ」ヨシュアが嗜《たしな》めた。

「このオーパーツはワイバーン、カルラ、エクトプラズムのうちのどれだ？」

「こいつの名前はアマツミカボシだ」

　厳密に言うなら、カルラとレギオンも含んでいるが、目に見えているオーパーツと解釈すれば、嘘という程でもない。

「まさか、また新しいオーパーツが見付かったというのか？　我々が把握しているオーパーツはワイバーン、カルラ、エクトプラズム、そしてアルゴスの目だけだ」

「最後のは何だ？」

「アルゴスの目はおまえたちを撃ち抜いたあの超レーザ砲のことだ」

「あれもオーパーツなのか？」

「オーパーツには厳密な定義は存在しない。おまえたちがオーパーツだと信じているこの兵器を打ち負かしたのなら、オーパーツと呼んでもいいのではないか？」

「了解した」

「おまえの名は？」

「まずそちらから名乗るのが礼儀ではないか？」

「立場を弁《わきま》えろ。我々は対等ではない」

「我々は捕虜か何かなのか？」

「おそらくそれに準ずる者だ」

「しかし、我々とおまえたちは別に戦闘状態にあったわけではない」

「一方的に我々の領域に侵入してきたのはおまえたちの方だ」

「事情はわかっているはずだ。俺たちがアルゴスの目に撃たれたのは知ってると言ったな」

「だから？」

「我々は善意の被害者なのだから、それなりの対応をしてもいいのではないか？」

「自ら危険に飛び込んだ馬鹿者を客人として待遇しろと？」

「馬鹿者だというだけで、捕虜扱いはないだろう」

「ここは我々の領域だ。我々のルールでやらせてもらう。今すぐ攻撃を加えてもいいのだぞ」

「おい。カムロギ」ナタが痺れを切らして言った。「こいつらに言いたい放題させておいていいのかよ？　今すぐ焼き払えば、すっきりするぜ」

「我々は事を構えるつもりはない」カムロギは断言した。「わたしの名前はカムロギだ。ア
マツミカボシのリーダーだ」

「所属する村は？」

「村には所属していない」

「じゃあ、個人でオーパーツを所有しているとでもいうのか？」

「個人じゃない。仲間たちと共有だ」

「おまえら、空賊か？」

「ああ。俺たちはカムロギ空賊……」ナタが話し始めた。

「ナタ、黙ってろ！」カムロギは少し口籠《くちごも》った。「俺たちは空賊ではない。……落穂拾いだ」

　しばらくの沈黙の後、船団からの通信から笑い声が聞こえた。「じゃあ、何か？　このアマツミカボシとやらも拾ったって訳か？」

「信じられないかもしれないが、そうなんだ」

「俄《にわ》かには信じ難い。おまえたちはなんらかの事実を隠して、我々のテリトリーに侵入したとしか考えられない。したがって、スパイ容疑で連行する」

「まあ、どう転んでもそうなったんだろ。ところで、あんたの名前と村の名前は訊いていいい

かな？」

「俺の名前はツヌガアラシト。我々が所属するのは単なる村ではない。連合国家アッバースだ」

カムロギたちは船団の中で最も巨大な船に誘導され中に入った。そこは倉庫のような殺風景な場所だったが、ハッチが閉じると同時に空気で満たされた。

部屋の中に武装した数十名の人間たちが入ってきた。先頭を歩くのは軍服を着た銀髪の若い男だった。

「どいつがカムロギだ？」若い男は言った。

「俺だ。あんたがツヌガアラシトか？」

男は頷《うなず》いた。

「あんたがこの船団の司令官だと考えていいのか？」カムロギが尋ねた。

「形式的には大統領閣下が最高司令官だが、実質的にわたしだと考えても差し支えない」

「さっき連合国家と言ったと思ったが、こんな北限にそれほどの規模の村があるのか？」

「現に一〇〇〇隻以上の艦を保有しているのが証拠にならないと考える理由は何だ？」

「この船団だが……」

「艦隊だ」ツヌガアラシトが訂正した。

「強大な国家が編成した艦隊なら、艦船の形式や大きさはこれほど雑多なものにはならない。

これらは寄せ集めだ」

「軍隊に詳しいような物言いだな」

「詳しいのがおかしいか？」

「落穂拾いは戦いを好まないという噂だが」

「それは本当だ。だが、絶対に戦わないという訳ではない。落穂拾いは生き延びることを最優先する。だから、戦いは極力避けようとする。領土や名誉のためには決して戦わない。だが、戦わなければ生き延びられない状況に陥れば、戦うことは厭《いと》わない」

「軍隊に所属していたのか？」ツヌガアラシトの眉が動いた。

「インドラ戦役の時にヴォータンに雇われていた」

「なるほど。傭兵か。落穂拾いが生き延びるために仕方なく傭兵になったと？」ツヌガアラシトは鼻で笑った。

カムロギは答えなかった。

「答えたくなければ答えなくていい」ツヌガアラシトは不敵な表情で言った。「先程の雑多な艦船についての疑問は、アッバースを直接見れば解決するだろう。……では、これから君たちをアッバースに護送する」

「ここから遠いのか？」

「それほど遠くはない。四〇万キロ程だ。この船の巡航速度は時速三六万キロメートルに設定してあるので、七〇分弱で到着する」

捕虜としての扱いはそれ程悪いものではなかった。テーブルと椅子が用意され、飲み物や軽食も提供された。ただし、宇宙服を着ているため、それらを飲み食いすることは適わなかったが。

「まずは、我々の調査隊をアマツミカボシの内部に侵入させたいのだが、手順を開示してくれないか？」ツヌガアラシトはいきなり切り出してきた。

「それは不可能だ。アマツミカボシは俺を操縦者だと認識している。俺が乗り込んでいない状態で、誰かが侵入しようとすると強力に排除されることになる」

「一〇〇〇隻の船が攻撃することになるが？」

「怪物……オーパーツの威力は知っているだろう。現在、飛行能力が修復中なので、あの場に留まっているが、いざとなれば一〇〇〇隻の船は一瞬で焼き払われる」

「そんなことになれば、おまえたちの命はないと思え」

「そう言われてもどうしようもない」

「アマツミカボシの自己防衛機能を解除せよ」

「そのためには、一度俺がアマツミカボシに乗り込まなければならない」

「遠隔操作しろ」

「そんなことが可能だったら、他人の成りすましで乗っ取られてしまう。アマツミカボシのセキュリティは甘くはない」

「どうも、そちらに都合が良過ぎる話だ」

「そちらがどう思おうと勝手だ。我々としては真実を話すしかない」

「ところで、そっちの二人は言葉がわからないのか？」

ナタとヨシュアはしばらく無言で互いを見詰め合っていたが、まずナタが口を開いた。

「いいや。ちゃんとわかっているよ。出る前に脳に気色の悪い虫を注入されたから」

ヨシュアは溜め息をついた。「まあ。おまえが黙っているとは期待してなかったよ」

「やはり理解していたか」ツヌガアラシトは満足げに頷いた。

「誤解して欲しくはないんだが」カムロギが説明を始めた。「別に君たちを欺《あざむ》こうとした訳じゃない」

「気にする必要はない。交渉のテクニックとして、言葉が通じないふりをするのは常套手段だ。時間稼ぎもできるし、相手が気を許して仲間に喋る重要事項の盗み聞きもできる。それ自体は悪いことではない。むしろ、彼が正直なのには驚いた」

「俺も正直に話すが」ヨシュアが言った。「彼は正直だが、この中で一番君たちに友好的だという訳ではないんだよ。君たちへの攻撃を提案したのは彼だ」

「それを聞いてさらに気に入った」ツヌガアラシトはますます満足げに微笑んだ。「名はなんという？」

「俺はナタ。こっちはヨシュアだ」

「では、ナタ、君に免じて、カムロギの言ったセキュリティ云々《うんぬん》という寝言を信じることにしよう」

「寝言と言ってる時点で信じてねぇんじゃねぇか⁉」

「言葉の綾だ。正確には信じているという体裁で話を進めるということだ」

「これから我々はどうなるんだ?」カムロギが尋ねた。

「アッバースに到着したら、大統領府に向かう。そこで、尋問を受けることになる」

「大統領自ら尋問するのか?」

「彼は立ち会うだけだ。実際の尋問は補佐官たちが行う。まあ、気が向けば閣下自らがお声を掛けてくださるかもしれないが」

「つまり、大統領と直接交渉するチャンスがあるということか?」カムロギは目を輝かせた。

「可能性はあるということに過ぎない。過度な期待は禁物だ」

「可能性があるということだけで希望が見えてきた」

「まあ、夢を見るのは自由だが……」ツヌガアラシトはカムロギたちを呆れ果てた様子で見詰めた。


アッバースが視界に入った時、カムロギは天地が逆転したかのような錯覚に襲われ、眩暈《めまい》を覚えた。

地平線の彼方からゆっくりと現れたそれは、地面に張り付いた色とりどりの星々からなる星座のようだった。いやむしろ密集している様子は星団に近いかもしれない。特大の大きさの星団だ。ただし、本物の星のように見下げるのではなく、見上げなくてはいけないのが奇妙な印象を与えた。

星々は地平線から次々と姿を見せた。赤、橙、黄、緑、青、藍、紫、白、様々な光点は明るさも様々で星屑のようなものから眩《まばゆ》くて思わず目を背けそうになるものもあった。やがて、光点群は頭上の全地に広がる一大パノラマとなった。

「ありゃ、いったい何なんだ？」ナタは呆然と光の大集団を眺めていた。

「世界で最も美しい都市アッバースだ」

「いったいぜんたい、なんでまたあんな妙ちきりんな都市を造ったんだ？」

「いや、ナタ。あれは造ったんじゃない。できてしまったんだ」ヨシュアがアッバースを見ながら、呟くように言った。

「何を言ってるんだ？　都市が勝手にできる訳ないだろ」

「もちろん人為的に造られたものだ。だが、計画的ではない。自然発生的な起源を持つものだ」

「なるほど」ツヌガアラシトが言った。「ヨシュアはそこそこの洞察力を持っているようだ」

アッバースを構成する光の粒の一つ一つがはっきりと形を持って見えてきた。

「船……か」ナタは目を丸くした。

アッバースには建物は一つもなかった。あるのはただ無数の船ばかりだった。大きさも形もばらばらな船と船の間にはフレキシブルな管状通路が張り巡らされていた。

「なぜ大艦隊を持っているのか、そしてなぜそれらが寄せ集めなのかがわかったぞ」カムロギが言った。

「俺にはちんぷんかんぷんだが」ナタが目を白黒させた。

「つまり、彼らは俺たちと同じなんだ。北限を目指して、挫折した者たちなんだ」

ツヌガアラシトは頷いた。「概ねあっている。ただし、アッバースの歴史は古い。何代にも亘《わた》って、この場所に定住している」

「そして、その年月の間にも新たな挑戦者たちが失敗し、ここに辿り着いたんだな。……俺たちのように」

「様々な時代の様々な村からの漂着者によってアッバースは形成されている。アッバースの持つ知識は広くかつ深い。天獄の深淵のように」

「そいつはどうかな?」ナタが言った。「いくら群れても所詮《しょせん》は敗者が傷を舐め合っているだけだろ?」

「でかい口を叩くのはアッバースの中心部を見てからにしてもらおう」ツヌガアラシトは低い声で言った。

カムロギたちを乗せた船はアッバースの中央部で最も目立つ船へと近付いた。大きさは数百メートル。アマツミカボシと並んでも見劣りしない程の巨大さだった。

「あれがアッバースの中心部——大統領府だ。議事堂と大統領官邸を兼ねている」ツヌガアラシトが説明する。「我々はヤマトと呼んでいる」

「確かに巨大だな」カムロギが言った。

「あんなでかいもの見たことねぇ……と言いたいところだけど、エクトプラズムやアルゴスの目を見た後じゃあ、貧相に見えてしかたねぇや」ナタが強がった。

やがて、船はヤマトとドッキングした。

三人は銃を持った兵士たちに囲まれ、ヤマトの中へと誘導された。

通路の幅は一〇メートル程もあり、歩道と車道とに分かれており、車道には電気自動車がめまぐるしく走り回っていた。

三人は呆然と自動車の流れを見ていた。

「どうだ？　驚いたか？」

「確かに驚いた」カムロギが言った。「ただし、技術力に驚いたのではない」

「そうだ」ヨシュアが言った。「これだけのエネルギーを無駄遣いしていることに驚いているんだ」

「無駄遣いだと？　おまえたちがアマツミカボシを飛ばすのに、どれだけエネルギーがいるんだ？　そして、オーパーツ同士の決戦にはどれだけの資源を無駄に費やしたんだ？」

「すべて避け得なかったことだ。しかし、船内交通のために、これだけの自動車は必要ない。自転車でこと足りるだろう」

「自転車だと？　それでは、アッパースの威信が示せない。我々は客人に対し、アッパースの豊かさを知ってもらう必要がある」

「これだけのエネルギーをどこから調達してるんだ？」ナタが尋ねた。

「アッバースの面積を考えればわかるはずだ。アッバースは一万平方キロに亘って広がっている。そこから得られる地熱の量は膨大だ」

「確かに絶対量は膨大だろうけど、エネルギー密度は世界中で殆ど同じはずだ。ヤマトにエネルギーを集中させれば、他の船ではエネルギーが不足してしまうじゃねぇか」

「何でも平等にばら撒けばいいというものではない。適度な集中があってこそ、偉大な進歩が達成されるのだ。……さあ、この車に乗ってもらおう」

カムロギたちとツヌガアラシト、そして兵士たちは大型の車に乗り込んだ。

一分後には目的地に到着した。

「徒歩で充分だった」ヨシュアが呆れて言った。

この部屋が査問会の会場だ。

「査問会の目的は何だ？」カムロギが尋ねた。

「おまえたちの目的を知ること、そしてアマツミカボシについての説明を受けることだ」ツヌガアラシトが答える。

「説明する気なんかねぇよ」ナタが軽口を叩く。

「おまえたちには黙秘権はない」ツヌガアラシトが断言した。「閣下の御前で包み隠さず全てを曝《さら》け出せ」

部屋の中には壁沿いに数十人の人間が座っていた。一段高いところから全体を見下ろしている小太りの男が大統領だろうか？

「これより査問会を始める」大統領の足元に座っている女が言った。「まずわたしから訊こう。おまえたちは何者だ？」

「この国の人間は一人残らず礼儀知らずらしい」カムロギは言った。「まず自らを語れ」

　補佐官たちはざわついた。

「わたしはアッバース大統領の第一補佐官ジョウガだ。これで満足か？」

「まだだ。そいつは誰なんだ？」ナタは大統領を指差した。

「貴様！」兵士たちが銃をナタに向けた。

「やってみろよ!!」ナタは挑発した。

「止めろ、ナタ」カムロギは制止した。「ここで争いを起こしたら、計画が台無しだ」

「計画？」大統領が興味を示したようだった。「計画とは何だ？」

「閣下、直接言葉を交わすことはお避けください」ジョウガが顔色を変えた。

「構わぬ。おまえたちに任せていては埒《らち》が明かぬ」

「あなたは何者か？」ヨシュアが尋ねた。

「わたしはアッバースの大統領ラーヴァナである」

「大統領、計画について説明する前に言っておきたいことがある」カムロギが言った。「この宇宙服はそれ自体が兵器なのだ」

兵士たちはカムロギにも銃を向けた。

「もし発砲すれば、自動的に反撃を開始する」

「我々の武器を過小評価してもらっては困る」ツヌガアラシトが言った。「その宇宙服がどんな物質からできていようが、充分なエネルギーを与えれば溶解するだろう」

「確かにそうだが、この宇宙服は核爆弾を搭載している。勝ち目がないと判断したら、自爆する」

「嘘だ」

「嘘ではない」

「アマツミカボシは操縦者であるおまえを守ろうとするはずだ。そんな自爆前提の爆弾を装備させるはずがない」

「じゃあ、試してみるか？　大統領を道連れにする勇気があるのなら」

ツヌガアラシトは笑い出した。「おまえたち本当に大統領閣下がここにいると思っているのか？」彼は片手の指を立てた。

大統領の姿が揺らぎ見えなくなった。

「ホログラムだということはセンサでわかっていた」カムロギは身じろぎもせずに言った。

「だったら、大統領を道連れにすることはできないとわかっているだろう」ツヌガアラシトが腕を下げると、再び大統領の姿が現れた。

「いや。道連れにできる。俺たちが死んだら、彼女が黙っていない」

「彼女？」

「将軍、アマツミカボシ付近から未知の物体が現れました」突然、部屋に若い兵士が飛び込んできた。「アッバースに向かって突進してきます」

「貴様、騙したな！」ツヌガアラシトはカムロギを睨《にら》み付けた。

「なんのことだ？」

「おまえはアマツミカボシの操縦者ではなかったんだな！」

「俺はアマツミカボシの操縦者だ」

「じゃあ、なんで勝手にアマツミカボシが動き出したんだ？」

「アマツミカボシは勝手に動き出したりはしない」

「将軍、その物体は漆黒の赤ん坊です」兵士が報告を続けた。

「カルラか？」ツヌガアラシトは呆然と言った。

カムロギは宇宙服の中で頷いた。

「まさか、二体のオーパーツが一緒にいたなんて……」

「カルラもダメージを受けてはいるが、形状が小さい分修復も早かった。我々が死んだら、カルラの操縦者は君たちを敵と看做《みな》すだろう」

「他のオーパーツはどうした？　カルラは二体のオーパーツと同盟していたという情報を摑んでいるが」

「ワイバーンとエクトプラズムはすでに倒した」

補佐官たちから驚嘆の声が漏れた。

「おまえたちは宣戦布告をしているのか？」ラーヴァナが尋ねた。

「そのつもりなら、のこのこやってきたりはしない」

「目的はなんだ？」

「アッバースの力が借りたい」

「我々を征服してか？」

「そのつもりはない。我々は国家の経営などという厄介ごとを背負い込むつもりは毛頭ないのだ」

「俺は別にここの国王になっても構わないぜ。一度、専制君主ってやつをやってみたかったんだ」ナタが提案した。

「やはり……」ラーヴァナが呟いた。

兵士たちは引き鉄《がね》に指を掛けた。

「おまえは黙っていろ、ナタ！」ヨシュアが怒鳴りつけた。「ラーヴァナ、こいつは悪ふざけの度が過ぎるだけだ。気にしないでくれ」

「つい、本音が出ただけではないのか？」ラーヴァナが疑いの眼差しを投げ掛ける。

「やるつもりなら、とっくに仕掛けている」カムロギが言った。「我々がわざわざここに来た意味を考えてくれ」

「アッバースの力を何に使うつもりだ？」

「アルゴスの目を破壊する」

補佐官たちが声を上げた。

「血迷ったか!?」

「不可能ではない」

「オーパーツが二体で戦っても勝てなかった、おまえたちは身を以《もっ》て体験したのではないか?」

「二体では勝てなかった、それだけのことだ」

「アッバースが協力すればアルゴスの目に勝てるというのか?」

「おそらく」

「本当に勝算があるのか?」

「おおよその計画はできている。詳しい計画には精度の高いシミュレーションが必要だがな」

「到底信じられない」

「俺たちのやってきたことを見ろ。ただの落穂拾いがオーパーツを手に入れ、二体のオーパーツを倒し、一体と仲間になった。こんな話、信じられるか?」

「アルゴスの目を倒せたとして、我々が何を得られるというのだ?」

「本来の目的を達成できる。アッバースの目的は北限を越えることだろ」

「建設当初はそうだったかもしれない」ラーヴァナは言った。「だが、アッバースは変質した」

「いや。今でも最終的な目的は北限を越えることなのは間違いない」ツヌガアラシトが言葉を挟んだ。「ただ、今がそのための最適な時期ではないかもしれないということだ」

「差し出がましいぞ、ツヌガアラシト将軍!」

「はっ!」ツヌガアラシトは頭を垂れ、引き下がった。

「我々はここに文明の基盤を築き上げた」ラーヴァナはカムロギに語りかけた。

「確かに立派なものだ」

「アルゴスの目と戦ってどういう得がある?」

「北限の向こうの世界だ」

「それはどんな世界だ?」

「それを知るために行くんだ」

「ここよりましな世界だという保証はあるのか?」

「それはあなた方の価値観による」

「我々はここで満足している」

ツヌガアラシトは顔を上げた。だが、目を瞑《つむ》ると再び、顔を下げた。

「確かに、空賊や落穂拾いの生活よりは楽かもしれないが……」カムロギが言った。

「北限を目指す考えの足りない者たちは後を絶たない。そして失敗者は我々に新たな情報とエネルギーを供給することになる」ラーヴァナが言った。「ここが最終のゴールなのだ。幸せはここにある」

「それはあなたの価値観だ。それがアッバースの総意と言えるのか？」カムロギはちらりとツヌガアラシトを見た。

「国民一人一人の意見は気にする必要はない。わたしこそがアッバースの意思なのだ」

「補佐官たち、それでいいのか？」

補佐官たちは互いに顔を見合わせた。そして、中の一人が口を開いた。「確かにおまえたちの提案には検討の価値が……」

その時、ジョウガが遮るように言った。「検討の余地はない。大統領の判断は正しい。これにて審議は終了する」

「国民の意見を無視するのか？」

「わが国は民主集中制を採用している。国民より選ばれた大統領の意思が国民の意思そのものであることは明白だ」

「なるほど。そういうことか」カムロギは溜め息を吐いた。「こいつはちょっとばかり厄介だぞ」

「で、どうするんだ？」ナタが言った。「こいつらと一戦交えるか？」

「彼らと戦争しても何も得られない」

「こいつらの軍隊を使って、アルゴスの目を潰せばいい」

「それでは、彼らにとって我々は侵略者となってしまう」

「それが何か拙いのか？」

「人は侵略者に心から従いはしない」

「構わねぇさ。脅しつけて従わせればいい」

「常に彼らを監視しながら、アルゴスの目と戦えというのか？　現実的にあり得ない」

「一発かませれば、逆らったりしねぇぜ」

「恐怖による洗脳は効果が薄い。ひとたび反乱者が現れれば、一斉にそっちに靡《なび》いてしまう」

「理想を追求しても何も解決しねぇ」ナタは痺れを切らした。「ザビタン、聞こえるか？」

「ええ」

「こっちの話を聞いてたか？」

「ええ」

「ヤマトの内部を盗聴していたのか？」ラーヴァナが驚きの声を上げた。「そんなことは不可能なはずなのに」

「オーパーツの技術は一筋縄ではいかんのだ。覚えておくことだな」ヨシュアが説明した。

「あんたはどう思う？」ナタがザビタンに尋ねた。

「カムロギは甘過ぎると思うわ」

「じゃあ、俺に賛成か？」

「そうなるわね」

「駄目だ。俺とヨシュアは侵略には賛同しない」カムロギが言った。

「それが何か？」ナタが鼻で笑った。

「おまえたちの意見は多数決で否決される」

「残念ながら、そうはならない。なあ、ザビタン」

「ええ。これから起こるのは、カルラがやること。つまり、カルラの操縦者であるわたしの意思よ」

「カルラはアマツミカボシの一部だ」

「さっきまではね。でも、今はもう違う」

「ツヌガアラシト、戦闘態勢に入れ！」ラーヴァナが命じた。

「ラーヴァナ、聞いてくれ！　これは本意じゃない！」カムロギが叫んだ。

「了解しました」ツヌガアラシトはラーヴァナに答えた。「しかし、彼らと戦うのが得策とは思えません。どうせオーパーツと戦わなくてはならないのなら、カルラとではなく、アルゴスの目とでもいいのではないでしょうか？」

「おまえにはわたしに意見する権限などない。どちらと戦うのが合理的かは自明のことだ。カルラとアマツミカボシは二体が協力してなおかつアルゴスの目に勝てなかった。ならば、カルラの方がアルゴスの目よりも弱いという結論になる」

「まもなく、カルラがアッバースに到着します」

「ツヌガアラシト」カムロギが言った。「最速の船を使えば、どのぐらいの時間でアマツミカボシのコクーンに辿り着くことができる?」

「何をする気だ?」

「アマツミカボシを動かし、カルラを阻止する」

「無駄よ」ザビタンが言った。「今のアマツミカボシは移動するのが精一杯だわ。カルラの敵ではない。それに間もなくカルラはアッバースに到達する。もう手遅れよ」

「みんな正気になれ。本当の敵はアルゴスの目だ。俺たち同士が戦っても何の得にもならない」

ツヌガアラシトは銃を構えた。「残念だ、カムロギ。だが、戦いの時は来た」

「待ってくれ。おかしいじゃないか? なぜ、アッバースでは独裁制が採用されているんだ?」

「民主集中制だ」

「なぜ通常の民主制では駄目なんだ?」

「アッバースの成り立ちを考えればわかることだ」

「アッバースは難破船の集まり、つまり様々な文化のごった煮なんだろ」

「わかっているじゃないか」

「アッバースは極めて少人数の集団が無数に集まって形成されている。実質的には一つの国家ではなく、国家群なんだ」

ツヌガアラシトは頷いた。「多数決をとったら、僅かでも人数の多い集団がすべてを牛耳ってしまう。しかし、互いに協力し合わなければ、この滅多に貿易船の通らない辺境の地で生き延びることはできない。我々の先祖は一か所に集まり、協力し合いながらも自らの勢力を拡大するために激しい権力闘争を繰り広げた。ある時は物理的な戦闘であり、またある時は政治的な駆け引きだった」

「勝ち抜いた集団がアッバースの意思とされ、すべてを独裁する。そのような政治体制は決して民主的な方法では政権交代は起こらない。そして、極めて不安定なはずだ」

「ツヌガアラシトよ」ラーヴァナは苛々《いらいら》とした様子で言った。「そいつと話すことになんの意味があるのだ？　さっさと始末しろ」

「もう少しお待ちください。戦いを焦っても何の得もありません。彼らとの妥協点が見付かれば、不毛な戦争を回避できるかもしれないのです」

「わたしの判断が間違っているというのか？」

「誰しも完璧ではありませんから」

「兵士たちよ！」ジョウガが顔色を変えた。「ツヌガアラシトを拘束せよ。落穂拾いの言葉に惑わされて錯乱している」

兵士たちは戸惑いの様子を見せた。殆ど接点のない政府高官の命令で今まで従っていた直属の上司を拘束することは心理的抵抗が高いのだろう。

「おまえたちは自分の意思を尊重しろ」ツヌガアラシトは部下たちに呼び掛けた。「自分の頭でよく考えて正しいと思った行動をとれ」

その言葉で決心がついたのか、兵士たちはツヌガアラシトと補佐官たちの間に割って入り、銃を第一補佐官ジョウガに向けた。

「貴様ら、これは反乱だぞ‼」ジョウガは声を荒らげた。

「カムロギ、話を続けよう」ツヌガアラシトが言った。

「政権交代はどのような時に起こる？」カムロギが尋ねた。

「国民全体の不満が高まった時だ。政府内で力を持った者がクーデタを起こすか、もしくは力のある将軍が民衆を味方につけて革命を起こす」ツヌガアラシトが言った。

「ラーヴァナに対する不満は高まっているか？」

「ああ。おまえたちには好都合なことに」

「ツヌガアラシト、おまえを将軍職から解任する‼」ラーヴァナが宣言した。

「煩《うるさ》い。黙ってろ」ツヌガアラシトが言った。

「君は力のある将軍か？」カムロギが尋ねる。

ツヌガアラシトは精一杯息を吸い込んだ。「ああ。俺は力ある将軍だ」

「政権を奪取する意志はあるか？」

ツヌガアラシトは頷いた。「俺は真の大統領官邸の場所を知っている。一時間以内に片は付くだろう」

「裏切り者め」ジョウガが銃を取り出した。だが、一秒後、彼女は兵士たちから数百発の弾丸を受け、蜂の巣になっていた。

残りの補佐官たちはすぐさま手を上げて投降の意思を示した。

「全軍配置に就け！　ツヌガアラシトがアッバースを敵に売った!!　すぐに抹殺せよ！」ラーヴァナの映像が消えた。

「将軍、アッバースの各部分から戦闘船がこちらに向かっています」

「大統領派の勢力はどのぐらいだ？」カムロギが尋ねた。

「潜在的には俺に共感する者の方が多いだろうが、現時点で大統領に味方するのはおよそ全軍の七割程度だろう」

「勝てるのか？」

「もちろん、現状では勝ち目はない」

「何か名案はあるのか？」

「カムロギ、おまえは侵略の意図はない、と言った。信じていいのか？」

「もちろんだ」

ツヌガアラシトは自らに言い聞かせるように言った。「もし、侵略意図があるのなら、こんな手の込んだことをせずに最初からカルラで攻め入ればいいはずだ。……いいだろう。信じよう」

「それで、どんな計画があるんだ？」カムロギはしつこく尋ねた。

「カルラの力を貸してくれ」

「どういうことだ？」

「我が軍の後ろ盾になってくれということだ」

「ザビタン、どうする？」

「ＯＫよ。自力でやるより、その方が楽だわ」ザビタンは陽気な調子で答えた。

「聞いての通りだ」カムロギは言った。「カルラは味方だ」

「これで勝てる」ツヌガアラシトは言った。「通信係、アッバースの全チャンネルに革命宣言を流せ。『我々はツヌガアラシト将軍を中心とする新政府である。前大統領ラーヴァナは国家を私物化した犯罪者であり、我々は彼を公正に裁くため、逮捕する必要がある。彼に味方する者は全員彼と同じ国家反逆者と看做《みな》される。即座に投降すれば罪を免れる措置を約束しよう。猶予は一分間だ。なお、無敵のオーパーツ二体を有する独立移動勢力カムロギ団より相互安保条約締結の申し出があった。我々は即座に申し出に賛同した。まもなく、アッバースにオーパーツ・カルラが到着する』」

一斉に大統領派の軍隊の各部隊から新政府を承認する旨の通信が届いた。あまりの数に回線は次々にパンクした。

「ラーヴァナの船はアッバースから離脱し、逃走した。従う船は一隻もない。追撃の必要もなさそうだ」ツヌガアラシトは胸を張った。「どうやら革命は成功したようだ。完全な無血革命だ‼」

「いや。そこで血塗《ちまみ》れになって死んでいるやつがいるから」カムロギが異を唱えた。

「ああ。それは誤差の範囲内だ」ツヌガアラシトはカムロギとヨシュアとナタに握手を求めてきた。「本当によかった。もう少しで、君らと一戦交えなければならないところだった」

「俺もほっとしてるんだ」ナタが笑顔で言った。「本当に戦闘になったらどうしようかとひやひやものだった」

「いや。俺は冗談なんか言ってねぇぜ」

「君たちの冗談のセンスは難しいな。どのタイミングで笑えばいいんだ？」

「えっ？」ツヌガアラシトはきょとんとした。「君は主戦派じゃなかったのか？」

「どちらかといえば、血の気が多い方だが、勝ち目が全くない戦いは避けたいぜ」

「本当に冗談じゃないのか？　オーパーツがアッバース軍に負けるって？」

「ああ。カルラもアマツミカボシと殆ど同じ状態だ。なんとか飛べるってだけで、中はぼろぼろだ。攻撃力も防御力もほぼゼロに等しい」

「カムロギ、ナタが妙なことを言ってるが……」

「本当のことだ。我々に戦う力は残っていない」カムロギも笑顔で答えた。

「何だって!?　じゃあ、アッバースは無力な落穂拾いに屈服したというのか!?」

「いや。アッバースが負けた訳じゃない。ラーヴァナ派がツヌガアラシト派に敗北したんだ。俺たちはただその手伝いをしただけだ」

「最初から騙すつもりだったのか？」

「ごめんなさいね」ザビタンの声が通信機から流れた。「もうこれぐらいしか、方法を思い付かなくて」

「とんだ茶番だ！　どう責任をとるつもりだ⁉」

「その茶番で君を動かすことができたんだ。オーパーツとの戦闘という恐怖があったからこそ、君は短時間で驚くべき決断をした」

「まやかしだ！　俺ははめられた」ツヌガアラシトは銃に手を掛けた。

「だけど、君はラーヴァナを排斥することができただろ」カムロギは穏やかに言った。

「我々が一芝居打たなかったら、君は卓越した能力を秘めながらもラーヴァナの配下として一生を過ごし、不満を抱えたまま朽ち果てたことだろう。そして、独裁制の下、多くの人民が辛酸を舐め続けたことだろう」

「どうも気に食わないが、事実は全くその通りだ」ツヌガアラシトは銃を収めた。「君たちはわたしとアッバースの恩人ということになる」

「無血革命万歳！」ナタが両手を上げた。

「おまえは黙ってろ」ヨシュアがナタの宇宙服のヘルメット部分を小突いた。「わざと苛立たせようとしてるのか？」

「とにかく『終わりよければ、すべてよし』だ」カムロギがツヌガアラシトの肩を叩いた。

「さて、早速アルゴスの目攻略計画の会議でも始めるか？　その前に安保条約締結を祝って祝杯を上げるってのも悪くはないけどな」

　革命が起きて数か月の間、カムロギたちとツヌガアラシトの新政府の間にはぴりぴりとした緊張感が存在した。

　互いに相手のことを殆ど理解せぬまま、革命という大事を決行し、しかもそれはカムロギたちが一方的にツヌガアラシトを計略に掛けた形になってしまったため、不信感が生まれたとしても不思議ではなかった。

　だが、双方にとって、たとえ見せ掛けであったとしても、協力関係の維持は必要なことだった。

　ツヌガアラシトにとって絶大な戦闘能力を持つアマツミカボシとカルラの存在は革命の遂行にとって必要欠くべからざるものだった。もちろんアッバースは一枚岩ではない。ラーヴァナの元で既得権益を持っていた者たちは密かにラーヴァナ派の復興を願っていた。また、反ラーヴァナ派が結束していたのも、完全に同一の思想を持っていたという訳ではなく、ラーヴァナ政府の打倒という当面の目的を達成するために謂《い》わば方便として、協力体制にあっただけだ。ラーヴァナ打倒という大義名分が解消された今となっては、派閥間の仲良しごっこをこれ以上続けるのは無意味だと考える者たちが現れても不思議ではない。今、カムロギ団という後ろ盾を失うことは即、革命勢力の解体と無政府状態へと繋がることになる。

　カムロギにとってもツヌガアラシト政府との結び付きは重要なものであった。カムロギは北限の地カダスを越えて、いっきに地国《じごく》に進入するつもりだった。だが、その前にアルゴスの目が立ち塞《ふさ》がった。圧倒的なパワーを持つアルゴスの目にアマツミカボシやカルラは全く歯が立たない。つまり、現状では、地国を目指すことを諦めざるを得ないのだ。ただし、アッバースの助けがあれば話は変わってくる。カムロギは、一万隻の大艦隊が味方に付けば必ず突破する方法があると信じていた。

最初はカムロギの話を鼻先で笑っていたツヌガアラシトだったが、徐々に考えが変化してきたようだった。カムロギの話に説得されたというよりはカムロギ自身に対する興味が抑えられなくなってきたというのが本当のところだった。

この男が「地国」という御伽噺《おとぎばなし》に固執する理由は何なのだろう。カリティという女が語ったという事件についても裏付けは全くない。その話が本当なら、複数の未知のオーパーツが存在することになるが、その痕跡は一切確認されていない。彼自身は「地国」がほぼ確実に存在すると考えているようだが、説得力のある証拠を提示することは殆どできていない。しかも、彼自身はそのことに気付いていないようで、証拠の不備を指摘しても全く理解できないようだった。

もちろん、世界の各地からアッバースに集まってくる多くの人々が地国についての神話や信仰を持っていることは否定のできない事実だ。だが、その多くはあまりにも悲惨な状況から逃避するために彼らが創り出した幻想に過ぎない。それらの言い伝えが同一の起源を持つのか、それとも並列に発生したものかの研究は民俗学者にでも任せればいい。重要なのは、それらに科学的な根拠は全く見出せないことだ。

彼ほどの判断力と統率力のある人間が「地国」という一点について全く不合理な言動をとるのは不気味ですらあったが、また興味を引く事実でもあった。彼は機会があるたびにアッバースの様々な階級の人間を捕まえては持論を展開し続けた。そのうち、元々地国を信じている人々が集団となってカムロギを支持し始めるようにすらなっていった。

そして、またツヌガアラシト自身も毎日繰り返されるカムロギの計画を聞いているうちに、カムロギの妄想を共有――もしくは共有している振りをしてもいいのではないかと思うようになった。

この世界はすでに緩やかな崩壊を始めている。そして、確実にそう遠くない将来、完全に消滅してしまうことだろう。そんな状況下で、ただ世界の有様を冷静に見続けるのと、「世界を救う方法がある」という妄想を生きがいとして、生き生きと活動するのと、どちらが幸せだろうか？

そして、ついにある日、ツヌガアラシトはカムロギの夢を共に見ることに決めたのだ。

「カムロギ、わたしは君の言っていることを一つも理解していないし、全く信じてもいない。これは確かなことだ。だけど、これからしばらくの間、わたしは国民と自分自身を欺くことにしたよ。君の世迷言《よまいごと》を我が国家と国民の目的とする。当面、わたしの気が変わらない間は」

計画の策定段階で、ヨシュアはアルゴスの目を回避する方法を検討するべきだと提案した。

「力尽くで突破するのはどうも気が進まない。無理があればかならず歪が生ずる。アルゴスの目を回避する方法はないのか？」

「不可能だ」ツヌガアラシトが答えた。「アルゴスの目は一体ではなく、三〇万キロ毎《ごと》に北限を守るように並んでいる。おそらく世界を一周している。南限にも同じものが存在していることは容易に推定できる」

　俺はこの計画を力尽くだとは考えていない。壮大な陽動作戦だ。

「アッバース艦隊を囮《おとり》に使うということか？」ツヌガアラシトが、すでにアマツミカボシと接合が完了しているカムロギに言った。

　端的に言うと、そういうことになる。アルゴスの目の砲撃の間隔は〇・一四秒。一万隻の艦船を砲撃するには、一四〇〇秒――二三分かかる。

「たった二三分では、充分に近付くことすらできない」ヨシュアが言った。

　もちろん。しかし、各艦船も漫然と攻撃を受ける訳じゃない。まずは酔歩――ランダムに位置を変動させることにより、照準を外すことができる。三六万キロという距離は光ですら到達するのに一・二秒かかる。アルゴスの目は正確に狙いを定めることができないため、確率的な砲撃アルゴリズムを採用するしかない。つまりは当てずっぽうだ。命中確率はそれぞれの船の形状や機動力に影響される。アマツミカボシで約〇・七五パーセント、アッバースの艦船は〇・一パーセントから五パーセント程度に分布している。平均的にはおよそ一パーセントだ。

「つまり、一サイクル二三分間の砲撃で、およそ一〇〇隻の船が撃墜されることになるってことか？」ツヌガアラシトは唸った。

今回はそれ以外にもレーザの回避策がある。

「わたしから説明するわ」ザビタンが言った。「各々の艦船の周囲に、レギオンによる防御膜を形成するの。レーザ砲が直撃してもレギオンが気化・発散するから、艦船に致命的なダメージはない。ただし、防御膜なしでは次の砲撃を受けると即座に撃墜されることになるので、それ以上の飛行は行わず、速やかに上昇して地面に着陸することになるけどね」

「カルラ以外でもレギオンの制御はできるのか？」

「艦船ごとにマイクロ・カルラ・マシーンを提供するわ。カルラからの命令を中継したり、簡単な指示を元に本物のカルラの変わりにレギオンの群れを自律的に制御する機能を持っている装置よ。アマツミカボシの複製機能を利用して量産できるわ」

「着陸した艦船はレギオンの殆どを失って無防備になるのではないか？」

「アルゴスの目から地面に着陸している艦船を攻撃すると岩盤ごと破壊することになるわ。アルゴスの目は少なくともかなり出力を絞るはずだから、レギオンの残滓で充分に防御できる」

「別に本物の船を使わなくても、レギオンのシャボン玉を何万機も用意しておけばいいんじゃないか？」ヨシュアが言った。

「いいえ。それは不可能よ。カルラはレギオンを操ることができるけど、それはほぼ一か所に纏《まと》まって存在している場合だけ。何万にも分散していてはそれぞれを細やかに制御することなんかできやしない。それに、レギオンは非常に単純な構造をしているため、核となる推進力がなければ、充分な機動力を発揮できない。ただふわふわと浮かんでいるだけでは、狙い撃ちされるのを待っているようなものよ」

「計画が失敗した場合、砲撃を受けて、地面に避難している味方の艦船はどうするんだ？」

「方法は二つ考えられるわ。一つはそのまま離陸して他の艦船と共に撤退する方法」

「もしレギオンを失った艦船が狙い撃ちされたらどうするんだ？」

「その場合はまず助からない。だけど、狙い撃ちするかどうかはやってみるまでわからない。アルゴスの目のアルゴリズムはそれほど臨機応変ではないかもしれないわ」

「非常に危険な推定だな。それで、もう一つの方法は？」

「着陸している艦船はそのままの状態でいるの。後で改めて救出作戦を実行する」

「具体的にはどうするんだ？」

「追加のレギオンを送り込むのよ」

「仮にレギオンを送り込んだとして、耐えられるのは一発程度だろう」

「そうね」

「一万隻なら二〇分に一回しか砲撃の危険は巡ってこないが、仮に着陸している船の数が一〇〇隻だとしたら、一四秒に一回だ。命中率が一パーセントだとすると、約一四〇〇秒で全艦船に命中してしまう。着陸している船の数が一〇隻だとしたら、一四〇秒だ」

「そうね」

「全艦の脱出は無理だ」

「そうね」

「犠牲者が出るのは織り込み済みだというのか？」

「犠牲者が出るのはできれば避けたいわ。だけど、犠牲を恐れていては偉大な事業は実現できない」

「偉大な事業だって？　いいか？　これは侵略戦争なんだぞ」

「それはどういう意味だ？」ナタが会話に入ってきた。

「アルゴスの目は自らの領域への我々の侵入を拒んでいる。そこに大艦隊を投入して、強行突破しようとしているんだ。これは侵略だろ」

「アルゴスの目が何者かの意思に従って作動していたり、それ自身に意思があった場合は戦争と呼べるかもしれないが、現時点でその証拠はねぇ。俺たちは単に北に行こうとして、その障害となるアルゴスの目を排除しようとしているだけだ。これは戦争なんかじゃねぇ。基本的には、ただの土木工事と変わりねぇ」

「土木工事に一万隻の大艦隊を投入したりするか？」

「それだけ厄介な障害物だってことだ」

「アルゴスの目に意思がないとなぜ断言できる？」

「断言する必要なんざねぇよ。あんな動きをする装置は単純なアルゴリズムに従っているだけだと考えるのが合理的だ」

「仮にアルゴスの目が意思を持たない自動装置だとしよう。しかし、多大な犠牲を出してまで、突破しなくてはならない障害か？」

「あのね」ザビタンが言った。「犠牲者は日々出ているのよ」

「何だと？」

「この世界はいずれ滅ぶ。資源の枯渇によってね」

「今、その話は関係ないだろ」

「関係あるわ。残り少ない資源を奪い合って、人々は互いに争いあう。最終戦争よ。そして、それはもう始まっている」

「確かに小競り合いはすでに起こっている。だが、だからと言って、今この作戦を決行する必要はないだろう」

「戦争に終わりはないの。勝者は存在しない。最後の一人が死ぬまで続く。だんだんと兵士も兵器も減って、戦闘の数も減ってくる。平和になるからじゃない。人間がいなくなるから、人類の滅亡が戦争の終結よ」

「この計画で活路が見出せるという保証はないだろう」

「カムロギによると、あらゆる事実が内側の文明の存在を示しているそうよ」

「それはあいつの妄想かもしれない」

地国の上に文明は必ず存在する。

「カムロギ、自信はあるのか？」ヨシュアはカムロギに尋ねた。

もし内側に文明が存在しないとしたら、このアマツミカボシやカルラといった超兵器の存在をどう説明する？

「それは、失われた古代文明の遺物だ」

これだけの兵器を作り出す文明がどうして滅んだりするんだ？

「それはいろいろ考えられる。全世界的な災害や、あるいは世界戦争か」

世界戦争で滅んだのになぜ兵器が残っているんだ？　こんな切り札が残っているのに、戦争を止めるやつらがいるか？

「愚かな戦争を止めるために隠したのかもしれない」

だったら、破壊するだろう。超兵器は誰でも動かせるように地上に埋められていたんだ。まるで、タイムカプセルのように。

「怪物兵器はなんらかの目的を持って隠されていたと言うのか？」

それ以外に合理的な説明はできない。

「いったいどんな目的があったというんだ？」

それはわからない。ひょっとすると……。

「何だ？」

我々にアルゴスの目を突破させるためかもしれない。

「それは自分に都合良過ぎる解釈だろう。そんな面倒なことなどせずに、そいつがアルゴスの目を破壊すれば済む話だ」

まあ、本当のところはわからない。それは俺も認めるよ。

「地国文明が存在するという根拠は怪物兵器だけなのか？」

いや。我々自身もだ。

「どういう意味だ？」

我々自身の肉体はこの世界の環境に適応していない。

「そんなことはわかっている」

じゃあ、我々はどうしてこの世界に住んでいるんだ？

「人工的な環境があるからだ。人類の持つ技術は岩盤の中に自らの生存に適した環境を設置することが……」

それは文明が誕生した後のことだろ？

「当然だ。人類がなければ文明もない」

人類が誕生した瞬間に文明も発生したと思っているのか？

「創造主がどうだとかいう御託《ごたく》なら聞く気はないぞ」

宗教を持ち出すことはない。時の初めから人類は現在と同じ姿をしていたはずがない。

我々は人類の生存に適した環境下で生まれたんだ。そして、後になって、この劣悪な世界に放り込まれた。

「そう考えなくてはならない理由は何だ？　時間はずっと等質で、無限の過去から人類と文明は存在していたとしたら？」

時間は等質ではない。世界の資源は枯渇しつつある。歴史が終了するのはそれほど遠い未来ではないだろう。

「それは微視的な視点での話だ。巨視的にみれば、このような出来事は単なる小さな変動に過ぎないのかもしれない」

「ヨシュア、本当にそんなこと信じてるのか？」ナタが尋ねた。

「ふむ。おまえは信じてないのか？」

「俺には信じられない。人類はもっとまともな世界に住んでいたに違いねぇ」

「ザビタンはどうだ？」

「わたしにも信じることはできない。今の話が本当だとしたら、人類には今まで無限の時間があったことになるわ。だとしたら、もう少しましな世界になってるはずよ」

「二人とも信じてないという訳だな」ヨシュアは肩を竦《すく》めた。「もちろん俺だって信じちゃいない。だが、カムロギの話も半信半疑だ」

「だけど、こうしている間にも多くの村で子供たちが飢餓や戦争で命を失っているわ」

ヨシュアは無言で傍らに佇《たたず》んでいた人物に話し掛けた。「ツヌガアラシト、君はいっさい議論に参加していない。君の意見はどうなんだ？　今回の作戦では君の国民が犠牲になるかもしれないんだぞ」

「おまえたちのおかげで、我が国はラーヴァナの圧政から解放された。協力するのは当然だろう」

「建前を訊いているのではない」

「本当に俺の本音を聞きたいのか?」

「当たり前だ。君は国家元首だろ」

「ただの独裁者だけどね」

「独裁からの解放者だ」

「いや。アッバースの国民は独裁から解放されてなどいない。ある独裁体制から別の独裁体制に変わっただけだ」

「ラーヴァナと君では雲泥の差だろう」

「それはどうかな? 少なくともそれは俺が決めることではない。歴史が判断すべき案件だ」

「そう言えるだけでも、君の方がより良い為政者だと判断する根拠になる」

「残念ながら、俺はこれ以上よい為政者になるつもりはない。当面は民主化するつもりもない」

「なぜだ?」ヨシュアの顔色が曇った。

「独裁制下の国民は物理的にも心理的にも極めて不安定な状態に置かれている。つまり、民主主義に適応する準備ができていないのだ。この状態で民主的な選挙を実施したら、あっという間にポピュリストに政権を乗っ取られてしまう危険がある」

「それを理由に民主化を行わないのはどうだろうか? たとえポピュリストが政権を握ったとしても、次の選挙までに国民は学習するだろう」

「次の選挙はもうないかもしれない。ポピュリストが独裁制に戻さないとは言えないだろう」

「君は誰よりもまともに政治ができると言うのか？」

ツヌガアラシトは頷いた。「もちろん。証明することはできないがな。自分ではっきりと自覚しているだけだ」

「たいていの独裁者はそうだろうな」

「それについても同意する。だから、俺は単なる独裁者だと言ったはずだ」

「あなたの言動を見ていると単なる偽悪的な人物のようにも思えるわ」ザビタンが値踏みするような目でツヌガアラシトを見た。「目的は何なの？」

「別に信じてもらわなくてもいいが、この国の民を幸せにすることだ」

独裁体制は危険だ。カムロギが言った。

「それも理解している。一般的にはそうだ。だが、俺は自分が危険な独裁者でないことを自覚している。だから、この国が民主主義に対応できるまでの暫定的な独裁者になるつもりなんだ」

まさに独裁者が自らの正当化のために口にしそうな言葉だ。

「俺もそう思うよ。忌々《いまいま》しいことにな」

だが、俺は信じることにする。

「信じる根拠は？」ツヌガアラシトが興味深げに聞いた。

俺が信じているからだ。

「トートロジーよ」ザビタンが馬鹿にしたように呟いた。

知ってるさ。

「ありがとう、カムロギ」

それでさっきの話だが……。

「さっきの話?」ツヌガアラシトはすっとんきょうに言った。

君の国民の命を危険に曝す件だ。

「ああ。その件ね」

承諾してくれるのか?

「俺たちは持ちつ持たれつだ。騙し討ちとはいえ、形の上で俺はおまえたちに恩がある。だから、今度はおまえたちに協力する」

個人的な恩義のために国民を犠牲にするのか?

「個人的な恩義ではない。アッバース全体がおまえたちの行動により利益を得たんだ」

そう考えてくれて嬉しいよ。

「それに今回の作戦はアッバースのためでもある」

どういうことだ?

「次々と北限攻略に挫折した船が集まってくるため、見掛け上アッバースは繁栄しているように見える。だが、これは錯覚なのだ。アッバースの国民たちは本来すべて探検家たち、もしくはその子孫なのだ。北限を目指す探検の目的は何だったのか？　表向きの目的は科学的な調査だったり、資源の探索だったのかもしれない。だが、彼らが心の奥に秘めていた本当の目的は北限の彼方の未踏の地――ひょっとすると、それはカムロギの言う地国文明なのかもしれない――を発見することだったのではないだろうか？

目的が達成できない限り、彼らを送り出した本当の祖国の希望は叶えられない。緩慢な死を迎えるのみだ。それは一つや二つの村の出来事ではない。世界全体がゆっくりと死を迎えつつあるのだ。

アッバースもまたその運命から逃れることはできない。やがて、北限を越えようとする船自体が減少し、やがて姿を消してしまうだろう。人材やエネルギーの不足のため、アッバースは自らを維持することができなくなり、瓦解《がかい》を始める。

それが数年後のことなのか、数世紀後のことなのかはわからないが、始まることは間違いない。今はこの作戦を実行するだけの国力があるが、数年後にはそれを失っているかもしれない。だから、俺は作戦にゴーサインを出したのだ」

国民はそれを理解しているのか？

「さあな。だが、俺は精一杯説明した。そして、彼らは反乱も起こさずに作戦の準備を進めてくれている。あるいは、彼らもまた幼い頃に聞いていたのかもしれない地国伝説を信じたいだけなのかもしれない。これ以上、俺が言うことは何もない」

おそらくそれで充分だろう。

「進撃の準備は整った」ツヌガアラシト大総統が宣言した。

ツヌガアラシトによる「無血革命」から半年後、ほぼ元通りまで復活したアマツミカボシを含む一万隻の大艦隊は、アルゴスの目から等距離にある半円弧の上に並んでいた。

この状態では、アルゴスの目はぎりぎり地平線の上に隠れており、アッバース艦隊を攻撃することはできない。

カムロギからの返事はない。

「いつでも発進できるぞ」ツヌガアラシトはカムロギを急《せ》かした。

焦りは禁物だ。もう一度艦船の配置を再確認する。

アッバースの艦船は一隻ごとに大きさも加速性能も最高速度も持続力もばらばらだった。それぞれの船の特性を考慮して、最大の効果が得られるような配置を実現しなくてはならない。その作業は人間に行えるようなものではなく、システムのシミュレーションに頼らざるを得なかった。ただし、それぞれの船は意思を持つ人間が操縦するため、僅かに不確定要素があった。小さな誤差も積み重なれば、致命的な結果を招くこともある。

「もう最適化は充分だろ」

ばらつきの影響を最小限に抑える構成でなければならない。足並みの乱れを吸収する強靭な陣形が必要なんだ。

「しかし、完璧を目指してもきりがないだろ。今、この地域の磁場は極めて安定している。磁気エンジンを起動できるぐらいなんだ。こんな状態は一年に数日あるかどうかなんだぞ」

もし、この作戦に失敗したら、アッバースは壊滅し、復興はほぼ絶望的だ。慎重になるのは当然だろう。

「俺たちが復興しなくても、開いた穴はすぐに埋まるさ。一〇年後には第二のアッバースが誕生していることだろう。賭けてもいい」

いいのか？　あんたの国だぞ。

「どうやって国を経営するのか、じゃなくてなんのために国を経営するのかだ。自分の地位を守るために理想を捨てるのは本末転倒だ」

ザビタン、レギオンとマイクロ・カルラ・マシーンの起動状態を再確認してくれ。

「常に自動的にモニタしているわ。問題があれば警告が出る。現状、何の問題もないわ」

必要な指令は？

「すでにすべてのマイクロ・カルラ・マシーンにダウンロードしてあるわ」

「そうそう。このマイクロ・カルラ・マシーンなんだが、作戦が終わったら、いくつかもらえるんだろうな」ツヌガアラシトが船の中央部に設置した不気味な形状をした巨大な装置を見ながら言った。

明らかに金属様の素材でできているのだが、それがまるで生物の内臓のように脈動している。

やりたいのは山々なんだがね。

「絶対に駄目よ」

「このマシーンに組み込まれているのは、カルラの機能のごく一部なんだろ。特に問題はないと思うが」

「わたしも気付かないうちに、超絶テクノロジーのヒントが紛れ込んでいるかもしれないわ。この世界に天使が溢れるようなことにはなって欲しくない」

「それもまた一つの安定状態だと思うがな」

「安定するかどうかなんて誰にもわからない。それから言っておくけど、無断で解析しようとしても無駄よ。分解したり、内部をサーチしたりするのを感知した時点で自壊するように設定してあるから。もちろん解析しなくても一定の時間が経てば自壊するし、カルラからのコマンドを受け取っても自壊するけどね」

「俺はよっぽど信用がないんだな」

「別にあなたを特に信用していない訳じゃない。人間は誰も信用していないの」

「自分自身はどうなんだ、ザビタン？」

「自分が信用できるという根拠はないわ。でも、信用せざるを得ないの。だから、自分は信用することにしたの」

「妙な理屈だ」

「そうね。きっと屁理屈だわ」

ツヌガアラシトのマイクロ・カルラ・マシーンへの欲望が膨れ上がる前に出撃の決断をすべきなようだな。

「それがわかってるなら、さっさと号令を掛けてくれ。こっちはとっくに痺れを切らしてるんだが」ナタが言った。

「今回は俺もナタに賛成だ。慎重過ぎるのも考えものだぞ」ヨシュアが言った。

しかし、シミュレーションは推測と仮定に基づいている。実際に何が起こるかは予想できないんだぞ。

「そんなのは今に始まったことじゃねぇだろ‼　全くカムロギの内省癖には苛つくぜ！」ナタが吐き捨てるように言った。

そうだ。悩んでいても仕方がない。もう決めたんだ。

全軍、発信準備せよ。

艦船はいっせいに降下し始めた。それほどの距離ではない。それぞれの艦船の大きさに応じ、全長のほぼ三倍程度の深度だ。

レギオン展開。

それぞれの船から黒い気体状の物体が現れ、球殻を形成しながら、船体を取り囲む。それはアマツミカボシにも起きていた。

絶対にタイミングを誤るな。下手をすると、集中的に砲撃を受けることになる。

「だから、それはもう全員わかってるって」ナタが呆れたように言った。

全軍発進せよ！

艦船が動き始める。

一斉にアルゴスの目の射程内に入る。

あちこちで閃光が走った。

アルゴスの目からのレーザ砲攻撃が始まったのだ。

「状況を報告せよ」ツヌガアラシトが全軍に呼び掛けた。

モニタ上に現状の様子が流れ出す。一秒ごとに、およそ八隻の艦船にレーザ砲が命中している。レギオンを吹き飛ばされた船はすぐさま着陸しており、撃墜された者は一隻もない。

「なかなかうまくいってるみたいね」

うまくいき過ぎて、かえって不安になるよ。アマツミカボシには命中したか？

「いいえ。まだ一発も当たってないわ」

アマツミカボシへいつレーザが命中するかに、この計画の成否がかかっていると言っても過言ではなかった。

他の船は一回の命中ですぐ戦線から離脱しても構わない。しかし、アマツミカボシだけはそうする訳にいかないのだ。そもそも一万隻の艦船はすべてアマツミカボシをできるだけアルゴスの目に近付けるためのダミーと言ってもよかった。アマツミカボシが一体だけで近付けば、結局は前回と同じ結果になっただろう。二〇秒かそこらの時間でレーザ砲の直撃を受け、消滅するか良くても戦闘不能だ。だが、一万隻のダミーのおかげでアマツミカボシの発見は大幅に遅らせることができる。――運がよければの話だが。

最悪、最初の一撃がアマツミカボシに命中する可能性もあったのだ。その場合は、着陸することはできない。他の艦船からレギオンを補給してでも、先に進まなければならない。

もちろんアルゴスの目はアマツミカボシが特別な存在であることに気が付くだろう。他の艦船への攻撃を中断し、すべてをアマツミカボシに集中してくるかもしれない。初期の段階でそのような状況になったら、計画は失敗だ。全軍即座に撤退しなければならない。すでに着陸している艦船は下降に入った途端に撃墜されるので、助からないかもしれない。カムロギは歯軋《はぎし》りをした。

やはりこのようなことは始めるべきではなかったのかもしれない。アッバースの人々を自分の無謀な企《たくら》みに巻き込むのは間違っていたのではないだろうか？

だが、すでに作戦は始まってしまっていた。今となっては幸運を信じて突き進むしかない。とりあえず撃墜された艦船が一つもないのが救いだ。

進撃を開始して、一時間。砲撃はまだ続いていた。すでに〈アルゴス領域〉に数千キロメートル侵入している。

十数秒毎にレギオンのバリアが燃え上がり、艦船が着陸する。艦船数が減れば、少しずつ砲撃サイクルが短くなっているはずだが、今はまだそんなに目立ってはいない。

アマツミカボシに衝撃があった。

　システム、報告せよ。

「レーザ砲が命中しました。レギオン九〇パーセント消失です」

「どうする、カムロギ？　とりあえず死んだふりをするか？　アマツミカボシだけ着陸しなかったら、注目されてしまうかもしれない」ヨシュアが言った。

　ずっと死んだふりを続ける訳にはいかない。一度着陸してから離陸したら、余計に注目するだろう。

「とりあえず時間稼ぎができる。その間に他の着陸した船も離陸させれば、アマツミカボシも目立たない」

　そんなことをすれば、その離陸した船に危険が及ぶ。

「ある程度の危険は覚悟の上だろう」

　俺たちがアッバースの国民なら、そう言って彼らを危険に曝してもいいかもしれない。しかし、俺たちはアッバースに属していない。彼らに犠牲を強いる訳にはいかないのだ。

「わかったよ。好きにすればいい。そもそも今から死んだふりをするのは遅過ぎる。もう手遅れだ」

　ザビタン、周辺の艦船からレギオンを集めてくれ。レギオンを供出した船にはそのまま着陸を指示しろ。

「わたしが直接命令していいの？」

ツヌガアラシトを通した方がいいだろう。我々が命令すると、反発される可能性もある。

ザビタンはツヌガアラシトにレギオンの供出を依頼した。

空間をビームのようにレギオンが直進してくる。ぶつかる直前に減速し、アマツミカボシを包み込む膜に追加される。

システム、レギオンの量は充分か？

「足りません。必要量の四〇パーセントです」

「拙いんじゃないのか？」さすがのナタも不安になったようだ。「今、砲撃を受けたら、どうしようもないぜ。やっぱり着陸して死んだふりをするか？」

他の船を危険に曝しているのに、死んだふりなどできない。

「あいつらはあいつらの独裁者の命令で動いてるんだから、俺たちが気に掛ける必要なんかねぇんじゃねぇか？」

ザビタン、レギオンのバリアを球形ではなく、半球状にできないか？

「原理的には可能よ。ただ、力学的に随分不安定になるけど」

レギオンをアマツミカボシの前方に半球状に展開してくれ。

「三〇秒で再配置するわ。ただし、防御力は期待しないで。攻撃を受けた瞬間に、形状を保てずに四散してしまうかも」

アルゴスの目から見て、球か半球か区別が付くか？

「いいえ。向こう側から見ている限り、違いはないわ」

だったら、これで行く。相手が気付かないかもしれない。

「敵を馬鹿だと思ってるの？」

いいや。ただ、知性を持たない単なる自動機械なんじゃないかと疑っているんだ。

「単なる自動機械にこれほど強大な破壊力を与えるか？」ナタが言った。

目的次第だな。未熟な文明を封じ込めるだけなら、高度な知性は必要ない。ただ、強力な火力があれば充分だ。少なくとも、俺ならアルゴスの目に知性を与えるような無駄なことはしない。

「アルゴスの目に知性はなくても、他の誰か知性を持っている者に通報したかもしれないわ」

「そいつが我々のことを知ったとして、何か仕掛けてくると思うか？」

「仕掛けないなら何をするというの？」

「観察するんだよ。是が非でも通過を阻止したいのなら、こんな馬鹿げた装置は作らない。少なくとも移動できるようにするはずだ」

「じゃあ、あなたはアルゴスの目は単なるテストだと言いたいのね」

「最初のテストか最後のテストかは知らないがね」

「テスト結果はいつ発表になるの？」

まもなくだ。システム、アルゴスの目の状況を報告せよ。

「相変わらずです。ランダムに艦船を攻撃しています」

特にアマツミカボシに注目するような行動はないんだな。

「はい。ありません」

やはりそうだ。アルゴスの目はそんなに高度なアルゴリズムを有していない。

「そうだと言い切っていいのか？」ヨシュアが言った。

知能があるなら、アマツミカボシだけが特別だと気付いたはずだ。

「裏の裏をかいているつもりなのかもしれない。『これほどの大軍勢で攻め込んでくるやつらが簡単に手の内をばらすというのは考えられない。あの一体だけ特別に見えるのは、きっと本当に特別な切り札から目を逸らすための目眩《めくら》ましだ』なんてな」

一万隻もあるんだから、目眩ましなんかそもそも必要ないだろう。

「一隻ずつ特徴を摑んでないと言えるか？」

摑んでるなら、とっくにアマツミカボシを攻撃……。

閃光が走った。

「砲撃を受けました。レギオン、九八パーセント喪失しました」システムが言った。

「レギオンを集めている暇はないわ。おそらく次の攻撃は数秒後よ」

「一か八か、一〇〇G加速で酔歩運動しようぜ！」ナタが叫んだ。

そんなことをしても長くはもたない。そのうち骨と内臓が分離してお陀仏だ。

「どうせ死ぬなら、派手に逝きたいぜ！」

「俺は静かな逝き方がいい」ヨシュアが言った。

死ぬ気で立ち向かうのはいい心がけだ。だが、まだ死ななくてもいいぞ。

「もう時間がないわ」

アマツミカボシは急速に上昇を始めた。そして、地面に貼り付くように接した。

「本当に大丈夫なんだろうな」ナタが喚いた。

そのはずだ。

「『はず』ってなんだよ。『はず』って……」

レギオンの盾は機能しているか？

「ええ。最初の二パーセントしか残ってないけど。さっきと同じ規模の砲撃が来たら、レギオンもろともアマツミカボシとカルラもプラズマ化するわ」

よし。このまま侵攻する。ツヌガアラシト、聞こえるか？

「さっきからずっと聞いている」

モード変更だ。全ての艦船の高度を地面すれすれまで上げろ。速力はあまり出せないが、安全性は桁違いに上がるはずだ。

「さっき、命令を出した。今、いっせいに高度を上げている。しかし、本当にこれで効果が……。おお」

どうした？

「レーザの出力が下がっている。殆ど二桁ダウンしている」

予想通りだ。やはりアルゴスの目を作った文明にも岩盤を破壊してはならないという禁忌があるのだ。岩盤の破壊は世界の崩壊を誘発しかねないからだ。

「それは知性の仕業じゃないの？」

こんなアルゴリズム、子供にだって書けるさ。

「子供に知性がないというの？」

そういう意味じゃなくて、子供の作ったアルゴリズムは知性じゃないということさ。

「あっ！」

どうした？

「今、レーザが命中したわ」

レギオンは？

「一・五パーセントまで低下。本当にレーザ砲の出力が落ちている」

うまくいきそうだろ。

「そうかしら？」

何か不安要素があるか？

「この高度だと、移動に制限が出る。磁場が地形に影響されて不均一になるし、凸凹に引っ掛ける危険があるので、速度を出せないわ」

アルゴスの目の隙をついて、短時間なら低高度で移動しても大丈夫かもしれない。

「速度は上がるけど、リスクも上がるんじゃない？」

「ここは安全に行こうじゃないか」ヨシュアが言った。

「いっきに突入して片を付けるのもいいんじゃねぇか?」

「でも、その方法じゃ確実に犠牲が出るぞ」

「それは何度も議論したはずだ。まだ犠牲なくしてアルゴスの目を倒そうなんて思ってるのか?」

「できれば犠牲は出したくない」

「現実問題として、それは不可能だと思うぜ」

「少なくともこの段階での犠牲は不必要だ。無傷でアルゴスの目に接近できるというのになぜ時間を惜しんでわざわざ犠牲者を出さねばならないんだ? おまえは指揮官失格だ、ナタ」

「別に指揮官じゃねぇし。失格って言われても……」

何が起こるかわからない。できるだけ、確実な方法で行こう。ツヌガアラシト、異存はないな?

「ああ。少なくともここまではうまくいっている。そっちの作戦通りに進めよう」

慎重に侵攻を進めたため、アルゴスの目から一〇〇キロメートルの地点に達するのにほぼ一〇日を費やした。艦隊はアルゴスの目を取り囲む半弧の形に整然と並び、着陸していた。

地平線からぶら下がる巨大な塔——アルゴスの目の異様な姿は、カムロギたちアマツミカボシのメンバーやツヌガアラシトが率いるアッパバース艦隊を圧倒した。

アルゴスの目は鋭く絞ったレーザを艦隊に放射し続けていた。

「本当に勝てる自信はあるのか？」ヨシュアが疑問を口にした。

自信の有無に拘《こだわ》っても仕方がない。所詮は感情の問題だ。

「自分には感情がないみたいな言い草だな。まさか、アマツミカボシとずっと繋がってたんで、感情がなくなっちまったんじゃねぇだろうな」

残念ながら、感情は残っている。ただ、システムの驚異的な演算能力という論理的な思考に対する支援が充分あるので、感情に頼らなくてはならない状態にはないとは言えるかもしれない。

「で、大軍勢を率いて、ここまで来て、これでアルゴスの目に勝てなかったら、どう言い訳するつもりなんだ？」

別に、言い訳する気はないし、言い訳する必要もない。

「それじゃあ、この大進撃の意義がないだろ」

意義は充分にある。そもそも、今回の進撃の目的はアルゴスの目の破壊ではない。

「じゃあ、なんのために戦ってるんだ？」

北限を越えるためだ。さらに言うなら、地国文明の発見のためだ。

「だから、そのためにアルゴスの目を破壊しなけりゃならねぇんだろ!!」

必ずしもその必要はない。

「えっ!?」

アルゴスの目の破壊はあくまでも手段であって目的ではない。目的は北限を越えることだ。アルゴスの目を破壊できれば、北限越えは容易になるだろう。だが、仮にアルゴスの目を破壊せずに北限越えができるのなら、アルゴスの目を破壊することに拘る必要はない。むしろ、北限を越えるチャンスを逃してまで、アルゴスの目の破壊に固執するのは愚の骨頂だ。

「アルゴスの目を破壊せずに通り抜けたりできるはずがないだろ」

そうでもない。現にアルゴスの目は現時点で効果的な攻撃を行うことができないでいる。

「これからもずっとそうだとは限らないぜ」

今、できないことが突然できるようになるとは考えにくい。

「ちょっと待ってくれ」ヨシュアが言った。「ナタの味方になった訳じゃないが、これで解決というのは早急過ぎないか？　確かに北限への通路を開いたことになるのかもしれないが、毎回この規模の艦隊を率いなければ通過できないとしたら、事実上通過できないも同然だ」

一度でも通れれば、目的を達成できるのかもしれない。

「それこそ本末転倒だ。我々の目的は未踏の果てを見ることではないはずだ。世界を救えなければ意味がない」

誤解があるようだ。俺はアルゴスの目を破壊しないとは言っていない。だが、必ず破壊できるという根拠はない。そして、破壊できなくても目的を達成する可能性はあるということだ。

「ずいぶん、もって回った言い方だな。結局どういうことだ？」

結論から言うと、つまりは「アルゴスの目壊滅作戦開始」だ。ツヌガアラシト、今からアルゴスの目への攻撃作戦を開始する。

「了解した。我々がすべきことは特にないということでいいんだったな」

何もないとは言い切れない。アルゴスの目の反応次第だ。その場合は適宜逃げるなり、反撃するなりして欲しい。

「具体的な方法は教えてくれないのか？」

これぱっかりは全く予想がたたないんでね。申し訳ないが、臨機応変に頼む。

「わかった。こっちは自分たちでなんとかするから、そっちはそっちで思いっきりやってくれ」

ヨシュア、ナタ、ザビタン、準備はいいか？

三人から了解の返事がきた。

カムロギは決心した。

アルゴスの目が単なる機械であるなら、勝てるはずだ。

アマツミカボシは上半身と下半身に分離した。防御用レギオンも二つに分離して、それぞれを守る。上半身は右に逸れ、下半身は左に逸れ、高加速度で飛行を開始した。アルゴスの目の左右に分かれ、すり抜けるコースだ。

「アマツミカボシ、分離!!」

アルゴスの目はアッバース艦隊に対するランダム攻撃を止めた。一瞬の停止の後、二体に分かれたアマツミカボシに対する集中攻撃を始めた。

「あと一〇秒でレギオン完全消失します」システムが告げた。

通常の対レーザ防御装置で対応せよ。

「能力不足です」

持ち堪《こた》えろ。

「データ不足のため、命令に応えられるかどうか不明です」

持ち堪えろ。

「その命令は非論理的です」

「システム、黙ってろよ！」ナタが言った。「おまえは持ち堪えてれば、それでいいんだよ！」

「了解しました」

「あっ。了解するんだ」ザビタンが驚いたように言った。

「バリア用レギオン消失します」

周囲の空間が輝き始めた。アマツミカボシ内部の様々な機構がフル稼動を始めた。あちこちでぷすぷすと煙が立ち上り、冷却機が不吉な甲高い音を立てる。

「生命維持装置停止します」

「ちょっと早くねぇか？」ナタが言った。

「エネルギーと制御能力を防御装置に再配分したためです」

「でも、俺たち死んじまうのか？」

「一分程度意識は保っていられます。その後も二時間以内なら、蘇生可能です」

「勝負が付くのは？」

「一分後です」

「ギリギリかよ！」

上半身と下半身の距離は五〇キロメートルに達した。まもなく、両者の中間点付近にアルゴスの目を捉える瞬間が訪れる。

「失敗したら、どうなるんだ？」

わからない。運が良ければ、単にこのまま擦り抜けて、レーザ攻撃を受け続けるだけだ。悪ければ、急減速による慣性力で一瞬で押し潰されてお仕舞いだ。

「どっちの方が運がいいかについて、俺とは見解の相違があるな。どうせ死ぬのなら、一瞬で死ぬ方が運がいいと思うが」

まあ、どっちでもいいさ。

「ああ。どっちでもいい」ナタも賛同した。

「さあ、来るわよ！」

「酸素供給停止します」

「おい！　酸素がなくなったら窒息……」

強い衝撃がアマツミカボシを襲った。

「おい、どうした？」ナタが喚いた。

「アマツミカボシの上半身と下半身の間に張られていたカーボンナノチューブ・カッターが切断途中で停止しました」

「じゃあ、カッターでアルゴスの目を切り落とす作戦は失敗か？」

失敗は想定の範囲内だ。

「本当か？　もう頭が朦朧《もうろう》としてきたんだが」

今度は軽い振動が伝わった。

「酸素供給再開しました。砲撃も停止しました」

「何があったんだ？」

ナタ、映像を見ろ。

全長二〇〇キロを超える巨大な塔――アルゴスの目がゆっくりと落下していく様子が流れていた。いや、ゆっくりではない。その速度は毎秒、秒速一〇メートルずつ加速しているのだが、あまりにアルゴスの目が巨大なため、ゆっくりにしか見えないのだ。

カーボンナノチューブ・カッターはほんの数メートルしか食い込まなかった。アルゴスの目を構成していた物質が急速に自己組織化を行い、切断された組織を再生したため、カーボンナノチューブ・カッターは閉じ込められてしまった。だが、今回使用したのは単純なカーボンナノチューブではなかった。その表面にはレギオンを構成するナノロボットが付着していたのだ。それらは内部に食い込むと同時に組織の結合を修復よりも素早く切断し始めたのだ。

アルゴスの目の根元は、アマツミカボシの上半身と下半身の間に張られていたナノロボット群により切断されつつ崩壊が進行していた。

「あいつら、俺たちの攻撃方法に気付かなかったのか？　それとも元々この類《たぐい》の武器に対する対策がなされてなかったのか？」ヨシュアが言った。

後者だろ。砲撃が止んだことからも明らかだ。

「単に、エネルギーの供給がストップしただけだろ？」ナタが言った。

塔の中には予備のエネルギー源すらなかったってことだ。切断されることを想定していたなら、そんな仕様にはしない。

「切断面の上で動きがあります」

切断面からは様々なものが落下していたが、すべて機械や構造材の破片のように見えた。

新たな危険は察知できない。

切り口に接近せよ。

「俺たちもいくぞ！」ツヌガアラシトからの通信が入った。

いや。待て。どんな危険があるかもわからない。まずアマツミカボシが偵察しよう。もし、アマツミカボシが攻撃を受けるようなことがあったら、艦隊を退避させるんだ。

「攻撃があったら、なおさら我々の手助けが必要なんじゃないか？」

対アルゴスの目にはアッバース艦隊はたいへん力になった。だが、それは相手の特質がわかっていたからこその作戦だった。未知の敵に対しては直接的な戦闘力が物を言う。アッバースからの援助の申し出は嬉しいが、まずは我々に任せて欲しい。

「了解した、アマツミカボシ。ただし、おまえたちが攻撃された時の対応は俺が判断する」

了解した。君たちの判断を信頼することにしよう。

「何、あれ!?」ザビタンが声を上げた。

切り口から地面の中を覗き込むと、そこには複雑な形状をした色とりどりの組織が見えた。まるで生物のように滑らかに蠢《うごめ》いている。

「なんて、ことだ。アルゴスの目は生命体だったのか!」ヨシュアが唸《うな》った。

違う。よく観察しろ。

切り口の映像が拡大した。細部が徐々に明確になってくる。生物の組織のように見えたそれにはさらに細かい構造があった。それは生命のように規則的に動く機械の群れのように見えた。

「機械群が起動準備過程に入ったことを確認しました」システムが割って入った。

「まさか、起動し終わるまで待つなんて言わないよな」

安心しろ。俺もあれが敵でないと信じている訳ではない。なにしろ、アルゴスの目の中から現れたんだからな。おそらく別の攻撃形態に変異するつもりだろう。

「なら、どうする?」

まずやつらの近くに行く。

アマツミカボシは塔の切り口の真下へと突き進んだ。

「本当に逃げる気はないんだな」ヨシュアが確認した。「後に引けなくなるぞ」

もうとっくに引き返せないところまで来てるさ。

「あと一〇秒以内に起動が完了する確率は八〇パーセントです」システムが言った。

よし。ここでいい。種火を打ち上げるぞ。

青白く激しい光を放つ核融合の種火がアマツミカボシの胸から飛び出し、一直線に機械群のど真ん中に突っ込んだ。

数秒後、機械群はいっせいにプラズマ化を始めた。

燃え出すもの、四散するもの、分解するもの。

いや。すべてではない。ぱらぱらと無限の天獄へと落下していく夥《おびただ》しい塵《ちり》の中に二体だけ、落下を逃れ、空中に留まったものがあった。

「何だあれは!?　自律航行しているのか!?」ヨシュアが叫んだ。

落下しなかった二体について報告せよ。

「プラズマ化の途中で、起動が終了し、磁気によるバリアを発生させています。一体は全質量の五三パーセント、もう一体は八〇パーセントを失いました。元の形態は……」

拙い！　別の怪物兵器が隠れてやがった！　それも同時に二体！

二体のうちより損傷の激しい方の一体がすっと移動し、アッバース艦隊の直下へと移動した。

艦隊からいっせいに攻撃が始まった。レーザやミサイルや弾丸が怪物へ向かって集中する。

アマツミカボシは戦闘発生箇所へと向かって発進した。

と、目の前に損傷が少ない方の怪物兵器が進路を遮るように回り込んできた。

アマツミカボシと怪物からほぼ同時に攻撃が始まった。

二体の間に濃密にエネルギーが充填した空間が現れる。

「武器残量二〇パーセントを割りました」

艦隊へ向けてもう一体の怪物からの反撃が始まった。一撃で艦船の半分近くが爆発四散した。

アマツミカボシは敵へと突進した。

「防御壁崩壊しました。敵ミサイルの直撃を受けています」

ゆっくりと戦略を練っている暇はない！

アマツミカボシと敵の怪物は共に表面が灼熱し赤銅色の光を放ち始めた。

「触手、脱落します」

敵とアマツミカボシの条件は同じではない。こいつはすでに核融合の炎《ほのお》に炙《あぶ》られている。

致命的なダメージを受けているはずだ。

アマツミカボシは敵の腹部に開いた巨大な傷口を狙って、半ば溶けかけた右手首を叩き込んだ。

手ごたえと共に腕は敵の内部に侵入していく。

もう一丁!!

さらに左手も敵の体内に突っ込んだ。

敵は激しくプラズマ弾を放ち、アマツミカボシの腕を切断しようとした。

組織が吹き飛び、深部骨格が剝き出しになる。

カムロギは絶叫した。だが、もちろん声にならない。喉の奥まで肉が詰まっている。

アマツミカボシは両腕を左右に開いた。

怪物はほぼ半分に引き裂かれた。大量の体液が漏れ出し、沸騰しながら落下していく。

敵は力なく、アマツミカボシに触手を巻きつけたが、もう反撃の力はない。

アマツミカボシはアッバース艦隊と戦っているもう一体の怪物に向けて加速した。

間に合え！

引き裂いた怪物をもう一体の怪物に投げ付ける。

二体は絡み合い、回転し、体勢を崩す。

アッバース艦隊が一斉に砲撃する。

だが、致命傷にはならない。

アマツミカボシは二体に追いつくと、焼け残った僅かな触手を腕に螺旋状に巻き付けると敵に突き刺した。

莫大な量のプラズマを注入する。

二体は渾然一体となり、肉片を撒き散らした。

アマツミカボシが離れると怪物たちはそのまま落下していった。

さらに下方には落下し続けるアルゴスの目。

と、突然アルゴスの目の二か所で火柱が上がった。アルゴスの目は折れ、回転しながら落下を続ける。

さらに爆発が続く。アルゴスの目は原形を留めないほどに執拗に攻撃を受け続けた。

「なんだ、あれは⁉」ナタが怯えたように言った。

「他のアルゴスの目が攻撃したんだ」ツヌガアラシトが通信で答えた。「この北限地帯には約三〇万キロメートル毎にあいつらが並んでいると言ったろう」

「でも、どうして仲間同士で破壊しあうんだ？」

「つまり、カムロギの推測が正しかったということだろう」ヨシュアが言った。『この辺りで飛んでいるものがあれば、悉《ことごと》く破壊せよ』アルゴスの目はこれだけのアルゴリズムで動いているってことだ」


被害は甚大だった。

アマツミカボシは飛行も儘《まま》ならず、再びコクーンを作らざるを得なかった。

アッバース艦隊は全滅一歩手前だった。辛くも生き延びることができたツヌガアラシトが乗っていた旗艦も船殻《せんこく》に穴が開き、廃艦も止むなしという状況だった。

だが、彼らは誰も戻ろうとはしなかった。

　永らく北限を越える道を阻《はば》んでいたアルゴスの目による包囲網の一角を破壊できたのだ。退却して、態勢を立て直している間に、なんらかの手段で包囲網が再建されてしまわないとは誰も断言できなかったのだ。

　これが最後のチャンスかもしれない。

　止め処《ど》ない不安と希望が彼らを突き動かした。

　戦いから僅か三〇時間後、艦隊は移動を再開した。

　アルゴスの目の向こう側は急峻な崖になっていた。磁場が使い物にならないぐらいに乱れていたため、ほぼ垂直に切り立った崖を這い登らなくてはならなかった。

　もちろんアッバースの艦船は崖を登るようには設計されていない。だが、もはやそれを理由に諦める者はいなかった。各々の艦船は極めて異例な方法で崖を登り始めたのだ。

　まず、崖に停船用の銛《もり》を打ち込む。そして、鎖を巻き上げ、自らを持ち上げる。

　無茶だ。ツヌガアラシト、今すぐこんな無謀な試みは中止させろ。

「無駄だよ。おまえたちのせいだ」

　何を言ってるんだ？

「おまえたちは目の前で、あいつらに奇跡を見せ付けちまったのさ。だから、あいつらは地国の存在を疑わないし、もう決して諦めない」そういうツヌガアラシトも満身創痍の旗艦を崖に近付け、銛を打ち込んだ。

　やめろ！　みんなおかしくなっている！　正気に戻れ!!

カムロギの必死の呼び掛けに反応する艦船はなかった。

「カムロギ無駄だ」ヨシュアが言った。

無駄なことがあるものか!! これは自殺行為だ。俺たちに止める権利はない」

「彼らは自らの意思で行っている。俺たちに止める権利はない」

乗組員全員が同じ考えのはずはないだろう。帰りたい者もいるはずだ。

「そうかもしれないな。だが、もう殆どの艦船は磁場を維持するのが精一杯の状況だ。このまま戻ってもアッバースに辿り着けるかどうかはわからない。そもそもこの艦隊自体がアッバースの本体で、元の場所に残っている方がただの残滓だとも言える」

そんなことは言い訳にならない!

「見苦しいぜ、カムロギ!!」ナタが叫んだ。「この計画を思いついた時から犠牲が出ることはわかってたはずだ。カリティの意思を継ぐというのなら、こいつらの意思も継いでやれ！」

そんな……俺はそんなつもりで……。

「そんなつもりがないとは言わせねぇぜ。カリティもこいつらもおまえのために死んでいったんだし、死んでいくんだ!!」

カムロギに言葉はなかった。

艦船は次々に脱落していった。ある者は錨が抜け、ある者は鎖が千切れ、天に向かって落下していった。

またある者は引き上げ途中で機能を停止し、そのまま動かなくなった。そんな艦船の乗組員たちのある者は他の艦船に乗り移った。それが叶わぬ者たちは艦船の中に留まる道を選んだ。彼らは先に進む者に望みを託したのだ。

アマツミカボシは速く登れたにもかかわらず、あえて速度を落とし、アッバース艦隊と共に進んだ。上昇速度は一日一キロまで低下していた。

崖を形成する岩盤には数キロメートル単位の凹凸があり、極めて見通しが悪く、世界の殻の厚みを知る方法は何一つなかった。

それはいつ果てるとも知れぬ過酷を極める旅だった。

艦船は殆どが脱落し、残ったのはほんの一〇〇隻足らずとなった。

「崖の上に光源が現れました」システムが報告した。

何かの人工物か？

「現在見えているのはごく一部であり、全貌は確認できません」

崖の上に星のような光点が見えていた。そして、アマツミカボシが上昇するにつれ、それは急速に明るさを増した。

「何だ、あれは？　サーチライトで俺たちを照らしているのか？」ナタが言った。

いや。そうじゃない。あれは希望の光だ。システム、あの光源までの距離を算出しろ。

「極めて遠くにあるため、精度の高い推定ができませんが、およそ三億キロメートルと推定できます」

「カムロギ、どういうことだ？」ヨシュアが尋ねた。

「おまえたちは何を聞いていたんだ？　俺はずっと説明し続けていた。システム、光源の温度は？　大きさは？」

「温度は摂氏約五五〇〇度です。まだ光源全体が見えていないので、大きさは測定できませんが、百万キロメートルを超えている可能性があります」

システム、上昇速度を限界まで上げろ。

「異常事態です」システムが警告を出した。

どうした？

「これ以上、上昇できません」

「根性で登れ。糞システムが！」ナタが毒づいた。

登れない理由は何だ。

「崖がありません」

「ここにあるじゃねぇか」

「あと一〇〇メートルで崖は終わりです」

「終わりってどういう意味だよ。終わるわけねぇだろ。この上は何もねぇとしたら、この崖はいったいどこからぶら下がってるんだ？」

いや。ナタ、違うんだ。

カムロギは自らの体の震えを抑えられなかった。

ここで崖は終わるんだ。ここからはまた水平な地面が始まる。

「上にはなんにもねぇぜ」

地面は崖の向こう側にあるんだ。

「ちょっと待ってくれ。いったいどんな繋がり方してんだ？」

俺たちは世界の殻の縁を乗り越えたんだ。外側から内側に。

「つまり、あのとてつもない崖だと思っていたのは殻の縁の断面だったたってのか⁉」

「じゃあ、ついに到着したのか？」ヨシュアが言った。「世界の果てに」

世界の出発点にだ。

アマツミカボシは崖の縁に手をかけ自らの身体を引き上げた。

そこには見たこともない世界が広がっていた。

世界が逆転していた。地面が下にあり、天空が上にあった。強烈な光が世界を遍《あまね》く照らしていた。

地面は東と西の方向で徐々に迫《せ》りあがり、歪《いびつ》なアーチとなって天頂で繋がっていた。空には外側と同じく星々が輝いていたが、その光は世界の中心部の強烈な光源に遠く及ばないものだった。

ザビタンの啜り泣きの声が聞こえる。

そう。泣けばいい。彼女の冒険には意味があった。

地面には外側と同じように山や窪地といった地形が存在した。しかし、驚くべきことに地面の表面には岩盤から独立した礫や砂や粘土が存在していた。外側の世界ではそれらはすべて落下して永久に失われるべきものだったが、内側ではそれは地面に積もって保持されるのだ。

カムロギはアマツミカボシの手で、土を掬《すく》い上げた。これを見ろ。この世界では貴重な資源がこんなに簡単に手に入るんだ。

「こ、ここが地国か」ナタが言った。「まさか、本当にあったたなんて……」

ちょっと待ってくれ。システム、ここの大気は呼吸可能か？

「希薄です。今までと殆ど変わりません」

「落ち着け、カムロギ。ここの気圧が高かったとしたら、我々の世界との均衡がとれない」

ヨシュアが言った。

なんてことだ。じゃあ、ここも同じなのか？ 天地が逆転しているだけで、本質的には我々の世界と同じなのか？

カムロギはアマツミカボシの姿を借りて、呆然と立ち尽くしていた。

俺はいったい何をしていたんだ。外と同じ荒涼とした世界をもう一つ見付けることしかできなかったのか。

半ば崩壊したアッバースの旗艦――ヤマトが崖の下から現れた。崖の上に乗り上げると同時に船殻が真っ二つに裂け、ばらばらの方角にごろごろと転がった。

「これは凄い！」微かな電波に乗ってツヌガアラシトのノイズだらけの声が伝わった。「地面が下だ」

どうやら生き延びたらしい。

「下側に地面があれば、あらゆることが容易になる。建築も移動も生産も。それに、あれを見ろ。無尽蔵の光エネルギーだぞ」

確かに、少しはましだろう。だが、俺が思い描いていたのはこんな真空の世界ではなく、水や大気に満ちた世界だ。そこは人類の故郷で、そしてカリテイが……カリテイの娘が暮らす真の楽園だったはずなんだ……。それなのに……。

「待って」ザビタンが涙を抑えた声で言った。「地面が傾斜している」

それは当然だろう。裏側も傾斜していたんだから。

「世界は球殻の一部をなしていて、赤道部が最も低くなっているわ」

それは知っている。だから、北限に進むのに、あんなに苦労したんだ。

「世界は表裏一体よ」

だからどうしたというんだ。よく似た双子の世界だ。

「赤道部が最も低くなっているのなら、流体はその部分に溜まるはずよね」

カムロギは衝撃を受けた。確かにそのはずだ。

遥かかなた二〇〇万キロ先にそれは見えた。真っ青なベルト——世界を取り巻くおぼろげな希望の霞《かすみ》。

途方もない水溜まりが存在した。幅は一万キロはあるだろうか、その中に数千キロオーダーの陸地が無数に見えていた。水溜まりの外側や中の陸地が緑色なのは葉緑素を含む植物が繁茂しているからだろうか？

ついに見付けた。

世界のあちこちにはぽつりぽつりと光が煌《きらめ》き続けている。

地国だ。

新たな世界の情景はヤマトを通じて、崖の途中の艦隊にも伝えられた。通信機を通じて、歓声が聞こえた。

「ついにやったたな。目的達成だ」ヨシュアが言った。

いや。まだだ。カリテイは地国から来た怪物に娘のエレクトラが攫《さら》われたと信じていた。俺は彼女の意思を継がなくてはならない。馬鹿馬鹿しいと思うかもしれないが、残りの人生をすべて費やしてもかまわない。俺はエレクトラを探すんだ。

「おい。まだそんなことを……」

ザビタンが悲鳴を上げた。

ザビタン、何かあったのか？

彼女は答えなかった。ただ、無言のまま、震える指でモニタを指し示していた。

モニタには、世界のあちこちできらきらと輝く光とともに、その分析結果も映し出されていた。

眩《まばゆ》いばかりに煌く光——それは、核爆発に伴う閃光だった。

あとがき

わたしの場合、短編小説執筆の切っ掛けとしては、イメージが先行する場合と設定が先行する場合がある。「海を見る人」や「目を擦る女」はイメージ先行型、「時計の中のレンズ」や「天体の回転について」は設定先行型ということになる。

イメージ先行型作品はたいていその短編一本で書きたいことは書ききってしまって完結するのだが、設定先行型作品は浮かび上がってきた設定の殆どは短編作品中には出てこない。長い物語の一エピソードを切り取って短編にすると言えばわかりやすいだろうか。

「天獄と地国」（『海を見る人』収録）は設定先行型の典型のような短編だった。作者の脳内にあったのは、あの短編作品と比較して空間的にも時間的にも遥かに広がりのある物語だった。

したがって、今回の長編化の試みは単に短編を引き伸ばしたものではなく、短編では語られなかった物語を提示したものと言える。

そして、実はこの物語はまだ語り尽くされてはいないのである。その片鱗は〈S-Fマガジン〉二〇一〇年二月号に掲載された「囚人の両刀論法」に見えているので、興味のある方は読んでいただきたい。

物語の語られていない他の部分に関してもいつか執筆する機会があればと思うのである。

本書は、『海を見る人』収録の短篇「天獄と地国」を長篇化したものであり、SFマガジン06年8月号及び、SFマガジン08年11月号〜11年2月号に掲載されたものに加筆訂正したものです。

次世代型作家のリアル・フィクション

スラムオンライン
桜坂 洋

最強の格闘家になるか？ 現実世界の彼女を選ぶか？ ポリゴンとテクスチャの青春小説

ブルースカイ
桜庭一樹

あたしは死んだ。この眩しい青空の下で――少女という概念をめぐる三つの箱庭の物語。

サマー／タイム／トラベラー1
新城カズマ

あの夏、彼女は未来を待っていた――時間改変も並行宇宙もない、ありきたりの青春小説

サマー／タイム／トラベラー2
新城カズマ

夏の終わり、未来は彼女を見つけた――宇宙戦争も銀河帝国もない、完璧な空想科学小説

零式
海猫沢めろん

特攻少女と堕天子の出会いが世界を揺るがせる。期待の新鋭が描く疾走と飛翔の青春小説

ハヤカワ文庫

小川一水作品

第六大陸1

二〇二五年、御鳥羽総建が受注したのは、工期十年、予算千五百億での月基地建設だった

第六大陸2

国際条約の障壁、衛星軌道上の大事故により危機に瀕した計画の命運は……。二部作完結

復活の地Ⅰ

惑星帝国レンカを襲った巨大災害。絶望の中帝都復興を目指す青年官僚と王女だったが…

復活の地Ⅱ

復興院総裁セイオと摂政スミルの前に、植民地の叛乱と列強諸国の干渉がたちふさがる。

復活の地Ⅲ

迫りくる二次災害と国家転覆の大難に、セイオとスミルが下した決断とは？　全三巻完結

神林長平作品

狐と踊れ〔新版〕

未来社会の奇妙な人間模様を描いたＳＦコンテスト入選作ほか九篇を収録する第一作品集

言葉使い師

言語活動が禁止された無言世界を描く表題作ほか、神林ＳＦの原点ともいえる六篇を収録

七胴落とし

大人になることはテレパシーの喪失を意味した——子供たちの焦燥と不安を描く青春ＳＦ

プリズム

社会のすべてを管理する浮遊都市制御体に認識されない少年が一人だけいた。連作短篇集

完璧な涙

感情のない少年と非情なる殺戮機械との時空を超えた戦い。その果てに待ち受けるのは？

神林長平作品

敵は海賊・海賊版

海賊課刑事ラテルとアプロが伝説の宇宙海賊匂冥に挑む！　傑作スペースオペラ第一作。

敵は海賊・猫たちの饗宴

海賊課をクビになったラテルらは、再就職先で仮想現実を現実化する装置に巻き込まれる

敵は海賊・海賊たちの憂鬱

ある政治家の護衛を担当したラテルらであったが、その背後には人知を超えた存在が……

敵は海賊・不敵な休暇

チーフ代理にされたラテルらをしりめに、人間の意識をあやつる特殊捜査官が匂冥に迫る

敵は海賊・海賊課の一日

アプロの六六六回目の誕生日に、不可思議な出来事が次々と……彼は時間を操作できる!?

神林長平作品

敵は海賊・A級の敵

宇宙キャラバン消滅事件を追うラテルチームの前に、野生化したコンピュータが現われる

敵は海賊・正義の眼

純粋観念としての正義により海賊を抹殺する男が、海賊課の存在意義を揺るがせていく。

敵は海賊・短篇版

海賊版でない本家「敵は海賊」から、雪風との競演「被書空間」まで、4篇収録の短篇集。

永久帰還装置

火星で目覚めた永久追跡刑事は、世界の破壊と創造をくり返す犯罪者を追っていたが……

ライトジーンの遺産

巨大人工臓器メーカーが残した人造人間、菊月虹が臓器犯罪に挑む、ハードボイルドSF

ハヤカワ文庫

著者略歴　1962年京都府生，大阪大学卒，作家　著書『目を擦る女』『海を見る人』『天体の回転について』（以上早川書房刊）『玩具修理者』『人獣細工』『肉食屋敷』『A Ω（アルファ・オメガ）』他

HM=Hayakawa Mystery
SF=Science Fiction
JA=Japanese Author
NV=Novel
NF=Nonfiction
FT=Fantasy

天獄《てんごく》と地国《じごく》

〈JA1030〉

二〇一一年四月二十日　印刷
二〇一一年四月二十五日　発行
（定価はカバーに表示してあります）

著者　小《こ》林《ばやし》泰《やす》三《み》
発行者　早川浩
印刷者　西村正彦
発行所　株式会社　早川書房
郵便番号　一〇一－〇〇四六
東京都千代田区神田多町二ノ二
電話　〇三－三二五二－三一一一（大代表）
振替　〇〇一六〇－三－四七七九九
http://www.hayakawa-online.co.jp

乱丁・落丁本は小社制作部宛お送り下さい。
送料小社負担にてお取りかえいたします。

印刷・精文堂印刷株式会社　製本・株式会社フォーネット社

ISBN978-4-15-031030-1 C0193

＊本書は活字が大きく読みやすい〈トールサイズ〉です